Contemporánea

J. M. Coetzee nació en 1940 en Ciudad del Cabo y se crió en Sudáfrica y en Estados Unidos. Ha sido profesor de literatura en diversas universidades de prestigio, traductor, lingüista, crítico literario y, sin duda, uno de los escritores más importantes que ha dado estos últimos años Sudáfrica, y se cuenta entre los más galardonados. Premio Nobel de Literatura en 2003, en 1974 publicó su primera novela, *Tierras de poniente*. Le siguieron *En medio de ninguna parte* (1977), con la que ganó el CNA, el primer premio literario de las letras sudafricanas; *Esperando a los bárbaros* (1980), también premiada con el CNA; *Vida y época de Michael K.* (1983), que le reportó su primer Booker Prize, el premio más prestigioso de la literatura en lengua inglesa, y el Prix Femina Étranger; *Foe* (1986); *La edad de hierro* (1990); *El maestro de Petersburgo* (1994); *Desgracia* (1999), que le valió un segundo Booker Prize; *Infancia* (1998), *Juventud* (2002), *Elizabeth Costello* (2003), *Hombre lento* (2005), *Diario de un mal año* (2007), *Verano* (2009) y *La infancia de Jesús* (2013). También ha publicado varios libros de ensayo, entre ellos *Contra la censura* (1996), *Las vidas de los animales* (1999), *Costas extrañas* (2002) y *Mecanismos internos* (2007). Asimismo, le han sido concedidos el Jerusalem Prize y The Irish Times International Fiction Prize. En España ha sido galardonado con el Premi Llibreter 2003 y el Premio Reino de Redonda creado por el escritor Javier Marías.

PREMIO NOBEL DE LITERATURA

J. M. Coetzee

Verano
Escenas de una vida de provincias III

Traducción de
Jordi Fibla

DEBOLS!LLO

Título original: *Summertime. Scenes from Provincial Life III*
Tercera edición en Debolsillo: marzo, 2015

© 2009, J. M. Coetzee
Publicado por acuerdo con Peter Lampack Agency, Inc. y Lennart Sane Agency AB.
©2010, de la presente edición en castellano para todo el mundo:
Penguin Random House Grupo Editorial, S. A. U.
Travessera de Gràcia, 47-49. 08021 Barcelona
© 2010, Jordi Fibla Feito, por la traducción

Printed in Spain – Impreso en España

ISBN: 978-84-9908-815-0
Depósito legal: B-28162-2011

Compuesto en Fotocomp/4, S. A.
Impreso en Liberdúplex
Sant Llorenç d'Hortons (Barcelona)

P 8 8 8 1 5 0

Penguin
Random House
Grupo Editorial

CUADERNOS DE NOTAS
1972-1975

22 de agosto de 1972

En el *Sunday Times* de ayer, una noticia desde Francistown, en Botswana. La semana pasada, en plena noche, un coche, un modelo norteamericano de color blanco, se detuvo ante una casa de una zona residencial. Bajaron unos hombres con pasamontañas, derribaron la puerta a patadas y empezaron a disparar. Cuando finalizaron los disparos, prendieron fuego a la casa y se marcharon. Los vecinos sacaron siete cadáveres de entre las brasas: dos hombres, tres mujeres y dos niños.

Los asesinos parecían ser negros, pero uno de los vecinos les oyó hablar entre ellos en afrikaans y estaba convencido de que eran blancos con la cara ennegrecida. Los muertos eran sudafricanos, refugiados que se habían mudado a la casa solo unas semanas atrás.

Cuando piden un comentario, a través de un portavoz, al ministro sudafricano de Asuntos Exteriores, dice del informe que «no ha sido verificado». Añade que habrá investigaciones para determinar si los fallecidos eran realmente ciudadanos sudafricanos. En cuanto al Ejército, una fuente no especificada niega que la Fuerza de Defensa de Sudáfrica haya tenido nada que ver con el incidente. Sugiere que lo más probable es que los asesinatos hayan respondido a un asunto interno del Consejo Nacional Africano y que reflejen las «tensiones en curso» entre facciones.

Una semana tras otra se habla de sucesos similares en las zonas fronterizas, asesinatos seguidos de anodinos desmentidos. Él lee las noticias y se siente sucio. ¡De modo que es a esto a lo que ha regresado! Sin embargo, ¿en qué lugar del mundo puede uno esconderse donde no se sienta sucio? ¿Acaso se sentiría más limpio en las nieves de Suecia, leyendo desde la lejanía acerca de su gente y las diabluras más recientes a que se entregaban?

Cómo librarte de la suciedad: no es una cuestión nueva. Es una vieja cuestión que te roe como una rata, que no te suelta, que te deja una herida asquerosa y supurante. Mordedura del fuero interno.

—Veo que la Fuerza de Defensa vuelve a las andadas —le comenta a su padre—. Esta vez en Botswana.

Pero su padre es demasiado cauteloso para picar el anzuelo. Cuando abre el periódico, se lo salta todo hasta llegar a las páginas deportivas, dejando de lado la política… la política y las matanzas.

Su padre solo siente desdén hacia el continente que se extiende al norte de donde ellos se encuentran. A los dirigentes de los estados africanos los despacha con la palabra «bufones»: tiranuelos que a duras penas saben escribir su propio nombre, que van de un banquete a otro en sus Rolls Royces con chófer, que visten uniformes al estilo de Ruritania festoneados de medallas que ellos mismos se han concedido. África: un territorio de masas hambrientas y bufones homicidas que las tratan con prepotencia.

—Han entrado en una casa de Francistown y matado a todo el mundo —insiste él de todos modos—. Los han ejecutado, incluso a los niños. Mira. Lee la noticia. Viene en primera plana.

Su padre se encoge de hombros. No puede encontrar palabras lo bastante amplias para abarcar la repugnancia que le causan, por un lado, unos matones que asesinan a mujeres y niños inocentes y, por otro, unos terroristas que guerrean desde refugios situados al otro lado de la frontera. Resuelve el problema enfrascándose en los resultados del críquet. Como reacción a un problema moral, es inadecuada. Sin embargo, ¿acaso es mejor su propia manera de reaccionar, esos accesos de rabia y desesperación?

En otro tiempo pensaba que los hombres que idearon la versión sudafricana del orden público, que crearon el vasto sistema de reservas de trabajadores, pasaportes internos y distritos satélite segregados, habían basado su sueño en una trágica mala interpretación de la historia. Habían malinterpretado la historia porque, nacidos en granjas o en pequeñas poblaciones del interior, y aislados dentro de un lenguaje hablado en ningún otro lugar del mundo, no tenían ninguna noción de la escala de las fuerzas que, desde 1945, habían arrastrado al viejo mundo colonial. Sin embargo, decir que habían malinterpretado la historia era en sí mismo engañoso, pues no leían en absoluto textos sobre historia. Por el contrario, le daban la espalda, desechándola como una masa de calumnias reunidas por extranjeros que despreciaban a los afrikáners y que harían la vista gorda si fueran asesinados por los negros, hasta la última mujer y el último niño. Solos y sin amigos en el remoto extremo de un continente hostil, erigían su Estado-fortaleza y se retiraban detrás de sus muros: allí mantendrían encendida la llama de la civilización cristiana occidental hasta que por fin el mundo recuperase el juicio.

De este modo, más o menos, se expresaban los hombres que dirigían el Partido Nacional Africano y el Estado en que la seguridad se imponía a cualquier otra consideración, y durante mucho tiempo él creyó que lo decían con el corazón en la mano. Pero ya no es así. Ahora tiende a pensar que, cuando hablaban de salvar la civilización, sus palabras nunca fueron más que un engaño. En este mismo momento, detrás de una cortina de humo de patriotismo, están sentados y calculando durante cuánto tiempo podrían seguir representando la función (las minas, las fábricas) antes de que tengan que hacer el equipaje, destruir todos los documentos incriminatorios y volar a Zurich, Mónaco o San Diego, donde, al amparo de empresas con nombres como Algro Trading o Handfast Securities, años atrás se compraron chalets y pisos como un seguro contra el día del Juicio Final (*dies irae, dies illa*).

Según esta nueva y revisada manera de pensar, los hombres que ordenaron a la patrulla asesina actuar en Francistown no tenían una visión equivocada, y mucho menos trágica, de la historia. A decir verdad, lo más probable es que se rieran con disimulo de unas personas tan necias como para tener cualquier clase de visiones. En cuanto al destino de la civilización cristiana en África, siempre les ha importado un rábano. ¡Y estos, precisamente estos, son los hombres bajo cuyo inmundo poder él vive!

A desarrollar: la reacción de su padre a los tiempos comparada con la suya: sus diferencias, sus (primordiales) similitudes.

1 de septiembre de 1972

La casa en la que vive con su padre data de la década de 1920. Las paredes, construidas con ladrillos en parte cocidos pero en general de adobe, están ahora tan deterioradas por la humedad que se filtra desde la tierra que han empezado a desmoronarse. Aislarlas de la humedad es una tarea imposible; lo mejor que puede hacerse es instalar un lienzo de hormigón impermeable alrededor del perímetro de la casa y confiar en que se sequen lentamente.

Una guía de reformas domésticas le informa de que cada metro de hormigón requerirá tres sacos de arena, cinco sacos de piedra y un saco de cemento. Calcula que si el lienzo alrededor de la casa tiene diez centímetros de profundidad, necesitará treinta sacos de arena, cincuenta sacos de piedra y diez sacos de cemento, lo cual supondrá seis viajes al almacén de materiales de construcción y seis cargas completas en un camión de una tonelada.

Mediada la primera jornada de trabajo, se da cuenta de que ha cometido un error desastroso. O bien ha malinterpretado las indicaciones de la guía o bien en sus cálculos ha confundido metros cúbicos con metros cuadrados. Va a necesitar mucho más que diez sacos de cemento, más arena y piedra, para colocar un lienzo de noventa y seis metros cuadrados de hormigón. Va a necesitar más de seis viajes al almacén de materiales de construcción; va a tener que sacrificar más que unos pocos fines de semana de su vida.

Una semana tras otra, utilizando una pala y una carretilla, mezcla arena, piedra, cemento y agua; bloque tras bloque, vierte hormigón líquido y lo nivela. Le duele la espalda, tiene tan rígidos los brazos y las muñecas que apenas puede sujetar una pluma. Sin embargo, no se siente desdichado. Observa que está haciendo lo que las personas como él deberían haber hecho desde 1652, a saber, su propio trabajo sucio. De hecho, cuando uno se olvida del tiempo que le dedica, el trabajo empieza a producir un placer peculiar, el de haber colocado bien una placa, con una perfección que está a la vista de todo el mundo. Las placas que él está colocando seguirán ahí cuando él ya no sea el inquilino de la casa, incluso es posible que sigan ahí cuando él ya no exista, en cuyo caso podría decirse que en cierto sentido habrá engañado a la muerte. Uno podría pasarse el resto de su vida colocando placas, y sumirse cada noche en el más profundo de los sueños, fatigado y dolorido por la dura y honesta tarea.

¿Cuántos de los andrajosos trabajadores que pasan por su lado en la calle son los autores secretos de obras que les sobrevivirán: carreteras, muros, torres metálicas? Al fin y al cabo, una clase de inmortalidad, una inmortalidad limitada, no es tan difícil de lograr. ¿Por qué insiste entonces en inscribir unas marcas en papel, con la leve esperanza de que personas que aún no han nacido se tomen la molestia de descifrarlas?

A desarrollar: su disposición a meterse de lleno en proyectos mal concebidos; la presteza con que se retira del trabajo creativo para dedicarse a una actividad mecánica.

16 de abril de 1973

El mismo *Sunday Times* que, entre revelaciones de tórridas aventuras amorosas de profesores y alumnas de poblaciones rurales, entre fotos de jóvenes actrices aspirantes al estrellato que llevan exiguos biquinis y fruncen los labios, sale con revelaciones de las atrocidades cometidas por las fuerzas de seguridad, informa de que el ministro del Interior ha concedido a Breyten Breytenbach un visado para que pueda regresar a su país natal y visitar a sus padres enfermos. A esto se le llama un visado compasivo, y es extensible a la esposa de Breytenbach.

Breytenbach abandonó el país años atrás para vivir en París, y poco después estropeó de antemano su oportunidad al casarse con una vietnamita, es decir, una mujer que no era blanca, una asiática. No solo se casó con ella, sino que, si uno da crédito a los poemas en los que figura su mujer, está apasionadamente enamorado de ella. A pesar de lo cual, dice *The Sunday Times*, el compasivo ministro permitirá a la pareja una estancia de treinta días durante la cual la llamada señora Breytenbach será tratada como si fuese una persona blanca, una blanca temporal, una blanca honoraria.

Desde el momento en que Breyten y Yolanda llegan a Sudáfrica, él moreno y apuesto, ella de una delicada belleza, la prensa los persigue. Los teleobjetivos captan cada momento íntimo, mientras meriendan con unos amigos junto a un arroyo de montaña.

Los Breytenbach realizan una aparición pública en una conferencia literaria que tiene lugar en Ciudad del Cabo. La sala está llena a rebosar de mirones. En su discurso, Breyten llama bastardos a los afrikáners. Dice que por el hecho de ser bastardos y avergonzarse de su bastardía han inventado ese plan —propio de gente que vive en las nubes—, de la separación obligatoria de las razas.

Su discurso recibe grandes aplausos. Poco después, él y Yolanda emprenden el vuelo de regreso a París, y los periódicos dominicales vuelven a su menú de ninfas traviesas, esposos infieles y crímenes de Estado.

A explorar: la envidia de Breytenbach que sienten los hombres sudafricanos, por su libertad para explorar el mundo y su ilimitado acceso a una hermosa y exótica compañera sexual.

2 de septiembre de 1973
Anoche, en el cine Empire de Muizenberg, una de las primeras películas de Kurosawa, *Vivir*. Un soso burócrata se entera
de que padece cáncer y solo le quedan unos meses de vida. Se
queda aturdido, no sabe qué hacer consigo mismo, adónde di-
rigirse.

Lleva a su secretaria, una joven llena de vida pero tonta, a
tomar el té. Cuando ella intenta marcharse, él la retiene, asién-
dola del brazo. «¡Quiero ser como tú! —le dice—. ¡Pero no sé
cómo!» A ella le repele la franqueza de su súplica.

*Pregunta: ¿cómo reaccionaría él si su padre le asiera el brazo de ese
modo?*

13 de septiembre de 1973
Recibe una llamada telefónica de una oficina de empleo a la
que ha entregado sus datos. Un cliente busca el consejo de un
experto en cuestiones de lenguaje, pagará por horas… ¿Le interesa? Él pregunta cuál es la naturaleza de esas cuestiones de
lenguaje. La oficina no puede decírselo.

Llama al número que le han dado y concierta una cita en
una dirección de Sea Point. Su cliente es una sexagenaria viuda cuyo esposo se ha ido de este mundo dejando su considerable herencia a un fideicomiso controlado por su hermano.
Indignada, la viuda ha decidido recusar el testamento. Pero los
dos bufetes de abogados a los que ha consultado le han acon-
sejado que no lo intente. Dicen que el testamento carece de
lagunas. Sin embargo, ella no quiere darse por vencida. Está
convencida de que los abogados han malinterpretado el texto
del testamento. Ha prescindido de los abogados y ahora está
buscando el apoyo de un experto en el aspecto lingüístico.

Con una taza de té junto a su codo, él examina el testamento. Su significado está perfectamente claro. La viuda se queda

con el piso de Sea Point y recibe una suma de dinero. El resto de la herencia va a un fideicomiso en beneficio de los hijos que el difunto marido tuvo de un matrimonio anterior.

—Me temo que no puedo ayudarle —le dice a la viuda—. En el texto no hay ambigüedad alguna. Solo puede leerse de una manera.

—¿Qué me dice de esto? —replica ella. Se inclina por encima de su hombro y pone un dedo en el texto. Tiene la mano pequeña, la piel con manchas; en el dedo anular luce un brillante en un engaste extravagante—. Donde dice «sin perjuicio de lo anteriormente expuesto».

—Dice que, si puede usted demostrar dificultades financieras, tiene derecho a solicitar una ayuda económica al fideicomiso.

—¿Y qué me dice de «sin perjuicio de»?

—Significa que lo declarado en esta cláusula es una excepción a lo que se ha declarado antes y tiene prioridad sobre ello.

—Pero también significa que el fideicomiso no puede oponerse a mi petición. ¿O no es así?*

—Mire, el significado de «sin perjuicio de lo anteriormente expuesto» no deja lugar a dudas. Tiene usted que entenderlo así.

Ella suelta un bufido de impaciencia.

—Le contrato a usted como experto en inglés, no como abogado —le dice la viuda—. El testamento está escrito en inglés. Con palabras inglesas. ¿Qué significan las palabras? ¿Qué significa esta frase?

«Una loca —piensa él—. ¿Cómo voy a salir de esta?» Pero ella no está loca, claro. Tan solo le embarga la rabia y la codicia:

---

* La frase original es *notwithstanding the aforesaid*. *Notwithstanding* significa «a pesar de», «no obstante», mientras que *withstand* significa «resistirse a», «oponerse a». La mujer, de una manera absurda pero lingüísticamente factible, entiende que la partícula negativa ante *withstand* quiere decir que los fideicomisarios no pueden oponerse a su petición. La traducción exacta del intercambio entre ambos personajes en torno a esta confusión es imposible en castellano. *(N. del T.)*

rabia hacia el marido que se ha librado de ella, codicia de su dinero.

—Tal como yo entiendo la cláusula —le dice la mujer—, si hago una reclamación nadie, ni siquiera mi cuñado, puede oponerse, porque eso es lo que significa esta frase: no puede resistirse—. De lo contrario, ¿a qué viene utilizar esta expresión?

—Comprendo lo que quiere decir —responde él.

Sale de la casa con un cheque por diez rands en el bolsillo. Una vez ha entregado su informe, su informe de experto, al que él habrá adjuntado una copia, avalada por un notario, del diploma que le convierte en experto comentarista del significado de las palabras inglesas, incluida la expresión «sin perjuicio de», recibirá los treinta rands restantes de sus honorarios.

No entrega ningún informe. Renuncia al dinero que le deben. Cuando la viuda le telefonea para preguntarle qué ocurre, él cuelga el aparato sin decir nada.

Rasgos de su carácter que se desprenden de la anécdota: a) integridad (se niega a leer el testamento como ella quiere que lo haga); b) ingenuidad (pierde una ocasión de ganar algún dinero).

31 de mayo de 1975

Sudáfrica no se encuentra formalmente en estado de guerra, pero es como si lo estuviera. A medida que ha aumentado la resistencia, el imperio de la ley ha sido suspendido paso a paso. A estas alturas la policía y quienes la dirigen (como los cazadores dirigen jaurías de perros) tienen más o menos libertad para hacer lo que quieran. Como si fueran noticias, la radio y la televisión transmiten las mentiras oficiales. Sin embargo, sobre el lamentable y criminal espectáculo se cierne una atmósfera de rancialidad. Los viejos gritos de las concentraciones («¡Defendamos la civilización cristiana blanca!», «¡Honremos los sacrificios de los antepasados!») carecen por completo de fuerza. Nosotros o ellos, o tanto ellos como nosotros, hemos llegado al final del juego, y todo el mundo lo sabe.

Sin embargo, mientras los jugadores de ajedrez maniobran para obtener una ventaja, todavía se consumen vidas humanas... se las consume y defeca. De la misma manera que el destino de ciertas generaciones es que la guerra las destruya, así el de la generación actual es, según parece, que la política las avasalle.

Si Jesús se hubiera rebajado a hacer política podría haberse convertido en un hombre clave de la Judea romana, un gran negociador. Precisamente porque era indiferente a la política, e hizo patente su indiferencia, lo liquidaron. Cómo vivir tu vida al margen de la política, y tu muerte también: ese fue el ejemplo que dio a sus seguidores.

Es curioso que considere a Jesús como un guía. Pero ¿dónde podría encontrar uno mejor?

Precaución: eludir llevar demasiado lejos su interés por Jesús y transformar esto en un relato de conversión.

2 de junio de 1975

La casa al otro lado de la calle tiene nuevos propietarios, una pareja más o menos de su edad con hijos pequeños y un BMW. Él no les presta atención hasta que un día llaman a su puerta.

—Hola, soy David Truscott, tu nuevo vecino. Me he dejado la llave dentro de casa y no puedo entrar. ¿Me permitirías llamar por teléfono? —Y entonces, como una ocurrencia tardía—: ¿No te conozco?

Se produce el reconocimiento. En efecto, ambos se conocen. En 1952, David Truscott y él iban a la misma clase de sexto curso en la escuela secundaria Saint Joseph. Él y David Truscott podrían haber avanzado uno al lado del otro durante el resto de la enseñanza media, de no ser porque David suspendió sexto y se quedó rezagado. No era difícil ver por qué había fallado: en sexto se estudiaba álgebra y David no entendía ni papa de álgebra, ni siquiera lo más esencial, que la x, la y y la z estaban allí para liberarte del tedio de la aritmética. David tampoco acabó de manejarse con el latín... con el subjuntivo, por ejemplo. Incluso a edad tan temprana, le parecía evidente que estaría mejor fuera de la escuela, lejos del latín y el álgebra, contando billetes en un banco o vendiendo zapatos.

Pero, a pesar de que le abroncaban continuamente por no comprender las cosas (broncas que él aceptaba con filosofía, aunque de vez en cuando las lágrimas le empañaban las gafas), David persistió en sus estudios, sin duda porque sus padres le obligaban a ello. Pese a las dificultades, se las arregló para superar sexto y luego séptimo y así hasta décimo, y ahora helo aquí, veinte años después, pulcro, vivaz y próspero, y, según se revela, tan absorto en sus asuntos profesionales que por la mañana, al salir de casa para ir a la oficina, se ha olvidado la llave dentro y, puesto que su mujer se ha llevado a los niños a una fiesta, no puede entrar en su vivienda.

—¿Y a qué te dedicas? —le pregunta a David, más que curioso.

—Al marketing. Trabajo en el grupo Woolworth. ¿Y tú qué haces?

—Pues me encuentro entre una cosa y otra. He dado clases en una universidad de Estados Unidos, y ahora estoy buscando un puesto aquí.

—Bueno, hemos de reunirnos. Deberías venir a tomar una copa, a cambiar impresiones. ¿Tienes hijos?

—Soy un hijo. Quiero decir que vivo con mi padre. Se está haciendo mayor, necesita que cuiden de él. Pero pasa, hombre. El teléfono está ahí.

Así pues, David Truscott, que no entendía la x y la y, es un floreciente experto en marketing, mientras que él, que no tuvo la menor dificultad para entender la x, y la y, junto con otras muchas cosas más, es un desempleado intelectual. ¿Qué indica esto sobre el funcionamiento del mundo? Lo más evidente que parece indicar es que el camino que conduce a través del latín y el álgebra no es el camino hacia el éxito material. Pero puede indicar mucho más: que comprender las cosas es una pérdida de tiempo, que si quieres tener éxito en el mundo, una familia feliz, una bonita casa y un BMW no deberías tratar de comprender las cosas, sino tan solo sumar las cifras o pulsar los botones o hacer cualquier otra cosa que haga la gente de marketing y por la que son tan espléndidamente recompensados.

El caso es que David Truscott y él no se reunieron para tomar la copa prometida y mantener la charla prometida. Si algún atardecer resulta que él se encuentra en la parte delantera del jardín rastrillando hojas a la hora en que David Truscott regresa del trabajo, los dos se saludan como buenos vecinos, agitando la mano o inclinando la cabeza desde el otro lado de la calle, pero eso es todo. Él ve un poco más a la señora Truscott, una mujer menuda y pálida que siempre está metiendo prisa a los niños para que suban o bajen del segundo coche, pero David no se la ha presentado y él no ha tenido ocasión de hablar con ella. La vía Tokai es una avenida de mucho tráfico, peligrosa para los niños. No hay ninguna buena razón para que los Truscott crucen a su lado o para que él cruce al de ellos.

3 de junio de 1975
Desde donde viven él y los Truscott hay solo un paseo de un kilómetro en dirección sur hasta dar con Pollsmoor. Este edificio, al que nadie se molesta en llamar Prisión de Pollsmoor, es un centro carcelario rodeado de altos muros con alambre de espino y torres de vigilancia. En el pasado se alzaba solitario en un desierto de arena y matorrales. Pero con el transcurso de los años, primero de una manera dubitativa y luego con más confianza, las urbanizaciones del extrarradio se han ido aproximando, hasta que ahora, rodeada por pulcras hileras de viviendas de las que cada mañana salen modélicos ciudadanos para jugar su papel en la economía nacional, es Pollsmoor la que se ha convertido en la anomalía en el paisaje.

Por supuesto, es una ironía que el *gulag* sudafricano asome de una manera tan obscena en los barrios residenciales blancos, que el mismo aire que respiran él y los Truscott haya tenido que pasar por los pulmones de sinvergüenzas y delincuentes. Pero, como ha señalado Zbigniew Herbert, la ironía es sencillamente como la sal: la haces crujir entre los dientes y disfrutas de un sabor momentáneo; cuando el sabor ha desaparecido, los hechos irracionales siguen ahí. ¿Qué hace uno con el hecho irracional de Pollsmoor una vez ha agotado la ironía?

Continuación: los furgones del Servicio de Prisiones que pasan por la vía Tokai camino de los juzgados; atisbos de rostros, dedos que aferran las ventanillas con rejas; lo que los Truscott les dicen a sus hijos para explicar esas manos y caras, unas desafiantes, otras acongojadas.

JULIA

Doctora Frankl, ha tenido usted oportunidad de leer las páginas que le envié de los cuadernos de notas de John Coetzee correspondientes a los años 1972-1975, más o menos los años en que eran ustedes amigos. A fin de entrar en materia, quisiera saber si ha reflexionado sobre esas anotaciones. ¿Reconoce en ellas al hombre con quien se relacionó? ¿Reconoce el país y los tiempos que describe?

Sí, recuerdo Sudáfrica, recuerdo la vía Tokai, recuerdo los furgones atestados de presos camino de Pollsmoor. Lo recuerdo todo con absoluta claridad.

Naturalmente, Nelson Mandela estuvo encarcelado en Pollsmoor. ¿No le sorprende que Coetzee no mencione a Mandela como una persona que vivía allí?

A Mandela no lo trasladaron a Pollsmoor hasta más adelante. En 1975 seguía en la isla de Robben.

Claro, lo había olvidado. ¿Y qué me dice de las relaciones de Coetzee con su padre? Él y su padre vivieron juntos durante cierto tiempo tras la muerte de su madre. ¿Conoció usted al padre?

Nos vimos varias veces.

¿Vio usted al padre reflejado en el hijo?

¿Quiere decir si John era como su padre? Físicamente, no. Su padre era más bajo y más delgado: un hombrecillo pulcro, apuesto a su manera, aunque era evidente que no estaba bien de salud. Bebía y fumaba a hurtadillas y, en general, no se cuidaba, mientras que John era un abstemio convencido.

¿Y en otros aspectos? ¿Eran similares en otros aspectos?

Ambos eran solitarios. Socialmente ineptos. Reprimidos, en el sentido más amplio de la palabra.

¿Y cómo conoció a John Coetzee?

Se lo diré dentro de un momento. Pero primero, hay algo en esas notas que no he comprendido: los pasajes en cursiva al final de cada entrada: «A desarrollar», etcétera. ¿Quién los escribió? ¿Lo hizo usted?

Los escribió el mismo Coetzee. Son recordatorios para sí mismo, escritos en 1999 o 2000, cuando pensaba en adaptar esas anotaciones concretas para un libro.

Comprendo. En cuanto a cómo conocí a John: tropecé con él por primera vez en un supermercado. Corría el verano de 1972, no mucho después de que John se hubiera trasladado a El Cabo. Parece ser que en aquel entonces yo pasaba mucho tiempo en los supermercados, incluso a pesar de que nuestras necesidades, me refiero a mis necesidades y las de mi hija, eran muy básicas. Iba de compras porque me aburría, porque necesitaba alejarme de la casa, pero sobre todo porque el supermercado me ofrecía paz y placer: el edificio espacioso y aireado, la blancura, la limpieza, el hilo musical, el suave siseo de las ruedas de los carritos. Y luego estaba aquella gran variedad: esta salsa de espaguetis contra aquella otra salsa, este dentífrico o ese de al lado, y así sucesivamente, algo interminable. Me relajaba. Otras mujeres a las que conocía jugaban al tenis o practicaban yoga. Yo compraba.

Los años setenta eran los del apogeo del *apartheid*, así que no veías a muchas personas de color en el supermercado, excepto, claro está, el personal. Tampoco veías a muchos hombres. Eso contribuía al placer de ir de compras. No tenía que actuar. Podía ser yo misma.

No veías a muchos hombres, pero en la sucursal de Pick'n' Pay de la vía Tokai había uno en el que me fijaba una y otra vez. Me fijaba en él, pero él no se fijaba en mí, pues estaba demasiado absorto en su compra. Eso me parecía muy bien. Por su aspecto no era lo que la mayoría de la gente llamaría atractivo. Era flacucho, llevaba barba y gafas de montura metálica, y calzaba sandalias. Parecía fuera de lugar, como un pájaro, una de esas aves que no vuelan; o como un científico abstraído que ha salido por error de su laboratorio. También tenía un aire de sordidez, un aire de fracaso. Conjeturé que no había ninguna mujer en su vida, y resultó que estaba en lo cierto. Lo que necesitaba claramente era alguien que cuidara de él, una hippy que hubiera dejado atrás la juventud, con collares de cuentas, los sobacos sin depilar y la cara sin maquillar, que le hiciera la compra, le cocinara, se encargara de la limpieza y quizá también le proveyera de droga. No me acerqué a él lo suficiente para mirarle los pies, pero estaba dispuesta a apostar que no tenía las uñas arregladas.

En aquella época yo siempre notaba cuándo un hombre me miraba. Sentía una presión en los miembros, en los pechos, la presión de la mirada masculina, unas veces sutil y otras no tanto. Usted no comprenderá de qué le hablo, pero las mujeres sí. Con aquel hombre no había ninguna presión detectable. En absoluto.

Pero eso cambió un día. Yo estaba de pie ante los estantes de la sección de papelería. La Navidad estaba a la vuelta de la esquina, y yo me dedicaba a seleccionar papel de regalo, ya sabe, papel con alegres motivos navideños, velas, abetos, renos. Un rollo se me cayó por accidente y, cuando me agachaba para recogerlo, se me cayó un segundo rollo. Oí una voz de hombre a mis espaldas: «Yo los recojo». Era, por supuesto, su hombre, John Coetzee. Recogió los dos rollos, que eran bastante largos, tal vez de un metro, y me los devolvió, y al hacerlo, no puedo decirle si intencionadamente o no, me los acercó a un pecho. Durante uno o dos segundos, a través de la longitud de los rollos, podría haberse dicho con propiedad que me había tocado un pecho.

Yo estaba indignada, por supuesto. Al mismo tiempo, lo ocurrido carecía de importancia. Procuré no mostrar ninguna reacción: no bajé los ojos, no me ruboricé y, desde luego, no sonreí. «Gracias», le dije en un tono neutral, y entonces me di la vuelta y seguí con lo mío.

Sin embargo, era un acto personal, no tenía sentido fingir que no lo era. Que fuera a desvanecerse y perderse entre todos los demás momentos personales solo el tiempo lo diría. Pero no podía pasar por alto fácilmente aquel íntimo e inesperado toqueteo. De hecho, cuando llegué a casa, hasta me quité el sujetador y me examiné el pecho en cuestión. Como es natural, no tenía ninguna marca. No era más que un pecho, un inocente pecho de mujer joven.

Entonces, un par de días después, cuando iba a casa en coche por la vía Tokai, lo vi, vi al señor Sobón que iba a pie, cargado con las bolsas de la compra. Sin pensarlo dos veces, me detuve y me ofrecí a llevarlo (usted es demasiado joven para saberlo, pero en aquel entonces aún te ofrecías para llevar a alguien en coche).

En la década de 1970, Tokai era lo que podríamos llamar un barrio residencial en ascenso, donde se instalaban familias cada vez más acomodadas. Aunque el terreno no era barato, se estaba construyendo mucho. Pero la casa donde vivía John era de una época anterior, una de esas casitas de campo en las que habían vivido los braceros cuando Tokai era todavía tierra de labor. Le habían añadido la instalación eléctrica y cañerías, pero como hogar seguía siendo bastante básico. Le dejé en la puerta, y él no me invitó a entrar.

Transcurrió el tiempo. Entonces, un día pasé por casualidad por delante de su casa, que estaba en la misma vía Tokai, una gran avenida, y lo vi, subido en la parte trasera de una pick-up, vertiendo paladas de arena en una carretilla. Vestía pantalón corto. Estaba pálido y no tenía aspecto de ser muy fuerte, pero parecía arreglárselas bien.

Resultaba curioso, porque en aquel entonces no era corriente que un blanco hiciera un trabajo manual, un trabajo no cualificado. Trabajo de cafre, solía llamársele, una tarea para la que pagabas a otros. No es que fuese vergonzoso que te vieran cargando una carretilla de arena pero, desde luego, resultaba embarazoso que uno de los tuyos hiciera eso, no sé si comprende usted lo que quiero decir.

Me ha pedido que le dé una idea de cómo era John en aquella época, pero no puedo presentarle un retrato sin un contexto, porque de lo contrario habría cosas que usted no podría comprender.

Comprendo. Quiero decir que acepto lo que me plantea.

Pasé por su lado en el coche, como he dicho, pero no reduje la velocidad ni lo salude. El asunto habría terminado ahí, esa habría sido toda la relación que tuvimos y usted no estaría aquí escuchándome, estaría en otro país escuchando las divagaciones de otra mujer. Pero resulta que me lo pensé mejor y di la vuelta.

—Hola, ¿qué estás haciendo? —le pregunté.

—Pues ya ves: cargando arena —me respondió.

—Pero ¿para qué?

—Trabajo de construcción. ¿Quieres que te enseñe?

Y bajó de la pick-up.

—Ahora no —le dije—. Otro día. ¿Es tuya esta pick-up?

—Sí.

—En ese caso, no tienes necesidad de ir andando a las tiendas. Podrías conducir.

—Sí. —Entonces me preguntó—: ¿Vives por aquí?

—Más lejos —repliqué—. Más allá de Constantiaberg. En el monte.

Era una broma, la clase de broma que hacían los sudafricanos blancos en aquellos días. Porque, naturalmente, no era cierto que vivía en el monte. Los únicos que vivían en el monte, el auténtico monte, eran los negros. Lo que él debía comprender era que yo vivía en una de las nuevas urbanizaciones que ocupaban el ancestral monte de la península de El Cabo.

—Bueno, no te haré perder más tiempo —le dije—. ¿Qué estás construyendo?

—No construyo nada, solo hormigoneo —respondió—. No soy lo bastante inteligente para construir.

Tomé estas palabras por un chistecito suyo como reacción al mío. Porque si no era ni rico ni apuesto ni atractivo (y no era ninguna de estas cosas), si carecía de inteligencia, no quedaba nada. Pero, desde luego, tenía que ser inteligente. Incluso lo parecía, a la manera en que los científicos que se pasan la vida encorvados sobre un microscopio parecen inteligentes: una clase de inteligencia estrecha, miope, que armoniza con las gafas de montura de carey.

Debe creerme si le digo que nada (¡nada!) podía haber estado más lejos de mi mente que coquetear con aquel hombre, porque él no tenía la menor presencia sexual. Era como si lo hubieran rociado de la cabeza a los pies con un espray neutralizador, un espray castrador. Desde luego, había sido culpable de tocarme un pecho con un rollo de papel de regalo navideño: eso no lo había olvidado, mi pecho retenía el recuerdo. Pero me decía que casi con toda seguridad no había sido más que un torpe accidente, la acción de un pobre desgraciado.

¿Por qué, entonces, me lo pensé mejor? ¿Por qué di la vuelta? No es una pregunta fácil de responder. Si es cierto eso de que una persona se prenda de otra, no estoy segura de que me prendara de John, no fue así durante largo tiempo. No era fácil prendarte de John, su postura ante el mundo era demasiado cautelosa, demasiado a la defensiva para que te prendaras de él. Supongo que a su madre debió de gustarle, cuando era pequeño, y que lo amó, porque para eso están las madres. Pero era difícil imaginar que le gustara a alguien más.

No le importará un poco de charla sincera, ¿verdad? Entonces permítame que le amplíe los datos. Yo tenía entonces veintiséis años, y me había relacionado carnalmente con solo dos hombres. Dos. El primero fue un chico al que conocí cuando tenía quince. Durante años, hasta que le llamaron a filas, los dos fuimos uña y carne. Cuando él se marchó, pasé algún tiempo alicaída, sin relacionarme apenas con nadie, y entonces encontré otro novio. Con el nuevo novio fuimos uña y carne durante toda la época estudiantil. Nada más licenciarnos, nos casamos, con la bendición de ambas familias. Tanto en uno como en otro caso, era o todo o nada. Mi naturaleza siempre ha sido así: todo o nada. Así que a los veintiséis años de edad era inocente en muchos aspectos. Por ejemplo, no tenía la menor idea de lo que una debía hacer para seducir a un hombre.

No me malinterprete. No es que llevara una vida resguardada. Una vida resguardada era imposible en la clase de círculos en los que mi marido y yo nos movíamos. Más de una vez, en los cócteles, algún hombre, en general un conocido de mi marido en el mundo de los negocios, se las ingeniaba para llevarme a un rincón e, inclinándose hacia mí, me preguntaba en voz baja si no me sentía sola en aquella urbanización alejada, con Mark fuera de casa tanto tiempo, si no me gustaría salir a comer un día de la semana siguiente. Por supuesto, yo me negaba a seguirle el juego, pero deduje que así era como se iniciaban las aventuras extramatrimoniales. Un desconocido te invitaba a comer y luego te llevaba en su coche a un chalet en la playa, propiedad de un amigo y del que resultaba que tenía la llave, o a un hotel en la ciudad, donde se realizaba la parte sexual de la transacción. Entonces, al día siguiente, el hombre te telefoneaba para decirte lo bien que lo había pasado contigo y cuánto le gustaría verte de nuevo el próximo martes. Y así seguían las cosas, un martes tras otro, las discretas comidas, los episodios en la cama, hasta que el hombre dejaba de llamarte o tú dejabas de responder a sus llamadas. Y a la suma de todo ello se le llamaba tener una aventura.

En el mundo de los negocios (dentro de un momento le diré más cosas sobre mi marido y sus negocios), los hombres se sienten apremiados, o por lo menos así era entonces, a tener esposas presentables y, por lo tanto, las mujeres a ser presentables; a ser presentables y también complacientes, dentro de unos límites. Por esta razón, aunque mi marido se irritaba cuando le contaba las insinuaciones de sus colegas, seguía teniendo unas relaciones cordiales con ellos. Nada de muestras de indignación ni puñetazos ni duelos al amanecer, sino tan solo, de vez en cuando, unos accesos de callado enojo y un humor de perros dentro del hogar.

Ahora, al rememorarlo, la cuestión de quién se acostaba con quién en aquel mundo pequeño y cerrado me parece más oscura de lo que nadie estaba dispuesto a admitir, más oscura y siniestra. A los hombres les gustaba y les desagradaba al mismo tiempo que otros hombres codiciaran a sus mujeres. Se sentían amenazados, pero de todos modos estaban excitados. Y las mujeres, las esposas, también lo estaban: habría que haber estado ciego para no ver eso. Excitación por todas partes, una envoltura de libidinosa excitación, de la que yo me apartaba expresamente. En las fiestas de que le hablo acudía tan presentable como era preciso, pero jamás me mostraba complaciente.

El resultado era que no hacía amigas entre las esposas, las cuales hablaban entre ellas y llegaban a la conclusión de que yo era fría y altanera. Más aun, se aseguraban de que su opinión acerca de mí llegara a mis oídos. Por mi parte, me gustaría decir que no habría podido importarme menos, pero mentiría, pues era demasiado joven y estaba demasiado insegura de mí misma.

Mark no quería que me acostara con otros hombres. Al mismo tiempo quería que otros hombres vieran la clase de mujer con la que se había casado y que le envidiaran. Me temo que lo mismo podría decirse de sus amigos y colegas: querían que las esposas de otros hombres cedieran a sus insinuaciones, pero que su propia mujer se mantuviera casta... casta y atractiva. Algo que carecía de sentido lógico, que era insostenible como microsistema social. Sin embargo, se trataba de hombres de negocios, lo que los franceses llaman «hombres de *affaires*», ya me entiende, astutos, diestros (en otro sentido de la palabra «diestro»), hombres que entendían de sistemas, de qué sistemas son sostenibles y cuáles no. Por eso digo que el sistema de lo ilícito lícito del que todos participaban era más oscuro de lo que estaban dispuestos a admitir. A mi modo de ver, solo podía seguir funcionando a un coste psíquico considerable, y solo mientras ellos se negaran a reconocer lo que en cierto nivel debían de haber sabido.

Al comienzo de nuestro matrimonio, cuando Mark y yo estábamos tan seguros el uno del otro que no creíamos que nada pudiera afectarnos, pactamos que ninguno de los dos tendría secretos para el otro. Por lo que a mí respecta, el pacto sigue vigente en este momento. No le oculté nada a Mark, y no lo hice porque no tenía nada que ocultar. Mark, en cambio, cierta vez cometió una transgresión. La cometió, tuvo que confesarla y cargar con las consecuencias. Después de aquel mal trago llegó a la conclusión de que le convenía más mentir que decir la verdad.

Mark trabajaba en el campo de los servicios financieros. Su compañía identificaba oportunidades de inversión para los clientes y administraba sus inversiones para ellos. Los clientes eran en su mayoría sudafricanos ricos que trataban de sacar su dinero del país antes de que el país implosionara (es la palabra que utilizaban) o que explotara (la palabra que yo prefería). Por razones que nunca tuve claras, pues al fin y al cabo en aquella época existía el teléfono, el trabajo de Mark requería que viajara a la sucursal de Durban una vez a la semana, a fin de realizar lo que él llamaba «consultas». Si suma usted los días, resultaba que se pasaba tanto tiempo en Durban como en casa.

Uno de los colegas con los que Mark realizaba consultas en la sucursal era una mujer llamada Yvette, mayor que él, afrikáner, divorciada. Al principio, él me hablaba de ella sin tapujos. Yvette incluso le telefoneó a casa, una o dos veces, por asuntos de negocios. Pero entonces dejó de mencionarla por completo.

—¿Hay algún problema con Yvette? –le pregunté a Mark.

—No —me respondió.

—¿Es atractiva?

—En realidad no… es corriente.

Esa actitud evasiva por su parte me hizo suponer que algo se estaba fraguando. Empecé a prestar atención a detalles extraños: mensajes que inexplicablemente no le llegaban, vuelos perdidos, cosas por el estilo.

Un día, cuando volvió tras una de las largas ausencias, se lo planteé sin ambages.

—Anoche no pude comunicar contigo en el hotel. ¿Estabas con Yvette?

—Sí —admitió.

—¿Te acostaste con ella?

—Sí —respondió (*Lo siento, pero no puedo mentir*).

—¿Por qué?

Él se encogió de hombros.

—¿Por qué? —repetí.

—Porque sí.

—Bien, que te den por el saco —le dije y, dándole la espalda, me encerré en el baño.

No lloré, ni siquiera me pasó por la mente la idea de llorar, sino que, por el contrario, rebosante del deseo de venganza, apreté hasta vaciarlos en el lavabo un tubo de dentífrico y otro de espuma para el cabello, abrí el grifo de agua caliente sobre la mezcla, la agité con un cepillo para el pelo y dejé que desapareciera por el desagüe.

Tales fueron los antecedentes. Después de ese episodio, después de que su confesión no le valiera la aprobación que esperaba, él se dedicó a mentir.

—¿Todavía ves a Yvette? —le pregunté después de otro de sus viajes.

—He de verla, no tengo alternativa, trabajamos juntos —replicó.

—Pero ¿sigues viéndola de esa manera?

—Lo que llamas «esa manera» ha terminado —me dijo—. Ocurrió una sola vez.

—Una o dos veces.

—Una sola —insistió él, cimentando la mentira.

—Así que no ha sido más que una de esas cosas que pasan —comenté.

—Exacto. Nada más que una de esas cosas que pasan.

Y acto seguido las palabras cesaron entre Mark y yo, las palabras y todo lo demás, por aquella noche.

Cada vez que Mark me mentía, no descuidaba mirarme fijamente a los ojos. «Estoy siendo franco con Julia»: así era cómo debía de considerarlo. Gracias a esa franca mirada suya yo podía saber de una manera infalible que me estaba mintiendo. No podrá usted creer lo mal que Mark mentía, lo mal que mienten los hombres en general. Qué lástima que yo no tenga nada sobre lo que mentir, me dije. Podría haberle enseñado a Mark una o dos cosas, en el aspecto técnico.

Desde el punto de vista cronológico, Mark era mayor que yo, pero no lo veía así. Tal como yo lo veía, era la mayor en nuestra familia, seguida por Mark, que tenía unos trece años, seguido por nuestra hija Christina, que iba a cumplir dos años. En consecuencia, respecto a la madurez, mi marido estaba más cercano a la niña que a mí.

En cuanto al señor Sobón, el señor Mano Larga, el hombre que recogía arena a paladas en la caja de la pick-up, por volver a él, no tenía ni idea de su edad. Que yo supiera, podría ser otro chaval de trece años. O bien, *mirabile dictu*, realmente podría ser un adulto. Tendría que esperar y ver.

—Me equivoqué por un factor de seis —me estaba diciendo (o tal vez fueran dieciséis, solo le escuchaba a medias)—. En lugar de una tonelada y media de grava, diez toneladas. Debía de estar loco.

—Debías de estar loco —repetí, ganando tiempo mientras averiguaba de qué me estaba hablando.

—Para cometer semejante error.

—Yo cometo continuamente errores con los números. Pongo el punto decimal en el lugar equivocado.

—Sí, pero un factor de seis no es como equivocarte en la colocación del punto decimal. No lo es, a menos que seas sumerio. En cualquier caso, la respuesta a tu pregunta es que esto no se va a terminar nunca.

¿Qué pregunta?, me interrogué. ¿Y qué era eso que no iba a terminar nunca?

—Bueno, debo irme —le dije—. Tengo una niña que me espera para que le dé la comida.

—¿Tienes hijos?

—Sí, tengo una hija. ¿Por qué no habría de tenerla? Soy una mujer adulta con un marido y una hija a los que he de alimentar. ¿Por qué te sorprendes? ¿Qué otro motivo tendría para pasar tanto tiempo en el Pick'n'Pay?

—¿La música? —sugirió él.

—¿Y tú? ¿No tienes familia?

—Tengo un padre que vive conmigo o con quien vivo, pero no familia en el sentido convencional. Mi familia ha volado.

—¿Ni esposa ni hijos?

—Ni esposa ni hijos. Vuelvo a ser un hijo.

Siempre me habían interesado estos intercambios entre congéneres, cuando las palabras no tienen nada que ver con el tráfico de los pensamientos por la mente. Por ejemplo, mientras hablábamos, mi memoria vomitaba la imagen del desconocido repulsivo de veras, con gruesos y negros pelos que le brotaban en los lóbulos de las orejas y por encima del botón superior de la camisa, que en la barbacoa más reciente me había tocado el trasero con toda naturalidad mientras me estaba sirviendo ensalada: no una caricia ni un pellizco, sino su manaza ahuecada para amoldarse a mi nalga. Si esa imagen llenaba mi mente, ¿qué podría llenar la mente de aquel otro hombre menos hirsuto? ¡Y qué suerte que la mayoría de la gente, incluso personas que carecen de habilidad para mentir abiertamente, sean por lo menos lo bastante competentes en el arte de la ocultación para no revelar lo que ocurre en su interior, sin el más leve temblor de la voz ni dilatación de la pupila!

—Bueno, adiós –le dije.

—Adiós.

Fui a casa, pagué a la asistenta, le di de comer a Chrissie y la acosté para que hiciera la siesta. Entonces horneé dos bandejas de bizcochos de chocolate y nueces. Mientras todavía estaban calientes, fui en el coche a la casa de la vía Tokai. Hacía un día hermoso, sin viento. Su hombre (recuerde que por entonces no sabía cómo se llamaba) estaba en el jardín, haciendo algo con madera, un martillo y clavos, desnudo de cintura para arriba. El sol le había enrojecido los hombros.

—Hola –le dije–. Deberías ponerte una camisa, el sol no te conviene. Mira, te he traído unos bizcochos, para ti y tu padre. Son mejores que los que venden en Pick'n'Pay.

Con una expresión de suspicacia, mejor dicho, con una expresión claramente irritada, dejó a un lado sus herramientas y tomó el paquete.

—No puedo invitarte a entrar –me dijo–. La casa está patas arriba. –Con toda evidencia, allí no era bienvenida.

—No importa –repliqué–. En cualquier caso, no puedo quedarme, he de volver con mi hija. Solo ha sido un gesto de buena vecindad. ¿Por qué no venís a cenar una noche tú y tu padre? ¿Una cena de buena vecindad?

Él sonrió, la primera vez que le veía sonreír. No era una sonrisa atractiva: demasiado tensa. Le avergonzaban sus dientes, que estaban deteriorados.

—Gracias, pero primero tendré que planteárselo a mi padre. No le gusta trasnochar.

—Dile que no será necesario que trasnoche –repuse–. Podéis comer y marcharos, no me ofenderé. Solo seremos los tres. Mi marido está fuera.

Imagino que se está usted preocupando. «¿Para qué me he metido en esto? –debe de preguntarse–. ¿Cómo puede esta señora pretender que recuerda en su totalidad conversaciones triviales que tuvieron lugar hace tres o cuatro décadas? ¿Y cuándo irá al grano?» Así pues, permítame que le sea franca: por lo que respecta al diálogo, lo estoy inventando sobre la marcha, lo cual supongo que me permitirá usted, puesto que estamos hablando de un escritor. Tal vez lo que le cuento no sea cierto al pie de la letra, pero es fiel al espíritu de la letra, no le quepa duda de ello. ¿Puedo continuar?

[Silencio.]

Garabateé a toda prisa mi número de teléfono en la caja de bizcochos.

—Y permíteme también que te diga mi nombre, por si te preguntabas cuál era —le dije—. Me llamo Julia.

—Julia. Con qué suavidad fluye la licuefacción de su ropa.

—Desde luego —repliqué. No tenía ni idea de lo que quería decir.

Llegó a la noche siguiente, como había prometido, pero sin su padre.

—Mi padre no se encuentra bien —me explicó—. Ha tomado una aspirina y se ha acostado.

Cenamos sentados a la mesa de la cocina, yo con Chrissie en el regazo.

—Saluda al tío —le dije a Chrissie, pero ella no quería saber nada del desconocido. Un niño sabe cuándo se está preparando algo. Lo nota en el aire.

Lo cierto es que Christina nunca le cobró cariño a John, ni entonces ni más adelante. De pequeña era rubia y con los ojos azules, como su padre, totalmente distinta a mí. Le enseñaré una foto. A veces tenía la sensación de que, como no se parecía a mí físicamente, no me tendría afecto. Otras veces tenía la sensación de que yo era la única que repartía afecto y cuidados en la casa, y, sin embargo, comparada con Mark era la intrusa, la extraña, la rara.

El tío. Así llamaba a John delante de la niña. Luego lo lamenté. Hay algo sórdido en hacer pasar a un amante por alguien de la familia.

En cualquier caso, comíamos, charlábamos, pero yo empezaba a perder el entusiasmo, la excitación, y eso me dejaba baja de moral. Aparte del incidente con el papel de regalo en el supermercado, tanto si lo malinterpreté como si no, era yo la que había hecho todas las proposiciones, la que le había invitado. «Basta, ya está bien —me dije a mí misma—. Ahora le toca a él tomar la iniciativa o no tomarla.»

La verdad es que no tenía madera de seductora. Ni siquiera me gustaba esa palabra, con su trasfondo de ropa interior de encaje y perfume francés. Precisamente con el fin de evitar el papel de seductora no me había puesto elegante para la ocasión. Llevaba la misma blusa de algodón blanca y pantalones de terileno (sí, terileno) verdes que había llevado aquella mañana en el supermercado. Lo que ves es lo que hay.

No sonreía. Soy plenamente consciente de hasta qué punto me conducía como un personaje de una novela, como una de esas jóvenes altruistas de Henry James, por ejemplo, decidida, pese a los dictados de su instinto, a hacer lo difícil, lo moderno. Sobre todo cuando mis compañeras, las esposas de los colegas de Mark en la empresa, buscaban orientación no en Henry James ni en George Eliot sino en *Vogue* o *Marie Claire* o *Fair Lady*. Claro que ¿para qué son los libros si no es para cambiar nuestras vidas? ¿Habría hecho usted todo el trayecto hasta Kingston para escuchar lo que tengo que decir acerca de John si no creyera que los libros son importantes?

No, no lo habría hecho.

Exactamente. Y no podía decirse de John que fuese un dechado de elegancia. Tan solo unos pantalones buenos, tres camisas blancas, un par de zapatos: un verdadero hijo de la Depresión. Pero permítame volver a lo que le estaba contando.

Aquella noche preparé para cenar una sencilla lasaña. Sopa de guisantes, lasaña, helado: ese fue el menú, lo bastante suave para una criatura de dos años. La lasaña era más chapucera de lo que debería haber sido porque estaba hecha con requesón en vez de *ricotta*. Podría haber hecho una segunda escapada a la tienda en busca de *ricotta*, pero no la hice por principio, de la misma manera que por principio no me cambié de indumentaria.

¿De qué hablamos durante la cena? De poca cosa. Me concentré en dar de comer a Chrissie, pues no quería que tuviera la sensación de que no le hacía caso. Y John no era un gran conversador, como usted ya debe de saber.

No lo sé. No le he conocido en persona.

¿No le ha conocido en persona? Me sorprende que me diga eso.

Nunca traté de ponerme en contacto con él. Ni siquiera intercambiamos correspondencia. Pensé que lo mejor sería no sentirme en deuda con él. Así tendría libertad para escribir lo que deseara.

Pero sí que trató de ponerse en contacto conmigo. Su libro se ocupa de él, y sin embargo prefiere no conocerle en persona. Su libro no va a ocuparse de mí y me ha pedido una entrevista. ¿Cómo lo explica?

Porque usted fue una figura prominente en su vida. Fue importante para él.

¿Cómo sabe eso?

Tan solo repito lo que él dijo. No a mí, sino a mucha gente.

¿Ha dicho que he sido una figura importante en su vida? Eso me sorprende. Me produce una gran satisfacción. Me satisface no el hecho de que haya pensado tal cosa, pues estoy de acuerdo, realmente tuve un fuerte impacto en su vida, sino que se lo haya dicho a otras personas.

Permítame que le haga una confesión. Cuando usted se puso en contacto conmigo por primera vez, estuve a punto de negarle la entrevista. Pensé que era un entrometido, un cazanoticias intelectual que se ha hecho con una lista de las mujeres de John, sus conquistas, y que ahora está recorriendo la lista, punteando los nombres, con la esperanza de ensuciar un poco su nombre.

No tiene usted una opinión muy elevada de los investigadores académicos.

No, no la tengo. Por eso he intentado aclararle que no fui una de sus conquistas. En todo caso, él fue una conquista mía. Pero dígame, por curiosidad, ¿a quién le dijo él que fui importante?

A varias personas. En sus cartas. No la nombra, pero es muy fácil identificarla. Además, conservaba una fotografía suya. La encontré entre sus papeles.

¡Una fotografía! ¿Puedo verla? ¿La tiene aquí?

Haré una copia y se la enviaré.

Sí, claro que fui importante para él. A su manera, estaba enamorado de mí. Pero hay una manera importante de ser importante y una manera que no es importante, y tengo mis dudas de que yo llegara al nivel importante que es importante. Quiero decir que jamás escribió sobre mí. Nunca he aparecido en sus libros, lo cual significa que nunca florecí del todo en su interior, nunca empecé a funcionar del todo.

[Silencio.]

¿Ningún comentario? Usted ha leído sus libros. ¿En cuál de ellos hay huellas de mi presencia?

No puedo responderle a eso. No la conozco lo bastante bien para decírselo. ¿No se reconoce usted misma en ninguno de sus personajes?
No.

Tal vez se encuentre en sus libros de una manera más difusa, no de-
tectable de inmediato.

Tal vez. Pero tendrían que convencerme de eso. ¿Seguimos adelante? ¿Por dónde iba?

La cena. La lasaña.

Sí. La lasaña. Las conquistas. Le serví lasaña y entonces terminé de conquistarlo. ¿Hasta qué punto es necesario que sea explícita? Como está muerto, ya no puede afectarle ninguna indiscreción por mi parte. Utilizamos la cama de matrimonio. Pensé que, si iba a profanar mi matrimonio, bien podía hacerlo a conciencia. Y una cama es más cómoda que el sofá o el suelo.

En cuanto a la experiencia en sí (me refiero a la experiencia de la infidelidad, que es lo que aquella experiencia fue, sobre todo para mí), me resultó más extraña de lo que había esperado, y terminó antes de que hubiera podido acostumbrarme a ella. Sin embargo, fue excitante, de eso no hay duda, desde el principio hasta el final. Tenía el corazón desbocado. Es algo que no olvidaré jamás. Por volver a Henry James, en sus obras hay muchas traiciones, pero no recuerdo que haya nada sobre la excitación, la conciencia de ti misma agudizada, durante el acto en sí… quiero decir el acto de la traición. Lo cual me indica que, si bien a James le gustaba presentarse a sí mismo como un gran traidor, en realidad jamás había cometido físicamente el acto de traicionar.

¿Mis primeras impresiones? Mi nuevo amante era más huesudo y más liviano que mi marido. Recuerdo que pensé: «No come lo suficiente». Él y su padre juntos en esa miserable casita de la vía Tokai, un viudo y su hijo soltero, dos incompetentes, dos vidas fracasadas, cenando a base de mortadela, galletas y té. Puesto que no quería traer a su padre a mi casa,

¿tendría que empezar a ir yo a la suya con cestas de buenos alimentos?

En la imagen que conservo de él, se inclina sobre mí con los ojos cerrados y me acaricia, cejijunto y concentrado, como si tratara de memorizarme solo por medio del tacto. Su mano se deslizaba arriba y abajo, adelante y atrás. En aquel entonces, yo estaba muy orgullosa de mi figura. El footing, la calistenia, la dieta: si no hay una compensación cuando te desnudas para un hombre, ¿cuándo va a haber una compensación? Puede que no fuese una belleza, pero por lo menos debía de ser un placer tocarme: esbelta y bien formada, un auténtico cuerpazo.

Si esta clase de conversación le resulta embarazosa, dígamelo y me callaré. Me dedico a una profesión íntima, de modo que la conversación íntima no me apura siempre que no le apure a usted. ¿No? ¿Ningún problema? ¿Sigo adelante?

Esa fue la primera vez que estuvimos juntos. Una experiencia interesante de veras, pero no trascendental. Claro que no había esperado que lo fuese, no con él.

Estaba decidida a evitar el enredo sentimental. Una aventura pasajera era una cosa; una relación amorosa, otra completamente distinta.

Estaba bastante segura de mí misma. No iba a entregar mi corazón a un hombre del que apenas sabía nada. Pero ¿qué decir de él? ¿Tal vez era la clase de hombre que rumiaba lo ocurrido entre nosotros, dándole más importancia de la que realmente tenía? Debes estar alerta, me dije.

Sin embargo, pasaron los días sin que tuviera ninguna noticia suya. Cada vez que pasaba ante la casa de la vía Tokai, reducía la velocidad y miraba con atención, pero no le veía. Tampoco me encontraba con él en el supermercado. Solo podía llegar a una conclusión: me estaba evitando. En cierta manera, eso era una buena señal, pero de todos modos me irritaba. Incluso me dolía. Le escribí una carta, una carta anticuada, la franqueé y la eché al buzón. «¿Me estás evitando? –le preguntaba–. ¿Qué debo hacer para convencerte de que solo quiero que seamos buenos amigos?» No hubo respuesta.

Lo que no mencioné en la carta, y desde luego no mencionaría la próxima vez que le viera, fue cómo pasé el primer fin de semana después de su visita. Mark y yo nos apareamos como conejos, hicimos el amor en el lecho nupcial, en el suelo, en la ducha, en todas partes, incluso mientras la pobre e inocente Chrissie totalmente despierta en su camita, lloraba y me llamaba.

Mark tenía sus propias ideas sobre la razón de que estuviera tan excitada. Creía que yo notaba intuitivamente el efecto de la mujer que tenía en Durban y quería demostrarle hasta qué punto yo era mucho más… ¿cómo podría decirlo?… mucho más experta que ella. El lunes, después de ese fin de semana, él tenía que volar a Durban, pero se echó atrás, canceló el vuelo y llamó a la oficina para decir que estaba enfermo. Entonces volvimos a la cama.

No se cansaba de mí. Le extasiaba de veras la institución del matrimonio burgués y las oportunidades que aportaba a un hombre de estar en celo tanto fuera como dentro del hogar.

En cuanto a mí, me sentía (escojo las palabras con cautela) insoportablemente excitada al tener dos hombres tan cerca el uno del otro. Bastante escandalizada, me decía a mí misma: «¡Te estás comportando como una puta! ¿Es eso lo que eres, por naturaleza?». Pero en realidad estaba muy orgullosa de mí misma, del efecto que podía ejercer. Aquel fin de semana atisbé por primera vez la posibilidad de desarrollo sin fin en el reino de lo erótico. Hasta entonces había tenido una imagen bastante trillada de la vida erótica: llegas a la pubertad, te pasas uno, dos o tres años dudando al borde de la piscina y entonces te lanzas y chapoteas hasta que encuentras una pareja que te satisface, y ese es el final, el término de tu búsqueda. Lo que descubrí aquel fin de semana fue que, a los veintiséis años de edad, mi vida erótica apenas había empezado.

Entonces recibí por fin una respuesta a mi carta. Una llamada telefónica de John. Primero me sondeó cautamente: ¿Me encontraba sola? ¿Estaba fuera mi marido? Siguió la invitación: ¿Te gustaría venir a cenar, temprano, y traer a tu hija?

Llegué a la casa con Chrissie en su cochecito. John me esperaba en la puerta, con uno de esos delantales de carnicero azul y blanco.

—Ven por la parte trasera —me dijo—. Estamos haciendo una barbacoa.

Así fue como conocí a su padre. Estaba sentado y encorvado sobre el fuego, como si tuviera frío, cuando la noche era todavía muy cálida. No sin emitir algún crujido, se levantó para saludarme. Parecía frágil, aunque resultó que solo tenía sesenta y tantos. «Encantado de conocerla —me dijo, con una sonrisa muy amable. Desde el principio nos llevamos bien—. ¿Y esta es Chrissie? ¡Hola, pequeña! Vienes a visitarnos, ¿eh?»

Al contrario que su hijo, hablaba con un fuerte acento afrikaans, pero su inglés era perfectamente aceptable. Al parecer, se había criado en una granja, en el Karoo, con muchos hermanos. Como no había ninguna escuela cerca, una profesora particular, una señorita Jones o Smith, procedente de la madre patria, les enseñó inglés.

En la finca rodeada por una valla donde Mark y yo vivíamos, cada casa tenía patio y barbacoa empotrada. Allí, en la vía Tokai, no había esas comodidades, sino tan solo un redondel de ladrillos con el fuego en el centro. Parecía de una estupidez increíble encender una fogata desprotegida cuando habría una criatura al lado, sobre todo una niña como Chrissie, cuya postura bípeda aún era inestable. Fingí que tocaba la parrilla, fingí que gritaba de dolor, retiré la mano y me la llevé a la boca. «¡Caliente! —le dije a Chrissie—. ¡Cuidado! ¡No lo toques!» ¿Por qué recuerdo este detalle? Porque me lamí la mano. Porque era consciente de que John me estaba mirando y, en consecuencia, prolongué el momento. En aquel entonces, y perdóneme por la jactancia, tenía una bonita boca, muy atractiva para besarla. Me apellidaba Kiš, que en Sudáfrica, donde nadie sabía nada de extraños signos diacríticos, se deletreaba K-I-S. «Kiss-kiss», solían sisear las chicas en la escuela, cuando querían provocarme. «Kiss-kiss», risitas y un húmedo chasquido de los labios. Me traía totalmente sin cuidado. Me decía que no hay nada malo en tener la boca muy atractiva para besarla. Fin de la digresión. Sé muy bien que desea que le hable de John, no de mí y de mi época escolar.

Salchichas a la parrilla y patatas horneadas: ese era el menú que aquellos dos hombres habían preparado de una manera tan imaginativa. Para las salchichas, un frasco de salsa de tomate; para las patatas, margarina. Menos mal que me había traído un par de esos potitos Heinz para la niña.

Aduciendo el escaso apetito propio de una dama refinada, me limité a poner una sola salchicha en mi plato. Como Mark se pasaba tanto tiempo fuera de casa, yo cada vez consumía menos carne. Mi dieta estaba formada principalmente por fruta, cereales y ensaladas. La de aquellos dos hombres se centraba en la carne y las patatas. Comían de la misma manera, en silencio, zampándose la comida como si fueran a arrebatársela en cualquier momento. Se notaba que comían en soledad.

—¿Qué tal va el hormigoneo? —pregunté.

—Otro mes y estará listo, Dios mediante —respondió John.

—Está mejorando mucho la casa —terció el padre—. De eso no hay ninguna duda. Es mucho menos húmeda que antes. Pero ha sido un trabajo enorme, ¿verdad, John?

Reconocí enseguida el tono de un padre deseoso de enorgullecerse de su hijo. Me solidaricé con el pobre hombre. ¡Un hijo treintañero, y nada que decir de él salvo que era capaz de colocar capas de hormigón! ¡Y qué duro también para el hijo, la presión de ese anhelo en el padre, el anhelo de sentirse orgulloso! Si había una razón por la que yo destacaba en la escuela, era para dar a mis padres, que llevaban una vida tan solitaria en este extraño país, algo de lo que estar orgullosos.

Como he dicho, su inglés, el del padre, era perfectamente aceptable, pero estaba claro que no era su lengua materna. Cuando decía un modismo, como «de eso no hay ninguna duda», lo hacía con una ligera floritura, como si esperase que le aplaudieran.

Le pregunté a qué se dedicaba, y me dijo que era contable y que trabajaba en la ciudad.

—Debe de ser una paliza ir desde aquí a la ciudad —comenté—. ¿No les iría mejor vivir más cerca?

Él musitó una respuesta que no entendí. Se hizo el silencio. Era evidente que había puesto el dedo en la llaga. Intenté cambiar de tema, pero no sirvió de nada.

No había esperado gran cosa de la velada, pero la monotonía de la conversación, los largos silencios y algo más que flotaba en la atmósfera, discordia o irritación entre ellos, todo ello era más de lo que estaba dispuesta a encajar. La comida había sido deprimente, las brasas se estaban convirtiendo en ceniza, yo tenía frío, había empezado a oscurecer, los mosquitos se cebaban en Chrissie. Nada me obligaba a seguir sentada en aquel jardín trasero lleno de hierbajos, nada me obligaba a participar en las tensiones familiares de personas a las que a apenas conocía, aun cuando, en un sentido técnico, una de ellas fuese o hubiese sido mi amante. Así que tomé a Chrissie en brazos y la puse en el cochecito.

—No te vayas todavía —me dijo John—. Haré café.

—Tengo que irme —repliqué—. Ya hace rato que Chrissie debería estar acostada.

En la cancela intentó besarme, pero yo no estaba de humor.

El relato que me conté a mí misma aquella noche, el relato por el que me decidí, era el de que las infidelidades de mi marido me habían provocado hasta tal extremo que, para salvaguardar mi amor propio, había llegado a cometer yo misma una breve infidelidad. Ahora que era evidente lo errónea que había sido esa infidelidad, por lo menos en la elección de un cómplice, la infidelidad de mi marido aparecía bajo una nueva luz, también como una probable equivocación, y, por lo tanto, indigna de que me hiciera mala sangre por ella.

Creo que al llegar aquí debería correr un recatado velo sobre los fines de semana conyugales. Ya he dicho bastante. Permítame recordarle tan solo que mis relaciones con John durante los días laborales tenían lugar contra el telón de fondo de esos fines de semana. Si John se sentía bastante intrigado y hasta encaprichado de mí, era porque había encontrado una mujer en el apogeo de sus poderes femeninos, que llevaba una vida sexual muy activa, una vida que en realidad tenía poco que ver con él.

Mire, señor Vincent, sé perfectamente que usted quiere que le hable de John, no de mí. Pero la única historia en la que aparece John que puedo contarle, o la única que estoy dispuesta a contarle, es esta, a saber, la historia de mi vida y el papel que él tuvo en ella, cosa que es del todo distinta, es un asunto diferente, de la historia de su vida y el papel que tuve en ella. Mi historia, mi historia personal, comenzó años antes de que John entrara en escena y prosiguió durante años después de su salida. En la fase de la que ahora le estoy hablando, Mark y yo éramos los protagonistas, John y la mujer de Durban personajes secundarios del reparto. De modo que debe usted escoger: tomar lo que le ofrezco o dejarlo. ¿He de poner fin a la narración en este mismo momento o prosigo?

Prosiga.

¿Está seguro? Porque quiero dejar clara otra cosa, y es la siguiente: comete un grave error si piensa que la diferencia entre los dos relatos, el que deseaba escuchar y el que le estoy contando, no será más que una cuestión de perspectiva, que mientras desde mi punto de vista la historia de John puede no haber sido más que un episodio entre muchos otros en la larga narración de mi matrimonio, sin embargo, mediante un rápido capirotazo, una rápida manipulación de la perspectiva, seguida de una corrección inteligente, puede trasformarlo en un relato acerca de John y una de las mujeres que pasaron por su vida. Pues no es así, no es así. Se lo advierto de veras: si se desvía de la realidad y empieza a juguetear con el texto, toda esta historia se convertirá en ceniza entre sus dedos. Es cierto que yo fui el personaje principal y es cierto que John fue un personaje secundario. Si parece que le estoy aleccionando sobre su propio tema, lo siento, pero al final me lo agradecerá. ¿Comprende?

Entiendo lo que me está diciendo. No estoy necesariamente de acuerdo, pero lo entiendo.

Bien, que no se diga que no le he advertido.

Como le he dicho, aquella fue una época fantástica para mí, una segunda luna de miel, más dulce que la primera y también más larga. Si no fuese así, ¿por qué cree que la recordaría con tanto detalle? ¡Estoy siendo verdaderamente la que soy! —me dije—. Esto es lo que una mujer puede ser, ¡esto es lo que una mujer puede hacer!»

¿Le escandalizo? Probablemente no. Usted pertenece a una generación que no se escandaliza. Pero lo que estoy revelándole escandalizaría a mi madre, si viviera para oírlo. A mi madre jamás se le habría pasado por la cabeza hablarle a un desconocido como yo estoy hablando ahora.

Él había regresado de una de sus excursiones al Singapore Mart con uno de los primeros modelos de videocámara. La instaló en el dormitorio, para filmarnos haciendo el amor. «Como un documento —dijo—. Y como un estímulo.» No me importó. Le dejé que lo hiciera. Probablemente aún conserva la cinta; incluso debe de verla cuando tiene nostalgia de los viejos tiempos. O tal vez esté metida en una caja, abandonada en el desván, y solo será encontrada después de su muerte. ¡Las cosas que dejamos al desaparecer! Imagine a sus nietos, los ojos como platos mientras miran a su juvenil abuelo retozando en la cama con su mujer extranjera.

Su marido…

Mark y yo nos divorciamos en 1988. Él volvió a casarse, por despecho. No he visto nunca a mi sucesora. Creo que viven en las Bahamas, o tal vez en las Bermudas.

49

¿Qué le parece si lo dejamos aquí? Es mucho lo que ha escuchado, y ha sido un largo día.

Pero sin duda ese no es el final de la historia.

Al contrario, es el final de la historia. Por lo menos de la parte que importa.

Pero usted y Coetzee siguieron viéndose. Mantuvieron correspondencia durante años. Así pues, aunque desde su punto de vista la historia termine ahí, disculpe, aunque ese sea el final de la historia que tiene importancia para usted, todavía queda una larga continuación por examinar, una larga relación entre ustedes. ¿No podría darme alguna idea de cómo fue esa continuación?

No fue larga, sino corta. Le hablaré de ella, pero no hoy. Tengo asuntos de los que ocuparme. Vuelva la próxima semana. Concrete la fecha con mi recepcionista.

La próxima semana me habré ido. ¿No podríamos vernos mañana?

Mañana es imposible. El jueves. Puedo concederle media hora el jueves, después de mi última cita.

* * *

Sí, la conclusión. ¿Por dónde empezamos? Déjeme que empiece por el padre de John. Una mañana, no mucho después de aquella espantosa barbacoa, iba en mi coche por la vía Tokai cuando reparé en una persona que esperaba en la parada del autobús. Era Coetzee padre. Yo tenía prisa, pero habría sido demasiado descortés pasar de largo, así que paré y me ofrecí a llevarle.

Él me preguntó cómo estaba Chrissie. Le dije que echaba de menos a su padre, que se pasaba mucho tiempo fuera de casa. Le pregunté por John y el hormigoneo, y él me dio una vaga respuesta.

La verdad es que ninguno de los dos teníamos ganas de conversar, pero me obligué. Si no le importaba que se lo preguntara, le dije, ¿desde cuándo era viudo? Él me lo dijo. De su vida matrimonial, si había sido feliz o no, si añoraba a su esposa o no, no dijo una sola palabra.

—¿Y John es su único hijo? —le pregunté.

—No, no, tiene un hermano, un hermano menor. —Parecía sorprendido de que yo no lo supiera.

—Es curioso, porque John da la impresión de ser hijo único —comenté.

Lo decía en un sentido crítico. Me refería a que estaba absorto en sí mismo y no tenía en cuenta a quienes le rodeaban.

Él no dijo nada; no quiso saber, por ejemplo, en qué consiste esa impresión que solo puede dar un hijo único.

Le pregunté por su segundo hijo, dónde vivía. En Inglaterra, respondió el señor C. Hacía años que se había marchado de Sudáfrica y nunca había vuelto.

—Debe de echarlo de menos —le dije.

Él se encogió de hombros. Esa era su reacción característica: el silencioso encogimiento de hombros.

Debo decirle que desde el principio observé una tristeza insoportable en aquel hombre. Sentado junto a mí en el coche, vestido con un traje de calle oscuro y emitiendo un olor a desodorante barato, podría haber parecido la encarnación de la rectitud inflexible, pero si de repente se hubiera echado a llorar, no me habría sorprendido lo más mínimo. Sin más compañía que la de aquel tipo seco, su hijo mayor, saliendo de casa todas las mañanas para ir a lo que parecía un trabajo desmoralizador y volviendo por la noche a un hogar silencioso… en fin, me daba algo más que un poco de pena.

—Bueno, es tanto lo que uno echa de menos… —dijo finalmente, cuando creía que no iba a responder nada. Hablaba en un susurro, mirando con fijeza hacia delante.

Le dejé en Wynberg, cerca de la estación de ferrocarril.

—Gracias por traerme, Julia —me dijo—. Has sido muy amable.

Era la primera vez que me llamaba por mi nombre. Podría haberle replicado: «Hasta pronto». Podría haberle replicado: «Tiene que venir con John a casa, a comer». Pero no lo hice. Me limité a agitar la mano y me alejé.

«¡Qué mezquina! —me regañé—. ¡Qué despiadada!» ¿Por qué era tan dura con él, con los dos?

Y la pregunta sigue en pie: ¿por qué era, y sigo siendo, tan crítica con John? Por lo menos cuidaba de su padre, por lo menos su padre tenía un hombro en el que apoyarse. Eso era más de lo que podía decirse de mí. Mi padre… probablemente no le interese saberlo, ¿por qué habría de interesarle? Pero déjeme contárselo de todos modos… Mi padre se encontraba entonces en un sanatorio privado en las afueras de Port Elizabeth. Su ropa estaba guardada bajo llave, tanto de día como de noche solo podía vestir pijama y batín, y calzar zapatillas. Y le atiborraban de tranquilizantes. ¿Por qué? Tan solo porque así les convenía a las enfermeras, para que fuese tratable. Porque cuando no tomaba las píldoras se agitaba y empezaba a gritar.

[Silencio.]

¿Cree usted que John quería a su padre?

Los chicos quieren a sus madres, no a sus padres. ¿No ha leído a Freud? Los chicos odian a su padre y quieren suplantarlo en el afecto de su madre. No, claro que John no quería a su padre, no quería a nadie, no estaba hecho para amar. Pero tenía un sentimiento de culpa con respecto a su padre. Se sentía culpable y, en consecuencia, cumplía con su deber. No sin algunos traspiés.

Le estaba hablando de mi padre. Había nacido en 1905, de modo que en la época de que le hablo se acercaba a los setenta años y estaba perdiendo la memoria. Se había olvidado de quién era, había olvidado el inglés rudimentario que aprendió al llegar a Sudáfrica. Unas veces hablaba a las enfermeras en alemán, otras en magiar, lengua de la que ellas no entendían una sola palabra. Estaba convencido de que se encontraba en Madagascar, en un campo de prisioneros. Creía que los nazis habían ocupado Madagascar y la habían convertido en una *Strafkolonie* para judíos. Tampoco recordaba quién era yo. En una de mis visitas me tomó por su hermana Trudi, mi tía, a la que yo no conocía en persona pero que tenía cierto parecido conmigo. Quería que fuese a ver al comandante del campo y le suplicara por él. «Ich bin der Erstgeborene», decía una y otra vez: Soy el primogénito. Si a *der Erstgeborene* no se le permitía trabajar (mi padre era joyero y tallador de diamantes profesional), ¿cómo iba a sobrevivir su familia?

Por eso estoy aquí. Por eso soy terapeuta. Debido a lo que vi en aquel sanatorio. Para evitar que traten a la gente como trataron allí a mi padre.

Mi hermano, su hijo, corría con el gasto de mantener a mi padre en el sanatorio. Mi hermano era el que le visitaba religiosamente todas las semanas, aunque mi padre solo lo reconocía de una manera intermitente. En el único sentido que importa, mi hermano había aceptado la carga de cuidarlo. En el único sentido que importa, yo le había abandonado. Y era su preferida... ¡yo, su querida Julischka, tan guapa, tan lista, tan afectuosa!

¿Sabe en qué confío por encima de todo lo demás? Confío en que, en la otra vida, todos y cada uno de nosotros tendremos la oportunidad de disculparnos ante las personas con las que nos hemos portado mal. Yo tendré mucho de que disculparme, créame.

Basta de padres. Permítame volver a la historia de Julia y sus relaciones adúlteras, la historia que quiere usted escuchar y por la que ha venido desde tan lejos. Un día mi marido me dijo que se iba a Hong Kong para reunirse con los socios de la empresa en ultramar.

—¿Cuánto tiempo estarás fuera? —le pregunté.

—Una semana —respondió—. Tal vez uno o dos días más, si las conversaciones van bien.

No pensé más en ello hasta que, poco antes de que él se marchara, me telefoneó la esposa de uno de sus colegas: ¿llevaba yo un vestido de noche para el viaje a Hong Kong? Le respondí que Mark viajaría solo. Yo no le acompañaba. Vaya, dijo ella, creía que todas las esposas estaban invitadas.

Cuando Mark volvió a casa, le planteé la cuestión.

—Acaba de telefonear June. Dice que viaja con Alistair a Hong Kong y que todas las esposas están invitadas.

—Las esposas están invitadas, pero la compañía no les paga el viaje —replicó Mark—. ¿De veras quieres ir a Hong Kong para estar sentada en un hotel con un grupo de mujeres de colegas que se quejan del clima? En esta época del año Hong Kong es como una sauna. ¿Y qué harás con Chrissie? ¿Quieres llevártela también?

—No tengo el menor deseo de ir a Hong Kong y pasar el tiempo sentada en el hotel con una criatura que grita —respondí—. Solo quiero saber qué pasa, para no sentirme humillada cuando llaman tus amigos.

—Bueno, pues ya sabes qué pasa.

Se equivocaba. No lo sabía. Pero podía conjeturarlo. En concreto, podía conjeturar que su amiga de Durban también estaría en Hong Kong. A partir de entonces me mostré fría como el hielo con Mark. «¡Dejemos que esto eche por tierra cualquier idea que puedas haberte hecho de que tus adulterios me excitan, cabrón!» Eso fue lo que pensé.

—¿Se debe todo esto a lo de Hong Kong? —me dijo cuando por fin empezó a comprender el mensaje—. Si quieres venir a Hong Kong, por el amor de Dios, basta con que digas un par de palabras, en vez de moverte por casa al acecho como una tigresa con indigestión.

—¿Y cuáles podrían ser esas palabras? —le pregunté—. ¿Tal vez «por favor»? No, no quiero acompañarte nada menos que a Hong Kong. No haría más que aburrirme, como dices, sentada y rezongando con las otras esposas mientras los hombres están ocupados en otra parte, decidiendo el futuro del mundo. Estaré más a gusto aquí, en casa, donde debo estar, cuidando de tu hija.

Así estaban las cosas entre nosotros el día que Mark se marchó.

Espere un momento, estoy confuso. ¿De qué época me está hablando? ¿Cuándo tuvo lugar ese viaje a Hong Kong?

Debió de ser en 1973, a comienzos de año, no puedo darle una fecha exacta.

Entonces usted y Coetzee llevaban viéndose...

No. No nos habíamos estado viendo. Usted me ha preguntado al comienzo cómo conocí a John, y se lo he contado. Ese fue el principio del relato. Ahora estamos llegando al final, es decir, a cómo nuestra relación siguió derivando hasta que se acabó.

¿Me pregunta dónde está el centro del relato? No hay centro. No puedo contárselo, porque no lo hay. Este es un relato sin parte central.

Volvamos a Mark, al aciago día en que partió hacia Hong Kong. Apenas se había ido, cuando subí al coche, fui a la vía Tokai y deslicé una nota por debajo de la puerta: «Ven esta tarde, si te apetece, alrededor de las dos».

Cuando se acercaban las dos, yo me notaba cada vez más febril. La niña también me lo notaba. Estaba inquieta, lloraba, se aferraba a mí, no se dormía. Fiebre, pero ¿qué clase de fiebre?, me preguntaba. ¿Una fiebre de locura? ¿Una fiebre de rabia?

Esperé, pero John no vino, ni a las dos ni a las tres. Llegó a las cinco y media, y por entonces me había quedado dormida en el sofá con Chrissie, cálida y pegajosa, sobre mi hombro. El timbre de la puerta me despertó. Cuando le abrí la puerta, aún me sentía grogui y confusa.

—Siento no haber podido venir antes —me dijo—, pero por las tardes doy clases.

Era demasiado tarde, por supuesto. Chrissie estaba despierta y celosa a su manera.

John regresó más tarde, según habíamos convenido, y pasamos la noche juntos. A decir verdad, mientras Mark estuvo en Hong Kong, John pasó todas las noches en mi cama, marchándose al amanecer para no tropezarse con la asistenta. El sueño que yo perdía lo compensaba haciendo la siesta por la tarde. No tengo ni idea de qué haría él para compensar el sueño perdido. Tal vez sus alumnos, sus chicas portuguesas (¿está informado sobre esas vagabundas del ex imperio portugués? ¿No? Recuérdeme que se lo cuente), tal vez las chicas tenían que padecer a causa de sus excesos nocturnos.

Mi verano con Mark me había procurado una nueva concepción del sexo: como un combate, una variedad de lucha en la que hacías lo posible para que tu oponente se sometiera a tu voluntad erótica. Pese a todos sus defectos, Mark era un luchador sexual más competente, aunque no tan sutil ni tan firme como yo, mientras que mi veredicto sobre John —ahora por fin, *por fin*, llega el momento que ha estado usted esperando, señor biógrafo—, tras siete noches de prueba, era que no estaba a mi altura, no a la altura que yo había alcanzado entonces.

John tenía lo que podríamos llamar una modalidad sexual, que conectaba en cuanto se quitaba la ropa. En la modalidad sexual podía representar el papel masculino de una manera perfectamente apropiada… apropiada y competente, pero para mi gusto, demasiado impersonal. Nunca tenía la sensación de que estaba conmigo, en mi plena realidad. Más bien era como si se estuviera relacionando con alguna imagen erótica que estaba dentro de su cabeza; tal vez incluso alguna imagen de Mujer con mayúscula.

En aquel entonces tan solo me sentía decepcionada. Ahora iría más allá. Ahora creo que había un elemento autista en su manera de hacer el amor. No digo esto con ánimo de crítica, sino como un diagnóstico, por si le interesa. Es característico del tipo autista que trate a los demás como si fuesen autómatas, unos autómatas misteriosos. A cambio espera que también se le trate como un autómata misterioso. Si eres autista, enamorarte se traduce en convertir al elegido en el objeto inescrutable de tu deseo; ser amado se traduce en ser tratado recíprocamente como el inescrutable objeto de deseo del otro. Dos autómatas inescrutables, cada uno de los cuales mantiene un inescrutable comercio con el cuerpo del otro: así me sentía en la cama con John. Dos empresas independientes en marcha, la suya y la mía. No puedo decir cómo era su empresa conmigo, pues me resultaba opaca. Pero para resumir: el sexo con él carecía por completo de emoción.

No he tenido en mi consulta mucha experiencia de pacientes a los que pudiera clasificar como clínicamente autistas. Sin embargo, a pesar de sus vidas sexuales, conjeturo que prefieren la masturbación al coito.

Como creo que le he dicho, John solo era el tercer hombre con el que me relacionaba íntimamente. Tres hombres y, en el aspecto sexual, los había superado a todos. Una triste historia. Después de esos tres, perdí el interés por los sudafricanos blancos. Había un rasgo que todos ellos compartían y que era difícil precisar, pero que de alguna manera se relacionaba con un parpadeo evasivo que sorprendía en los ojos de los colegas de Mark cuando hablaban sobre el futuro del país, como si existiera una conspiración en la que todos estaban involucrados y que iba a crear un futuro falso, un trampantojo donde antes ningún futuro había parecido posible. Como el obturador de una cámara que se abriera un instante para revelar la falsedad en lo más profundo de su ser.

Por supuesto, también yo era sudafricana, y tan blanca como es posible serlo. Había nacido entre los blancos, me crié entre ellos, viví entre ellos. Pero tenía un segundo yo del que echar mano: Julia Kiš, o incluso mejor Kiš Julia, de Szombathely. Mientras no abandonara a Julia Kiš, mientras Julia Kiš no me abandonara, podía ver cosas a las que otros blancos eran ciegos.

Por ejemplo, en aquel entonces a los sudafricanos blancos les gustaba considerarse los judíos de África, o por lo menos los israelíes de África: astutos, sin escrúpulos, fuertes, con los pies en la tierra, odiados y envidiados por las tribus a las que dominaban. Todo falso. Una pura tontería. Hay que ser judío para conocer a un judío, como hace falta ser mujer para conocer a un hombre. Esa gente no era dura, ni siquiera era astuta, o no lo era en grado suficiente. Y, desde luego, no eran judíos. En realidad, eran criaturas en el bosque. Así es como los considero ahora: una tribu de bebés cuidados por esclavos.

John no paraba de moverse mientras dormía, hasta tal punto que me mantenía despierta. Cuando no podía soportarlo más, lo sacudía. «Estabas teniendo una pesadilla», le decía. «Nunca sueño», musitaba él, y volvía a dormirse de inmediato. Pronto empezaba de nuevo a dar bruscas vueltas en la cama. La situación llegó al extremo de que empecé a echar de menos a Mark en la cama. Por lo menos Mark dormía como un tronco.

Dejemos esto. Ya se hace usted cargo. No fue un idilio sensual, ni mucho menos. ¿Qué más? ¿Qué más quiere saber?

Permítame que le haga una pregunta. Usted es judía y John no lo era. ¿Hubo alguna tensión por este motivo?

¿Tensión? ¿Por qué tendría que haber habido tensión? ¿Tensión por parte de quién? Después de todo, no me proponía casarme con John. No, a ese respecto, John y yo nos llevábamos muy bien. Con los que no se llevaba bien era con los norteños, sobre todo con los ingleses. Decía que los ingleses le sofocaban, con sus buenos modales, su reserva de buena crianza. Prefería a las personas que estaban dispuestas a dar más de sí mismas. Entonces a veces reunía el valor necesario para darles a cambio algo de sí mismo.

¿Alguna pregunta más antes de que continúe?

No.

Una mañana (doy un salto, porque quiero terminar con esto cuanto antes) John apareció en la entrada de mi casa.

—No me quedaré —me dijo—, pero he pensado que esto podría gustarte.

Tenía un libro en la mano. En la cubierta se leía: *Tierras de poniente*, de J. M. Coetzee. Me quedé totalmente desconcertada.

—¿Has escrito esto? —le pregunté.

Sabía que escribía, pero mucha gente lo hace. No tenía la menor idea de que en su caso iba en serio.

—Es para ti. Es una edición no venal. Hoy he recibido dos ejemplares por correo.

Pasé las páginas del libro. Alguien que se quejaba de su mujer. Alguien que viajaba en una carreta tirada por bueyes.

—¿Qué es esto? —le pregunté—. ¿Narrativa?

—Algo así.

Algo así.

—Gracias —le dije—. Lo leeré con ilusión. ¿Vas a ganar mucho dinero con este libro? ¿Podrás dejar la enseñanza?

Eso le pareció muy divertido. Estaba de buen humor, debido a la publicación del libro. No había presenciado a menudo esa faceta suya.

—No sabía que tu padre era historiador —observé la siguiente vez que nos vimos.

Me refería al prefacio del libro, en el que el autor, el escritor, el hombre que estaba ante mí, afirmaba que su padre, el hombrecillo que iba todas las mañanas a su trabajo de contable en la ciudad, era también un historiador que frecuentaba los archivos y descubría documentos antiguos.

—¿Te refieres al prefacio? —replicó—. Verás, todo eso es inventado.

—¿Y cómo se toma tu padre eso de que hagas falsas afirmaciones sobre él, de que lo conviertas en personaje de un libro?

John parecía incómodo. Lo que no quería revelar, como descubrí más adelante, era que su padre no había visto *Tierras de poniente*.

—¿Y Jacobus Coetzee? —le pregunté—. ¿También te has inventado a tu estimable antepasado Jacobus Coetzee?

—No, existió un auténtico Jacobus Coetzee —me respondió—. Por lo menos hay un auténtico documento manuscrito en el que se afirma que es la transcripción de una declaración oral efectuada por una persona que dijo llamarse Jacobus Coetzee. Al pie de ese documento hay una X que, según atestigua el amanuense es de puño y letra de ese mismo Coetzee, una X porque era analfabeto. En ese sentido no lo he inventado.

—Para ser analfabeto, tu Jacobus me parece muy literario. Veo que en cierto lugar cita a Nietzsche.

—Bueno, aquellos hombres de la frontera del siglo dieciocho eran sorprendentes. Nunca podías saber con qué te saldrían la siguiente vez.

No puedo decir que *Tierras de poniente* me guste. Sé que parezco anticuada, pero prefiero que los libros tengan héroes y heroínas como es debido, personajes a los que puedas admirar. Nunca he escrito relatos, nunca he tenido ambiciones de ese tipo, pero supongo que es mucho más fácil crear personajes malos, personajes despreciables, que buenos. Esa es mi opinión, si le sirve de algo.

¿Se lo dijo así alguna vez a Coetzee?

¿Si le dije que creía que se estaba inclinando por la opción fácil? No. Sencillamente me sorprendía que aquel amante mío intermitente, aquel manitas aficionado y profesor a tiempo parcial, fuese capaz de escribir todo un libro y, lo que es más, encontrarle editor, aunque solo en Johannesburgo. Me sorprendía, me sentía satisfecha por él, incluso estaba un poco orgullosa. Gloria refleja. En mis años estudiantiles había salido con muchos aspirantes a escritor, pero ninguno de ellos había llegado a publicar un libro.

No se lo he preguntado. ¿Qué estudió usted? ¿Psicología?

No, qué va. Estudié literatura alemana. Como preparación para mi vida de ama de casa y madre, leía a Novalis y Gottfried Benn. Me licencié en literatura, tras lo cual, durante dos décadas, hasta que Christina se hizo adulta y abandonó el hogar, estuve... ¿cómo le diría?... intelectualmente aletargada. Entonces volví a la universidad. En aquella época vivía en Montreal. Empecé desde cero con ciencias básicas, seguidas por estudios de medicina y, finalmente, formación de terapeuta. Un largo camino.

¿Cree usted que las relaciones con Coetzee habrían sido distintas de haberse formado en psicología en lugar de literatura?

¡Qué pregunta tan curiosa! La respuesta es negativa. De haber estudiado psicología en la Sudáfrica de los años sesenta, habría tenido que enfrascarme en los procesos psicológicos de las ratas y los pulpos, y John no era ni una rata ni un pulpo.

¿Qué clase de animal era?

¡Qué preguntas tan raras me hace! No era ninguna clase de animal, y por una razón muy concreta: sus capacidades mentales, y específicamente su facultad de ideación, estaban demasiado desarrolladas, a costa de su yo animal. Era *Homo sapiens*, o incluso *Homo sapiens sapiens*. Lo cual me lleva de nuevo a *Tierras de poniente*. Como obra literaria, no digo que esa obra carezca de pasión, pero la pasión oculta en sus páginas es oscura. Lo leo como un libro sobre la crueldad, una revelación sobre la crueldad que conllevan diversas formas de conquista. Pero ¿cuál es la verdadera fuente de esa crueldad? A mi modo de ver, radica en el mismo autor. La mejor interpretación que puedo hacer del libro es que su escritura fue un proyecto de terapia que el autor se administró a sí mismo, lo cual arroja cierta luz sobre la época que estuvimos juntos.

No estoy seguro de comprenderla. ¿Podría decirme algo más?

¿Qué es lo que no comprende?

¿Está diciendo que volcó su crueldad en usted?

No, en absoluto. John siempre mostró hacia mí la mayor amabilidad. Siempre fue dulce conmigo, me trató con delicadeza. Eso formaba parte de su problema. Su proyecto de vida consistía en ser amable. Déjeme que vuelva a empezar. Recordará usted cuánta matanza hay en *Tierras de poniente*, matanza no solo de seres humanos, sino también de animales. Bien, más o menos por la época en que se publicó el libro, John me anunció que iba a hacerse vegetariano. No sé durante cuánto tiempo persistió en ello, pero interpreté su conversión al vegetarianismo como parte de un proyecto de autorreforma. Había decidido bloquear los impulsos crueles y violentos en todos los aspectos de su vida, incluida su vida amorosa, podríamos decir, y canalizarlos en su escritura, que, en consecuencia, iba a convertirse en una especie de ejercicio catártico e interminable.

¿Hasta qué punto usted lo percibía así en la época y hasta qué punto esta visión se debe a su comprensión posterior como terapeuta?

Lo vi todo, pues estaba en la superficie y no era necesario excavar, pero en aquel entonces carecía del lenguaje para describirlo. Además, tenía una aventura amorosa con él. En medio de una aventura amorosa, una no puede ser demasiado analítica.

Una aventura amorosa. Antes no había empleado esa expresión.

Entonces permítame que me corrija. Un lío erótico. Porque, dado lo joven y egocéntrica que era entonces, me habría sido difícil amar, amar de veras, a un hombre tan radicalmente incompleto como John. Así pues, estaba en medio de un lío erótico con dos hombres, con uno de los cuales había hecho una inversión a fondo: me había casado con él, era el padre de mi hija, mientras que en el otro no había invertido nada.

Ahora supongo que el hecho de que invirtiera más en John tiene mucho que ver con su proyecto de convertirse en lo que le he dicho, un hombre dulce, la clase de hombre que no haría ningún daño, ni siquiera a animales tontos, ni siquiera a una mujer. Ahora creo que debería haber sido más clara con él: «Si por alguna razón te reprimes, no lo hagas, ¡no es necesario!». Si le hubiera dicho eso, él se lo habría tomado a pecho. Si se hubiera permitido ser un poco más impetuoso, un poco más imperioso, un poco menos *reflexivo*, probablemente habría conseguido librarme de un matrimonio que en aquel entonces era nocivo para mí y que sería mucho peor más adelante. Podría haberme salvado de veras, o haber salvado los mejores años de mi vida, que acabaron desperdiciados.

[Silencio.]

He perdido el hilo. ¿De qué estábamos hablando?

De «Tierras de poniente».

Sí, *Tierras de poniente*. Debo prevenirle. La verdad es que había escrito ese libro antes de conocerme. Revise la cronología. Así que no se sienta tentado de leerlo como si tratara de nosotros dos.

Esa idea no me había pasado por la mente.

Recuerdo haberle preguntado a John qué nuevo proyecto tenía en marcha después de *Tierras de poniente*. Su respuesta fue vaga. «Siempre hay una cosa u otra en la que trabajar —me dijo—. Si me rindiera a la seducción de no trabajar, ¿qué haría conmigo mismo? Tendría que pegarme un tiro.»

Eso me sorprendió. Me refiero a su necesidad de escribir. Yo apenas sabía nada de sus hábitos, de cómo pasaba el tiempo, pero nunca había imaginado que fuese un trabajador obsesivo.

—¿Lo dices en serio? —le pregunté.

—Si no escribo, me deprimo —replicó.

—¿Por qué, entonces, te dedicas a esas interminables reparaciones de la casa? —le planteé—. Podrías pagar a alguien para que hiciera las reparaciones y dedicar el tiempo que ganaras a escribir.

—No lo comprendes —respondió él—. Aunque tuviera dinero para pagar a un constructor, lo cual no es el caso, seguiría teniendo la necesidad de pasar equis horas al día cavando en el jardín o trasladando piedras o mezclando el hormigón.

Y se embarcó en otro de sus discursos sobre la necesidad de acabar con el tabú del trabajo manual.

Me pregunté si no me estaría haciendo una crítica sutil, la de que el trabajo pagado de mi asistenta negra me liberaba para tener ociosas aventuras con desconocidos, por ejemplo. Pero lo dejé correr.

—Bien —le dije—. Está claro que no entiendes de economía. El primer principio de la economía es que si todos insistiéramos en hilar y en ordeñar nuestras vacas, en vez de emplear a otras personas para que lo hagan por nosotros, estaríamos atascados eternamente en la Edad de Piedra. Por eso hemos inventado una economía basada en el intercambio que, a su vez, ha posibilitado nuestra larga historia de progreso material. Pagas a alguien para que coloque el hormigón y, a cambio, dispones del tiempo necesario para escribir el libro que justificará tu ocio y dotará de significado a tu vida, que incluso puede dotar de significado a la vida del trabajador que te coloque el hormigón. De esa manera, todos prosperamos.

—¿De veras crees eso? —me preguntó—. ¿Que los libros dan significado a nuestra vida?

—Sí —respondí—. Un libro debería ser un hacha para romper el mar congelado en nuestro interior. ¿Qué otra cosa debería ser?

—Un gesto de rechazo ante la cara del tiempo. Un intento de alcanzar la inmortalidad.

—Nadie es inmortal. Los libros no son inmortales. El planeta sobre el que estamos será absorbido por el sol y quedará reducido a cenizas. Tras lo cual el mismo universo sufrirá una implosión y desaparecerá por un agujero negro. Nada sobrevivirá, ni yo ni tú ni, desde luego, los libros que interesan a una minoría sobre hombres imaginarios de la frontera en la Sudáfrica del siglo dieciocho.

—No me refería a inmortal en el sentido de existir fuera del tiempo. Me refería a sobrevivir más allá de tu desaparición física.

—¿Quieres que la gente te lea después de muerto?

—Aferrarme a esa perspectiva me procura cierto consuelo.

—¿Aun cuando no estés aquí para verlo?

—Aun cuando no esté aquí para verlo.

—Pero ¿por qué la gente del futuro se molestaría en leer el libro que escribes si no les habla personalmente, si no les ayuda a encontrar significado a su vida?

—Tal vez seguirá gustándole leer libros que estén bien escritos.

—Eso es absurdo. Es como decir que si construyo una buena radio en miniatura la gente seguirá usándola en el siglo veinticinco. Pero no lo harán. Porque las radios en miniatura, por bien hechas que estén, para entonces serán obsoletas. No le dirán nada a la gente del siglo veinticinco.

—Tal vez en el siglo veinticinco aún habrá una minoría que sentirá curiosidad por escuchar cómo sonaba una radio en miniatura de fines del siglo veinte.

—Coleccionistas, aficionados. ¿Es así como te propones pasar la vida: sentado a tu mesa, creando un objeto que tal vez se preserve como una curiosidad o tal vez no?

Él se encogió de hombros.

—¿Tienes una idea mejor?

Cree usted que estoy faroleando, lo percibo. Cree que me invento el diálogo para mostrar lo lista que soy. Pero así eran entonces las conversaciones entre John y yo. Eran divertidas. Disfrutaba de ellas. Luego, cuando dejamos de vernos, las eché en falta. En realidad, probablemente nuestras conversaciones fueron lo que más añoré. Era el único hombre entre todos mis conocidos que me dejaba vencerle en una discusión sincera, que no soltaba una bravata, se ofuscaba o se marchaba enojado al ver que estaba perdiendo. Y yo siempre le vencía, o casi siempre.

La razón era sencilla. No es que no pudiese discutir, pero dirigía su vida de acuerdo con unos principios, mientras que yo era pragmática. El pragmatismo siempre derrota a los principios; así son las cosas. El universo se mueve, el suelo cambia bajo nuestros pies, y los principios están siempre un paso por detrás. Los principios son el material de la comedia. La comedia es lo que obtienes cuando los principios tropiezan con la realidad. Sé que tenía fama de adusto, pero en realidad John Coetzee era muy divertido. Un personaje de comedia. Una comedia adusta. Y eso, de alguna manera oscura, él lo sabía, incluso lo aceptaba. Por eso todavía le recuerdo con afecto, si le interesa saberlo.

[Silencio.]

Siempre fui hábil para discutir. En la escuela, cuantos me rodeaban se ponían nerviosos, incluso los profesores. «Una lengua como un cuchillo —decía mi madre, reprobándome a medias—. Una chica no debería discutir así, una chica debería aprender a ser más suave.» Estaba orgullosa de mí, de mi temple, de mi lengua aguda. Era de una generación en la que una hija, al casarse, pasaba directamente del hogar paterno al de su marido o su suegro.

En cualquier caso, John me preguntó:

—¿Tienes una idea mejor de cómo emplear tu vida que la de escribir libros?

—No, pero tengo una idea que podría estimularte y ayudarte a darle una dirección a tu vida.

—¿Cuál es?

—Encontrar una mujer como es debido y casarte con ella.

Él me miró de una manera extraña.

—¿Me estás haciendo una proposición?

Me eché a reír.

—No, yo ya estoy casada, gracias —le dije—. Búscate una mujer más apropiada que yo, alguien que te haga salir de ti mismo.

«Yo ya estoy casada, y, por lo tanto, si me casara contigo cometería bigamia»: esto era lo que no llegué a decir. Sin embargo, ¿qué tenía de malo la bigamia, bien mirado, aparte de ser ilegal? ¿Qué hacía de la bigamia un delito cuando el adulterio era solo un pecado o un pasatiempo? Ya era una adúltera. ¿Por qué no ser también bígama? Al fin y al cabo, estábamos en África. Si ningún hombre africano debía responder ante un tribunal por tener dos esposas, ¿por qué se me tenía que prohibir a mí tener dos cónyuges, uno público y otro privado?

—Esto no es una proposición, de ninguna manera —repetí—, pero, solo por plantear una hipótesis, ¿te casarías conmigo si estuviera libre?

No era más que una pregunta, una pregunta ociosa. No obstante, sin decir una sola palabra, él me tomó en sus brazos y me estrechó con tanta fuerza que no podía respirar. Era el primero de sus actos, que yo recordara, que parecía salirle directamente del corazón. Desde luego, le había visto bajo los efectos del deseo animal (en la cama no pasábamos el tiempo hablando de Aristóteles), pero nunca hasta entonces le había visto emocionado. «¿Así que, después de todo, este tipo seco tiene sentimientos?», me pregunté con cierto asombro.

—¿Qué pasa? —le pregunté, librándome de su abrazo—. ¿Hay algo que quieres decirme?

Él guardó silencio. ¿Estaba llorando? Encendí la lámpara de la mesilla de noche y le miré. No lloraba, pero tenía un aspecto de profunda congoja.

—Si no me dices lo que te ocurre, no puedo ayudarte —insistí.

Más tarde, cuando él se hubo recuperado, colaboramos para tomarnos a la ligera lo sucedido.

—Para la mujer adecuada, serías un marido de primera —le dije—. Responsable, trabajador, inteligente. Un buen partido, y además excelente en la cama. —Aunque eso no era estrictamente cierto—. Cariñoso —añadí como una idea tardía, aunque eso tampoco era cierto.

—Y un artista, por añadidura —dijo él—. Te has olvidado de mencionar eso.

—Y un artista, por añadidura. Un artista de las palabras.

[Silencio.]

¿Y?

Eso es todo. Un episodio difícil para los dos, que superamos con éxito. El primer atisbo de que albergaba sentimientos más profundos hacia mí.

¿Más profundos con respecto a qué?

Más profundos que los sentimientos que cualquier hombre puede experimentar hacia la atractiva esposa de su vecino. O el buey o el asno de su vecino.

¿Me está diciendo que estaba enamorado de usted?

Enamorado… ¿Enamorado de mí o de la idea de mí? No lo sé. Lo que sé es que tenía motivos para estarme agradecido. Le facilité las cosas. Hay hombres a los que les cuesta cortejar a una mujer. Temen revelar su deseo, exponerse al rechazo. A menudo, detrás de su temor hay algún suceso de su infancia. Jamás obligué a John a que se revelara. Era yo quien le cortejaba. Fui yo quien le sedujo. Fui yo quien estableció los términos de la relación. Por ello, cuando me pregunta si estaba enamorado, le respondo que estaba agradecido.

[Silencio.]

Luego, a menudo me preguntaba qué habría sucedido si, en lugar de tenerlo a raya, hubiera reaccionado a la expansión de su sentimiento con la expansión del mío. Si hubiera tenido el valor de divorciarme entonces de Mark, en vez de esperar trece o catorce años más, y me hubiese unido a John. ¿Habría aprovechado más mi vida? Tal vez. Tal vez no. Claro que entonces no estaría usted hablando con la ex amante, sino con la apenada viuda.

Chrissie era el problema, el único inconveniente. La niña tenía mucho apego a su padre, y cada vez me resultaba más difícil tratar con ella. Ya no era un bebé, iba a cumplir dos años, y aunque sus avances con el lenguaje eran de una lentitud inquietante (resultó que no habría tenido necesidad de preocuparme, porque más adelante compensó el retraso de golpe), a cada día que pasaba era más despierta... más despierta y más audaz. Había aprendido a bajar de su camita. Tuve que encargar a un carpintero que pusiera una valla en lo alto de la escalera, para que no se cayera rodando escaleras abajo.

Recuerdo que una noche Chrissie apareció de improviso junto a mi cama, restregándose los ojos y sollozando, confusa. Tuve la presencia de ánimo de cogerla en brazos y llevarla a su habitación antes de que se percatara de que no era papá quien estaba en la cama a mi lado. Pero ¿tendría tanta suerte la próxima vez?

Nunca estuve totalmente segura del efecto subterráneo que mi doble vida podría tener en Chrissie. Por un lado, me decía que mientras estuviera físicamente satisfecha y en paz conmigo misma los efectos beneficiosos también deberían transmitirse a ella. Si esta actitud le parece interesada, permítame recordarle que en aquella época, los años setenta, la opinión progresista, la opinión *bien-pensant*, consideraba el sexo, en todas sus formas y con cualquier pareja, una cosa positiva. Por otro lado, era evidente que a Chrissie le desconcertaba cada vez más la alternancia de papá y del tío John en la casa. ¿Qué ocurriría cuando empezara a hablar? ¿Y si confundía a los dos y llamaba a su padre «tío John»? Se armaría la gorda.

Las teorías de Freud, en su mayor parte, siempre me han parecido bobadas, empezando por el complejo de Edipo y siguiendo con su negativa a ver que los niños estaban sometidos a abusos sexuales en los hogares de su clientela de clase media. Sin embargo, estoy de acuerdo en que los niños, incluso los muy pequeños, pasan mucho tiempo tratando de descifrar el lugar que ocupan en la familia. En el caso de Chrissie, la familia había sido hasta entonces una cuestión muy simple: yo, el sol en el centro del universo, más mamá y papá, los planetas que giran a su alrededor. Tuve que hacer cierto esfuerzo para aclararle que Maria, que se presentaba a las ocho de la mañana y se marchaba a mediodía, no formaba parte del conjunto familiar. «Ahora Maria tiene que irse a casa –le decía delante de Maria–. Dile adiós a Maria. Tiene su propia hijita, a la que ha de alimentar y cuidar.» (Me refería a la hijita de Maria para no complicar las cosas. Sabía muy bien que Maria tenía siete hijos a los que alimentar y vestir, cinco suyos y dos de una hermana que había muerto de tuberculosis.)

En cuanto a los demás familiares de Chrissie, su abuela materna había fallecido antes de que ella naciera y su abuelo estaba ingresado en un sanatorio, como le he dicho. Los padres de Mark vivían en la región oriental de El Cabo, en una granja rodeada por una valla electrificada de dos metros de altura. Nunca pasaban una noche fuera de casa por temor a que les saqueasen la granja y se llevaran el ganado, por lo que era como si viviesen en una cárcel. La hermana mayor de Mark residía a miles de kilómetros de distancia, en Seattle, y mi hermano nunca visitaba El Cabo. Así pues, Chrissie tenía la versión más reducida posible de una familia. La única complicación era el tío que entraba a hurtadillas por la puerta trasera a medianoche y con el mismo sigilo se acostaba en la cama de mamá. ¿Quién era el tío, un miembro de la familia o, por el contrario, un gusano que devoraba el corazón de la familia?

Y Maria... ¿Cuánto sabía Maria? Nunca podría estar segura. El trabajo itinerante era la norma en aquel entonces, por lo que Maria debía de estar muy familiarizada con el fenómeno del marido que se despide de su esposa y sus hijos y se marcha a la gran ciudad en busca de trabajo. Pero que Maria aprobase que las esposas tontearan en ausencia de su marido era otra cuestión. La verdad es que Maria nunca vio a mi visitante nocturno, pero es muy improbable que la engañáramos. Los visitantes dejan demasiadas huellas a su paso.

Pero ¿qué es esto? ¿Son de veras las seis? No tenía ni idea de que era tan tarde. Debemos dejarlo por hoy. ¿Puede volver mañana?

Lo siento, pero mañana he de regresar a casa. Volaré desde aquí a Washington, y desde Washington a Londres. Lamentaría mucho que...

Muy bien, sigamos. No queda mucho más. Seré rápida.

Una noche John llegó en un estado de excitación desacostumbrado. Traía un pequeño casete, y puso una cinta, el quinteto de cuerda de Schubert. No era lo que llamaría música sexy, y mi estado de ánimo tampoco era el adecuado, pero él quería que hiciéramos el amor, y concretamente, y perdone que sea tan explícita, quería que coordináramos nuestras actividades con la música, con el movimiento lento.

Bien, el movimiento lento en cuestión puede ser muy bello, pero me parecía que estaba lejos de ser estimulante, a lo que se sumaba mi imposibilidad de hacer caso omiso del estuche que contenía la cinta: el aspecto de Franz Schubert no era el de un dios de la música, sino el de un agobiado empleado vienés resfriado y con la cabeza embotada.

No sé si recuerda usted el movimiento lento, pero hay una larga aria de violín por debajo de la cual vibra la viola, y me daba cuenta de que John trataba de seguir ese ritmo. Aquello me parecía forzado y ridículo. De alguna manera, mi distanciamiento se comunicó a John. «¡Vacía la mente! —me susurró—. ¡Siente a través de la música!»

Bien, nada irrita más que te digan lo que debes sentir. Me aparté de él y su pequeño experimento erótico se vino abajo en un instante.

Más tarde trató de explicarse. Dijo que había querido demostrarme algo sobre la historia de la sensación. Las sensaciones tenían unas historias naturales propias, florecían durante un rato o no florecían, y entonces morían o se extinguían. La mayor parte de las sensaciones que florecieron en la época de Schubert ahora estaban muertas. La única manera que nos quedaba de volver a experimentarlas era mediante la música de aquel tiempo. Porque la música era el rastro, la inscripción, de la sensación.

Muy bien, le dije, pero ¿por qué tenemos que follar mientras escuchamos música?

Porque resulta que el movimiento lento del quinteto trata del acto sexual, replicó. Si, en vez de oponer resistencia, hubiera dejado que la música fluyera en mí y me animara, habría tenido atisbos de algo totalmente fuera de lo común: lo que se sentía al hacer el amor en la Austria posterior a Bonaparte.

—¿Lo que sentía el hombre posterior a Bonaparte o lo que sentía la mujer posterior a Bonaparte? —le pregunté—. ¿El señor Schubert o su señora?

Eso le enojó de veras. No le gustaba que se rieran de sus teorías favoritas.

—La música no trata de la jodienda —seguí diciéndole—. La música trata del juego previo. Trata del cortejo. Le cantas a la doncella *antes* de acostarte con ella, no mientras estás en la cama con ella. Le cantas para atraerla, para ganarte su corazón. Le cantas para llevarla a la cama. Si no eres feliz conmigo en la cama, tal vez sea porque no te has ganado mi corazón. —Debería haber dejado las cosas en ese punto, pero no lo hice y continué—: El error que cometimos los dos fue el de saltarnos el juego previo. No te culpo, el fallo ha sido tanto mío como tuyo, pero en cualquier caso ha sido un fallo. El sexo es mejor cuando le precede un buen y largo cortejo. Es más satisfactorio en el aspecto sentimental, y también lo es más en el erótico. Si estás tratando de mejorar nuestra vida sexual, no lo conseguirás haciéndome follar al ritmo de la música.

Esperaba que él presentara batalla, que discutiese y defendiera su idea del sexo musical. Pero no mordió el anzuelo. Adoptó una hosca expresión de derrota y me dio la espalda.

Sé que me contradigo con respecto a lo que he dicho antes, que John tenía espíritu deportivo y sabía perder, pero esta vez pareció realmente que yo había puesto el dedo en la llaga.

Sea como fuere, habíamos empezado. Yo había adoptado una actitud ofensiva y no podía volver atrás.

—Vete a casa y practica el cortejo —le dije—. Anda, vete. Llévate a tu Schubert. Vuelve cuando puedas hacer las cosas mejor.

Era una crueldad, pero él se la merecía, por no haber presentado batalla.

—Muy bien… me iré —dijo en un tono malhumorado—. De todos modos, tengo cosas que hacer.

Y empezó a vestirse.

¡«Cosas que hacer»! Cogí el objeto más cercano que tenía a mano, que resultó ser un plato muy bonito de arcilla horneada, marrón y con el borde pintado de amarillo, uno de un conjunto de media docena que Mark y yo habíamos comprado en Swazilandia. Por un instante aún pude ver el lado cómico de la escena: la amante de negra cabellera, con los pechos desnudos, exhibiendo su violento temperamento de Europa central, lanzando insultos a gritos y arrojando piezas de vajilla. Entonces le tiré el plato.

Le alcanzó en el cuello y cayó al suelo sin romperse. Él encorvó los hombros y se volvió para mirarme con una expresión de desconcierto. Estoy segura de que jamás hasta entonces le habían arrojado un plato. «¡Vete!», le dije, o tal vez incluso le grité, y gesticulé con la mano para que se fuera. Chrissie se despertó y rompió a llorar.

Es extraño, pero luego no sentí remordimientos. Por el contrario, estaba excitada y orgullosa de mí misma. «¡Desde el mismo corazón! —me dije a mí misma—. ¡Mi primer plato!»

[Silencio.]

¿Ha habido otros?

¿Otros platos? Muchos.

[Silencio.]

¿Fue así como terminó la relación entre ustedes?

No, hubo una coda. Le contaré la coda y habré acabado.

El verdadero final lo causó un condón, un condón atado por la parte superior y lleno de esperma rancio. Mark lo sacó de debajo de la cama. Yo estaba atónita. ¿Cómo se me podía haber pasado por alto? Era como si quisiera que me descubriese, como si gritara mi infidelidad desde el tejado.

Mark y yo nunca usábamos condones, por lo que habría sido inútil mentirle.

—¿Desde cuándo dura esto? —exigió saber.

—Desde el pasado diciembre —le respondí.

—Zorra —me dijo—, ¡sucia y embustera zorra! ¡Y yo confiaba en ti!

Estaba a punto de salir encolerizado de la habitación, pero entonces, como una ocurrencia tardía, se volvió y… lo siento, voy a correr un velo sobre lo que ocurrió a continuación, es demasiado bochornoso repetirlo, me avergüenza demasiado. Me limitaré a decir que me quedé sorprendida, conmocionada y, sobre todo, enfurecida. Cuando me recuperé, le dije: «Nunca te perdonaré por eso, Mark. Hay una línea, y la has cruzado. Me voy. Cuida tú de Chrissie para variar». Le juro que en el momento en que pronuncié esas palabras solo quería decir que salía de casa y que él cuidara de la niña aquella tarde. Pero mientras daba los cinco pasos necesarios para llegar a la puerta, comprendí con un destello cegador que realmente aquel podía ser el momento de la liberación, el momento de abandonar un matrimonio que no me satisfacía y no volver jamás. Las nubes sobre mi cabeza, las nubes en el interior de mi cabeza, se aclararon, se evaporaron. *No pienses*, me dije. *¡Hazlo!* Sin detenerme, me di la vuelta, subí a la habitación, metí unas prendas interiores en una bolsa y bajé corriendo.

Mark me cerró el paso.

—¿Adónde crees que vas? —me preguntó—. ¿Te vas con *él*?

—Vete a hacer puñetas —le dije. Traté de apartarlo y pasar, pero él me asió del brazo—. ¡Déjame ir!

Ni gritos ni gruñidos, sino una orden simple y cortante, pero él, sin decir palabra, me franqueó el paso. Fue como si una corona y unos regios ropajes hubieran descendido sobre mí desde el cielo. Cuando subí al coche y arranqué, él estaba todavía en la puerta, mudo de asombro.

«¡Qué fácil! —me dije, exultante—. ¡Qué fácil! ¿Por qué no lo he hecho antes?»

Lo que me asombra de aquel momento, que realmente fue un momento clave en mi vida, lo que me sorprendió entonces y hoy sigue sorprendiéndome es lo siguiente. Aun cuando una fuerza en mi interior (llamémosla el inconsciente, para facilitar las cosas, aunque tengo mis reservas acerca del inconsciente clásico) me había impedido comprobar lo que había debajo de la cama, me lo había impedido precisamente a fin de precipitar aquella crisis conyugal, ¿por qué diablos Maria había dejado allí el objeto acusador, Maria, que desde luego no tenía nada que ver con mi inconsciente, Maria, cuya tarea consistía en limpiar, ordenar, retirar las cosas de donde no deberían estar? ¿Pasó Maria por alto el condón adrede? ¿Se irguió, al verlo, y se dijo a sí misma: «¡Esto ha ido demasiado lejos! ¡O bien defiendo la santidad del lecho conyugal o bien me convierto en cómplice de una escandalosa aventura!».

A veces me imagino volando de regreso a Sudáfrica, la nueva, anhelada y democrática Sudáfrica, con el único objetivo de buscar a Maria, si aún vive, y hablar claro con ella, para que me responda a esa irritante pregunta.

Bueno, desde luego no corrí a reunirme con el hombre a quien Mark había denominado «él» lleno de celos y rabia, pero ¿adónde iría exactamente? No tenía amigos en Ciudad del Cabo, ninguno que no lo fuera de Mark en primer lugar y mío solo en segundo.

Cuando conducía a través de Wynberg había visto un establecimiento, una antigua mansión llena de recovecos con un letrero en la fachada: «Hotel Canterbury / Residencia / Pensión media o completa / Tarifas semanales y mensuales». Decidí probar en el Canterbury.

Sí, me dijo la recepcionista, había una habitación disponible. ¿Deseaba alojarme durante una semana o más tiempo? Una semana, respondí, para empezar.

La habitación en cuestión –tenga paciencia, lo que le cuento no está fuera de lugar– se encontraba en la planta baja, y tenía un baño pequeño y pulcro, un frigorífico compacto y puertas vidrieras que daban a una terraza sombreada por un emparrado.

–Muy bonita –le dije–. Me la quedaré.

–¿Y su equipaje? –me preguntó la mujer.

–Mi equipaje ya llegará.

La mujer comprendió. Estoy segura de que yo no era la primera esposa fugada que aparecía en la entrada del Canterbury. Estoy segura de que disfrutaban de un considerable tráfico de mujeres cabreadas, y del beneficio generado por las que pagaban el alojamiento de una semana, se quedaban una noche y entonces, arrepentidas, exhaustas o embargadas por la nostalgia del hogar, se marchaban a la mañana siguiente.

Bien, yo no estaba arrepentida y, desde luego, no sentía nostalgia del hogar. Estaba dispuesta a alojarme en el Canterbury hasta que la carga de cuidar de la niña llevase a Mark a hacer un llamamiento por la paz.

Hubo una monserga sobre la seguridad que apenas seguí: llaves para las puertas, llaves para las cancelas, reglas del aparcamiento, reglas acerca de los visitantes, reglas para esto y reglas para aquello. Informé a la mujer que no recibiría visitas.

Aquella noche cené en la lúgubre *salle à manger* del Canterbury y tuve el primer atisbo de los demás clientes, que parecían salidos de una obra de William Trevor o de Muriel Spark. Pero sin duda yo les daba una impresión muy similar: otra fugitiva de un matrimonio echado a perder que había emprendido el vuelo. Me acosté temprano y dormí bien.

Había creído que disfrutaría de la soledad. Fui en coche a la ciudad, hice unas compras, vi una exposición en la Galería Nacional y comí en los Jardines. Pero a la segunda noche, sola en mi habitación tras una espantosa cena a base de ensalada mustia y lenguado cocido a fuego lento con salsa bechamel, me invadió de improviso la melancolía de la soledad y, peor aun, la autocompasión. Desde el teléfono público del vestíbulo llamé a John y, susurrando, pues la recepcionista tenía el oído atento, le expliqué mi situación.

—¿Te gustaría que fuera ahí? —me preguntó—. Podríamos ir a la sesión golfa de un cine.

—Sí —respondí—. Sí, sí, sí.

Le repito con la mayor rotundidad que no huí de mi marido y mi hija para estar con John. No era esa clase de aventura. De hecho, no era una aventura, sino más bien una amistad, una amistad extraconyugal con un componente sexual cuya importancia, al menos por mi parte, era simbólica más que sustancial. Acostarme con John era mi manera de conservar el respeto por mí misma. Espero que lo comprenda.

Sin embargo, *sin embargo*, unos minutos después de su llegada al Canterbury, estábamos en la cama y, lo que es más, nuestra relación sexual fue por una vez realmente digna de que lanzáramos cohetes. Cuando terminó, hasta me eché a llorar.

—No sé por qué lloro —le dije entre sollozos—. Soy tan feliz…

—Eso es porque anoche no dormiste —me dijo, creyendo que debía consolarme—. Es porque estás sobreexcitada.

Le miré fijamente. «Porque estás sobreexcitada»: parecía creerlo así de veras. Me quedé pasmada ante lo estúpido, lo insensible que podía llegar a ser. Sin embargo, a su manera desatinada, tal vez tuviera razón, pues mi jornada de libertad había estado teñida por un recuerdo que surgía una y otra vez, el recuerdo del humillante enfrentamiento con Mark, que me había hecho sentir más como una niña a la que han dado una zurra que como una esposa que se ha apartado del buen camino. Pero probablemente por ese motivo no habría telefoneado a John y, en consecuencia, no estaría acostada con él. De modo que sí: estaba irritada, ¿y por qué no? Habían puesto mi mundo del revés.

Había otra fuente de mi inquietud, a la que era incluso más difícil hacer frente: la vergüenza de haber sido descubierta. Porque, desde luego, si examinabas fríamente la situación, yo, como mi sórdida acción de represalias en Constantiaberg, no me comportaba mejor que Mark, con su sórdida aventura en Durban.

El hecho era que había llegado a una especie de límite moral. La euforia producida por el abandono del hogar se había evaporado; la indignación desaparecía; en cuanto a la vida solitaria, su atractivo se desvanecía con rapidez. Sin embargo, ¿cómo podía reparar el daño que había hecho si no era volviendo a Mark con el rabo entre las piernas, pidiendo la paz, y cumpliendo de nuevo con mis deberes como abnegada esposa y madre? ¡Y en medio de esa confusión anímica tan extraordinariamente placentera! ¿Qué trataba de decirme mi cuerpo? ¿Que cuando tus defensas están bajas las puertas del placer se abren? ¿Que el lecho conyugal es un mal sitio para cometer adulterio y que los hoteles son mejores? No tenía ni idea de lo que John sentía, pues nunca fue una persona comunicativa. En cuanto a mí, sabía sin ninguna duda que la media hora que acababa de pasar se conservaría como un hito en mi vida erótica. Y así ha sido, hasta el día de hoy. ¿Por qué si no estaría hablando de ello?

[Silencio.]

Estoy contenta de haberle contado esta historia. Ahora me siento menos culpable por el asunto de Schubert.

En cualquier caso, me dormí en brazos de John. Al despertar estaba oscuro y no tenía la menor idea de dónde me encontraba. «Chrissie —pensé—, ¡me he olvidado por completo de darle la comida a Chrissie!» Incluso palpé en el lugar erróneo en busca del interruptor antes de recordar la situación. Estaba sola (no había rastro de John); eran las seis de la mañana.

Llamé a Mark desde el vestíbulo.

—Hola, soy yo —le dije en mi tono más neutral y pacífico—. Perdona que llame tan temprano, pero ¿cómo está Chrissie?

Pero Mark, por su parte, no tenía ganas de reconciliarse.

—¿Dónde estás? —me preguntó.

—Te llamo desde Wynberg —le dije—. Me he mudado a un hotel. He pensado que deberíamos dejar de vernos hasta que las cosas se enfríen. ¿Cómo está Chrissie? ¿Qué planes tienes para la semana? ¿Te irás a Durban?

—Lo que haga no es asunto tuyo —respondió—. Si quieres permanecer alejada, permanece alejada.

Incluso por teléfono, percibí que seguía enfurecido. Cuando Mark estaba enfadado, pronunciaba las frases como «no es asunto tuyo» en un tono de bronco desdén que te hacía sentir empequeñecida. Los recuerdos de todo lo que me desagradaba de él acudieron en tropel a mi mente.

—No seas tonto, Mark —le dije—, no sabes cuidar de una criatura.

—¡Ni tú tampoco, sucia zorra! —me espetó antes de colgar bruscamente.

Poco después, aquella misma mañana, cuando fui a la compra, descubrí que mi cuenta había sido bloqueada.

Subí al coche y me dirigí a Constantiaberg. La llave de la casa hizo girar el pestillo, pero la puerta estaba cerrada con doble vuelta. Llamé una y otra vez. No hubo respuesta, ni tampoco señal alguna de Maria. Rodeé la casa. El coche de Mark había desaparecido, las ventanas estaban cerradas.

Telefoneé a su oficina.

—Ha ido a la sucursal —me informó la recepcionista.

—Hay una emergencia en su casa —le dije—. ¿Podrías llamar a Durban y dejar un mensaje? Pídele que llame a su mujer lo antes posible, al número que voy a darte. Dile que es urgente.

Y le di el número del hotel.

Esperé durante horas. No hubo ninguna llamada.

¿Dónde estaba Chrissie? Eso era lo que necesitaba saber por encima de todo lo demás. Parecía increíble que Mark se hubiera llevado la niña a Durban. Pero de no ser así, ¿qué había hecho con ella?

Llamé directamente a Durban. No, me dijo la secretaria, Mark no se encontraba en Durban, no le esperaban allí aquella semana. ¿Había telefoneado a la oficina de la empresa en Ciudad del Cabo?

Abrumada por la preocupación, telefoneé a John.

—Mi marido se ha ido con la niña, se ha esfumado —le dije—. No tengo dinero. No sé qué hacer. ¿Se te ocurre algo?

En el vestíbulo había unos clientes, una pareja mayor, que me escuchaban sin disimulo, pero había dejado de importarme que se enterasen de mis problemas. Quería llorar, pero creo que, en vez de hacer eso, me eché a reír.

—Se ha fugado con mi hija, ¿y por qué? —seguí diciendo—. ¿Es por esto —hice un gesto hacia mi entorno, es decir, hacia el interior del hotel (residencia) Canterbury—, es por esto por lo que me castiga?

Entonces me eché a llorar en serio.

Como estaba a kilómetros de distancia, John no podía haber visto mi gesto, y en consecuencia (se me ocurrió después) debía de haberle dado un significado muy diferente a la palabra «esto». Debía de haber parecido que me refería a mi aventura con él, como si la considerara indigna de una reacción tan airada.

—¿Quieres ir a la policía? —me preguntó.

—No seas ridículo. No puedes huir de un hombre y a continuación acusarle de que ha secuestrado a tu hija.

—¿Te gustaría que fuera a buscarte?

Noté la precaución en su voz, y me solidaricé con él. También yo habría sido cauta en su lugar, hablando por teléfono con una mujer histérica. Pero yo no quería precaución, quería recuperar a mi hija.

—No, no me gustaría que vinieras a buscarme —repliqué con irritación.

—¿Has comido algo, al menos? —me preguntó.

—No quiero comer nada. Basta de esta estúpida conversación. Perdona, no sé por qué te he llamado. Adiós.

Y colgué el aparato.

No quería nada para comer, pero no me habría importado beber algo: un whisky a palo seco, por ejemplo, y acto seguido dormirme pesadamente y sin sueños.

Acababa de acostarme y de cubrirme la cabeza con una manta cuando oí unos golpecitos en la puerta vidriera. Era John. Intercambiamos unas palabras que no voy a repetir. Resumiendo, me llevó de regreso a Tokai y me acostó en su habitación. Él durmió en el sofá de la sala de estar. Esperaba a medias que viniera a acostarse conmigo durante la noche, pero no lo hizo.

Me despertaron unos murmullos. Había salido el sol. Oí que se cerraba la puerta principal de la vivienda. Un largo silencio. Estaba sola en aquella extraña casa.

El cuarto de baño era primitivo, la taza del lavabo no estaba limpia. Un olor desagradable a sudor masculino y toallas húmedas flotaba en el aire. No tenía idea de adónde había ido John ni de cuándo volvería. Me hice café y exploré un poco. De una habitación a otra, los techos eran tan bajos que temía sofocarme. No era más que una casa de campo, eso lo comprendía, pero ¿por qué la habían construido para enanos?

Me asomé a la habitación de Coetzee padre. Había dejado la luz encendida, la luz mortecina de una sola bombilla sin pantalla en el centro del techo. Sobre una mesa, al lado de la cama, un periódico doblado y abierto por la página del crucigrama. De la pared pendía un cuadro, de aficionado, que representaba una granja holandesa de El Cabo enjalbegada, y una fotografía enmarcada de varias mujeres de aspecto severo. La ventana, que era pequeña y estaba protegida por una celosía de acero, daba a un porche donde no había más que dos sillas extensibles de lona y una hilera de macetas con agostados helechos.

La habitación de John, donde yo había dormido, era más grande y estaba mejor iluminada. Un estante: diccionarios, manuales de conversación, textos para aprender por ti mismo esto y aquello. Beckett. Kafka. Sobre la mesa, papeles desordenados. Un archivador. Examiné ociosamente los cajones. En el inferior, una caja con fotografías, a las que eché un vistazo. ¿Qué estaba buscando? No lo sabía. Algo que solo reconocería cuando lo encontrara. Pero no estaba allí. La mayor parte de las fotografías eran de sus años escolares: equipos deportivos, retratos con sus compañeros de clase.

Oí ruidos en la parte delantera de la casa y salí. Hacía un hermoso día, el cielo era de un azul brillante. John estaba descargando de su pick-up láminas de hierro galvanizado para el tejado.

−Perdona por haberte abandonado −me dijo−. Tenía que ir a recoger este material y no quería despertarte.

Llevé una de las sillas de lona a una zona soleada, cerré los ojos y me sumí en una ensoñación. No abandonaría a mi hija. No pondría fin a mi matrimonio. Pero ¿y si lo hiciera? ¿Y si me olvidara de Mark y Chrissie, me mudase a aquella pequeña y fea casa, me convirtiera en el tercer miembro de la familia Coetzee, la adjunta, la Blancanieves de los dos enanos, y me ocupara de la comida, la limpieza, la colada, tal vez incluso ayudara a reparar el tejado? ¿Cuánto tiempo pasaría antes de que mis heridas cicatrizaran? ¿Y cuánto antes de que mi verdadero príncipe llegara en su montura, el príncipe de mis sueños, que me reconocería por lo que era, me subiría a su semental blanco y me llevaría hacia la puesta del sol?

Porque John Coetzee no era mi príncipe. Por fin llego a lo esencial. Si esa era la pregunta en el fondo de su mente cuando llegó a Wilmington («¿Va a ser esta otra de esas mujeres que confundió a John Coetzee con su príncipe secreto?»), ahora tiene la respuesta. John no era mi príncipe. Y no solo eso: si me ha escuchado con atención, a estas alturas podrá ver lo improbable que era que pudiera haber sido un príncipe, un príncipe satisfactorio, para cualquier doncella del mundo.

¿No está de acuerdo? ¿Opina de otra manera? ¿Cree que era yo, no él, quien tenía la culpa... el defecto, la deficiencia? Bien, eche un vistazo a los libros que escribió. ¿Cuál es el tema recurrente en un libro tras otro? El de que la mujer no se enamora del hombre. Puede que el hombre ame o no ame a la mujer, pero esta nunca ama al hombre. ¿Qué cree usted que refleja ese tema? Mi conjetura, una conjetura muy bien fundamentada, es que refleja la experiencia de su vida. Las mujeres no se enamoraban de él... por lo menos las mujeres que estaban en su sano juicio. Lo inspeccionaban, lo husmeaban, tal vez incluso lo probaban. Y entonces seguían su camino.

Seguían su camino como hice yo. Podría haberme quedado en Tokai, como le he dicho, representando el papel de Blancanieves. La idea no carecía por completo de seducciones. Pero al final no lo hice. John fue amigo mío durante un período difícil de mi vida, fue una muleta en la que a veces me apoyaba, pero jamás sería mi amante, no en el verdadero sentido de la palabra. El verdadero amor solo se da entre dos seres humanos plenos, que necesitan encajar el uno en el otro. Como el yin y el yang. Como un enchufe y una toma de corriente. Como el macho y la hembra. Él y yo no encajábamos.

Créame, en el transcurso de los años he pensado mucho en John y su manera de ser. Lo que sigue se lo voy a decir con la debida consideración y espero que sin animadversión. Porque, como le he dicho, John era importante para mí. Me enseñó mucho. Fue un amigo que siguió siéndolo después de que rompiera con él. Cuando me sentía baja de moral siempre podía confiar en él para que bromeara conmigo y me animara. Cierta vez me llevó a unas alturas eróticas inesperadas, una sola vez, ¡ay!, pero lo cierto es que John no estaba hecho para el amor, no estaba construido de esa manera, no estaba construido para encajar en otro ser o para que otro ser encajara en él. Como una esfera. Como una bola de cristal. No había manera de conectar con él. Tal es mi conclusión, mi conclusión madurada.

Y puede que esto no sea ninguna sorpresa para usted. Probablemente piensa que lo mismo les sucede a los artistas en general, a los artistas masculinos, que no están hechos para lo que llamo amor; que no pueden entregarse del todo, o no están dispuestos a hacerlo, por la sencilla razón de que tienen una esencia secreta que han de preservar por el bien de su arte. ¿No es cierto? ¿Es eso lo que piensa?

¿Si creo que los artistas no están hechos para el amor? No. No necesariamente. Trato de mantener una mentalidad abierta sobre el tema.

Pues no puede mantener su mentalidad abierta indefinidamente, no si pretende escribir su libro. Piénselo. Nos encontramos ante un hombre que, en la más íntima de las relaciones humanas, no puede sintonizar, o solo puede hacerlo brevemente, con intermitencias. Sin embargo, ¿cómo se gana la vida? Escribiendo informes, informes de experto, sobre la experiencia humana íntima. Porque de eso tratan las novelas, ¿no?, la experiencia íntima. Las novelas comparadas con la poesía o la pintura. ¿No le parece eso extraño?

[Silencio.]

He sido muy franca con usted, señor Vincent. Por ejemplo, el detalle de Schubert: nunca se lo había contado a nadie. ¿Por qué no? Porque pensaba que John aparecería bajo una luz ridícula. Porque ¿quién sino un rematado idiota ofrecería a la mujer de la que supuestamente está enamorado que tomara lecciones de práctica sexual de un compositor muerto, un *Bagatellenmeister* vienés? Cuando un hombre y una mujer están enamorados crean su propia música, es algo que sucede instintivamente, no necesitan lecciones. Pero ¿qué hace nuestro amigo John? Introduce a un tercero en el dormitorio. Franz Schubert se convierte en el número uno, el maestro del amor; John pasa a ser el número dos, el discípulo del maestro y ejecutante, y yo me convierto en el número tres, el instrumento con el que se va a tocar la música sexual. Eso, me parece a mí, le dice todo lo que necesita saber sobre John Coetzee. El hombre que confundió a su mujer con un violín. Que probablemente hizo lo mismo con todas las demás mujeres de su vida: las confundió con uno u otro instrumento, violín, fagot, timbales. Que era tan bobo, estaba tan separado de la realidad, que no podía distinguir entre tocar a una mujer como si fuese un instrumento musical y amar a una mujer. Un hombre que amaba de manera mecánica. ¡Una no sabe si reír o llorar!

Por eso nunca fue mi príncipe azul. Por eso nunca le dejé que se me llevara en su caballo blanco. Porque no era un príncipe, sino una rana. Porque no era humano, no lo era del todo.

Le dije que sería franca con usted, y he cumplido mi promesa. Le diré otra cosa con franqueza, solo una más, y entonces habremos llegado al final.

Es sobre la noche que he tratado de describirle, la noche en el hotel Canterbury, cuando, después de nuestra serie de experimentos, los dos dimos por fin con la correcta combinación química. ¿Cómo podríamos haberlo conseguido, tal vez se pregunte usted, como también yo me lo pregunto, si John era una rana y no un príncipe?

Permítame que le diga cómo veo esa noche fundamental. Como le he dicho, estaba dolida, confusa y preocupadísima. John vio o supuso lo que me ocurría y por una vez me abrió su corazón, aquel corazón que normalmente tenía envuelto en una coraza. Con los corazones abiertos, el suyo y el mío, nos corrimos al mismo tiempo. Para él, esa primera apertura del corazón pudo y debió suponer un cambio radical. Pudo haber marcado el inicio de una nueva vida juntos. Pero ¿qué sucedió en realidad? John se despertó en plena noche y me vio durmiendo a su lado, sin duda con una expresión de paz en la cara, incluso de dicha, una dicha que no se puede alcanzar en este mundo. Me vio, me vio tal como yo era en aquel momento, sintió miedo y se apresuró a atar de nuevo la coraza alrededor de su corazón, esta vez con cadenas y un candado doble, y salió a hurtadillas en la oscuridad.

¿Cree usted que me resulta fácil perdonarle por eso? ¿Lo cree?

Se muestra usted un tanto dura con él, si me permite que se lo diga.

No, no soy dura. Solo estoy diciendo la verdad. Sin la verdad, no importa lo dura que sea, no puede haber curación. Eso es todo. Este es el final de mi contribución a su libro. Mire, son casi las ocho. Es hora de que se vaya. Ha de tomar un avión por la mañana, ¿no es cierto?

Solo una pregunta más, una pregunta breve.

No, de ninguna manera, basta de preguntas. Ha tenido tiempo más que suficiente. Se acabó. *Fin.* Váyase.

Entrevista realizada en Kingston, Ontario,
mayo de 2008

MARGOT

Permítame decirle, señora Jonker, lo que he estado haciendo desde que nos reunimos el pasado diciembre. Al regresar a Inglaterra, transcribí las cintas de nuestras conversaciones. Le pedí a un colega de Sudáfrica que comprobara la ortografía de las palabras en afrikaans. Entonces hice algo bastante radical. Eliminé mis apuntes y preguntas y dispuse la prosa para que se leyera como un relato ininterrumpido contado por usted.

Lo que quisiera hacer hoy, si está de acuerdo, es leerle el nuevo texto. ¿Qué le parece?

Muy bien.

Una cosa más. Como el relato que me contó era tan largo, lo he dramatizado aquí y allá, dejando que la gente hable con su propia voz. Ya verá lo que quiero decir una vez entremos en materia.

Muy bien.

Bueno. Allá vamos.

En los viejos tiempos, en la época navideña había multitudinarias reuniones en la granja de la familia. Desde diversos y lejanos lugares, los hijos e hijas de Gerrit y Lenie Coetzee convergían en Voëlfontein, acompañados por sus cónyuges y vástagos, más vástagos cada año que transcurría, y pasaban una semana de risas, bromas, rememoraciones y, sobre todo, comidas. Para los hombres también era una temporada de caza: aves, antílopes.

Pero ahora, en la década de 1970, lamentablemente esas reuniones familiares se han reducido. Gerrit Coetzee fue enterrada hace largo tiempo, Lenie va de un lado a otro arrastrando los pies en una residencia para la tercera edad en The Strand. De sus doce hijos e hijas, el primogénito ya se ha unido a las sombras multitudinarias. Cuando están a solas...

¿Sombras multitudinarias?

¿Demasiado grandilocuente? Lo cambiaré. El primogénito ya ha abandonado esta vida. Cuando están a solas, los supervivientes presienten su propio fin y se estremecen.

Eso no me gusta.

Lo eliminaré. No hay ningún problema. Ya ha abandonado esta vida. Entre los supervivientes, la broma se ha vuelto más contenida, la rememoración más triste, la comida más moderada. En cuanto a las partidas de caza, se han terminado: los huesos viejos son cautelosos y, en cualquier caso, después de un año tras otro de sequía, no queda nada en el *veld* que pueda considerarse digno de caza.

En cuanto a la tercera generación, los hijos e hijas de los hijos e hijas, la mayoría están ahora demasiado absortos en sus propios asuntos para asistir, o son demasiado indiferentes al círculo familiar más amplio. Este año solo cuatro miembros de la generación están presentes: su primo Michiel, que ha heredado la granja, su primo John, de Ciudad del Cabo, su hermana Carol y ella misma, Margot. Y supone que, de los cuatro, solo ella mira atrás con nostalgia.

No comprendo. ¿Por qué me llama «ella»?

De los cuatro, solo Margot... Margot... supone, mira atrás con nostalgia... Notará lo torpe que suena. No funciona así. El «ella» que uso es como *yo* pero no es *yo*. ¿De veras le desagrada tanto?

Me parece confuso. Pero prosiga.

La presencia de John en la granja provoca inquietud. Al cabo de varios años en el extranjero, tantos que sus familiares llegaron a la conclusión de que se había ido para siempre, de repente ha reaparecido entre ellos en circunstancias poco claras, tras haber hecho algo ignominioso. Cuentan entre susurros que ha estado en una cárcel norteamericana.

La familia no sabe de qué modo comportarse con él. Nunca habían tenido un delincuente, si se le puede considerar así, un delincuente, entre ellos. Un arruinado sí: el hombre que se casó con tía Marie, un fanfarrón y bebedor empedernido al que la familia había desaprobado desde el principio, se declaró en bancarrota para no tener que pagar sus deudas y posteriormente no dio golpe, se quedó en casa sin hacer nada, viviendo de los ahorros de su esposa. Pero, aunque la bancarrota puede dejar un mal sabor de boca, no es un delito, mientras que ir a la cárcel es ir a la cárcel.

A ella le parece que los Coetzee deberían esforzarse más para intentar que la oveja descarriada se sienta bien recibida. Siempre ha tenido una debilidad por John. En su infancia hablaban abiertamente de casarse cuando fuesen adultos. Creían que eso estaba permitido, ¿por qué no habría de estarlo? No entendían por qué, al oírles, los adultos sonreían, sonreían y no decían por qué.

¿De veras le dije eso?

Así es. ¿Quiere que lo elimine? Me gusta.

No, déjelo. [Se ríe.] Prosiga.

Su hermana Carol piensa de otra manera. Carol está casada con un ingeniero alemán, que lleva años intentando irse con ella de Sudáfrica e instalarse en Estados Unidos. Carol ha dejado clara su negativa a que figure en su expediente que está relacionada con un hombre que, sea o no sea técnicamente un delincuente, se ha puesto a malas con la ley norteamericana. Pero la hostilidad de Carol hacia John es más profunda. Lo encuentra afectado y altanero. Desde las alturas de su educación *engelse* [inglesa], dice Carol, John mira con desdén a todos y cada uno de los Coetzee. No puede imaginar por qué ha decidido mezclarse con ellos en Navidad.

A ella, a Margot, le disgusta la actitud de su hermana. Cree que se ha vuelto cada vez más despiadada desde que se casó y empezó a moverse en el círculo de su marido, un círculo de expatriados alemanes y suizos que llegaron a Sudáfrica en la década de 1960, se enriquecieron con rapidez y se disponen a abandonar el barco ahora que el país está atravesando tiempos tormentosos.

No sé. No sé si puedo permitirle decir eso.

Bien, me someteré a su decisión. Pero eso es lo que usted me dijo, palabra por palabra. Y tenga en cuenta que no es probable que su hermana lea un libro de escasa difusión publicado por una universidad inglesa. ¿Dónde vive ahora su hermana?

Ella y Klaus viven en Florida, en una localidad llamada Saint Petersburg. Nunca se sabe, uno de sus amigos podría dar con el libro y enviárselo. Pero eso no es lo esencial. Cuando hablamos, tuve la impresión de que se limitaría a transcribir la entrevista y a dejarla tal como estaba. No tenía idea de que iba usted a reescribirla por completo.

Eso no es del todo cierto. No la he reescrito, tan solo la he refundido en forma de relato. El cambio de la forma no tiene que afectar al contenido. Sería distinto si usted creyera que me estoy tomando libertades con el contenido. ¿Me estoy tomando demasiadas libertades?

No lo sé. Hay algo que me suena extraño, pero no podría señalar qué es. Todo lo que puedo decirle es que su versión no me parece que se ajus-

—Esta noche no, gracias —replica John—. *Ek het my vanmiddag dik gevreet.* —Esta tarde me he atiborrado como un cerdo.

—Entonces no eres vegetariano. No te has convertido en vegetariano mientras estabas en el extranjero.

—No un vegetariano estricto. *Dis nie 'n woord waarvan ek hou nie. As 'n mens verkies om nie so veel vleis te eet nie…* —No es una palabra con la que él esté encariñado. Si uno opta por no comer tanta carne…

—*Ja?* —dice Carol—. *As 'n mens so verkies, dan…* —Si optas por eso, entonces… ¿qué?

Ahora todos le miran con fijeza. Él ha empezado a ruborizarse. Es evidente que no tiene ni idea de cómo desviar la benévola curiosidad de la reunión. Y si está más pálido y delgado de lo que debería estar un buen sudafricano, ¿no podría estribar la explicación en que ha pasado demasiado tiempo entre las nieves de Norteamérica, sino en que se ha visto privado durante demasiado tiempo de buen cordero del Karoo? *As 'n mens verkies…* ¿Qué dirá a continuación?

Está totalmente ruborizado. ¡Un hombre hecho y derecho, y sin embargo se sonroja como una niña! Es hora de intervenir. Ella le tranquiliza poniéndole una mano en el brazo.

—*Jy wil seker, sê, John, ons het almal ons voorkeure.* —Todos tenemos nuestras preferencias.

—*Ons voorkeure* —dice él—, *ons fiemies.* —Nuestras preferencias, nuestros tontos caprichitos.

Clava el tenedor en una judía verde y se la lleva a la boca.

Corre diciembre, y en ese mes no oscurece hasta bien pasadas las nueve. Incluso entonces, tal prístina claridad tiene el aire en la alta meseta que la luna y las estrellas brillan lo suficiente para iluminar las huellas de tus pisadas. Así que, después de cenar, los dos salen a dar un paseo, dando un amplio rodeo para evitar el agrupamiento de cabañas que alojan a los trabajadores de la granja.

—Gracias por salvarme —le dice él.

—Ya conoces a Carol. Siempre está a la que salta. Y tiene una lengua afilada. ¿Qué tal tu padre?

—Deprimido. Como debes de saber, el matrimonio de mis padres no fue feliz. Eso no impidió que, tras la muerte de mi madre, entrara en decadencia… estaba alicaído, no sabía qué hacer consigo mismo. La educación que recibieron los hombres de su generación los convierte en inútiles. Si no tienen alguna mujer que cocine y cuide de ellos, se marchitan. Si no le hubiera ofrecido a mi padre un hogar, se habría muerto de hambre.

—¿Aún trabaja?

—Sí, tiene su empleo en la tienda de piezas de automóvil, aunque creo que le han insinuado que va siendo hora de que se jubile. Y su entusiasmo por el deporte no ha disminuido.

—¿No es árbitro de críquet?

—Lo fue, pero tuvo que dejarlo. Se le ha deteriorado la vista.

—¿Y tú? ¿No jugabas también al críquet?

—Sí, todavía juego en la Liga Dominical. Tienen un nivel de aficionados, lo cual me va bien. Es curioso, él y yo, dos afrikáners dedicados a un deporte inglés que no se nos da muy bien. Me pregunto qué revela eso de nosotros.

Dos afrikáners. ¿Se considera realmente afrikáner? Ella no sabe cuántos afrikáners auténticos [*egte*] le aceptarían como uno de la tribu. Tal vez ni siquiera su padre pasaría el escrutinio. Hoy día, para ser afrikáner, como mínimo tienes que votar al Partido Nacional e ir a la iglesia los domingos. Ella no puede imaginar a su primo poniéndose traje y corbata y yendo a la iglesia. Ni tampoco a su tío.

Han llegado a la represa. Antes la represa se llenaba mediante una bomba eólica, pero durante los años de bonanza Michiel instaló una bomba con motor diesel y dejó que la vieja bomba eólica se oxidara, porque eso era lo que hacía todo el mundo. Ahora que el precio del petróleo está por las nubes, es posible que Michiel deba volver a pensárselo. Puede que, después de todo, tenga que recurrir una vez más al viento de Dios.

—¿Recuerdas cuando veníamos aquí de niños…? —le pregunta ella.

Él rememora al instante.

—Y cazábamos renacuajos con un cedazo, los llevábamos a la casa en un cubo de agua y a la mañana siguiente todos estaban muertos y no podíamos imaginar por qué.

—Y saltamontes. También capturábamos saltamontes.

Tras mencionarlo, se arrepiente de haberlo hecho, pues ha recordado el destino de los saltamontes, o de uno de ellos. John sacó el insecto de la botella en la que estaba atrapado y, mientras ella miraba, tiró con firmeza de una larga pata trasera hasta separarla del cuerpo, secamente, sin sangre o lo que cuente como sangre entre los saltamontes. Entonces lo soltó y se quedaron mirándolo. Cada vez que intentaba emprender el vuelo, caía de costado, las alas escarbando la tierra y el muñón de la pata trasera moviéndose inútilmente. «¡Mátalo!», le gritó ella a John. Pero él no lo mató y se fue de allí con una expresión de asco.

—¿Recuerdas que una vez le arrancaste una pata a un saltamontes y entonces te marchaste y fui yo quien tuvo que matarlo?

—Lo recuerdo a diario —responde él—. Cada día le pido perdón al pobre bicho. Era solo un niño, le digo, solo un niño ignorante que no sabía lo que hacía. Perdóname, *Kaggen*.

—¿*Kaggen*?

—*Kaggen*. El nombre de mantis, el dios mantis. Pero el saltamontes lo entenderá. En el otro mundo no hay problemas de lenguaje. Es como el Edén de nuevo.

El dios mantis. La ha confundido.

Un viento nocturno gime a través de las aspas de la bomba eólica echada a perder. Ella se estremece.

—Debemos volver —le dice.

—Enseguida. ¿Has leído el libro de Eugène Marais sobre el año que pasó observando a un grupo de babuinos? Dice que por la noche, cuando los monos dejaban de merodear y contemplaban la puesta del sol, detectaba en los ojos de los babuinos mayores los aguijonazos de la melancolía, el nacimiento de la conciencia incipiente de su mortalidad.

–¿Es en eso en lo que te hace pensar la puesta del sol, en la mortalidad?

–No, pero no puedo evitar que me recuerde la primera conversación que tuvimos tú y yo, la primera conversación significativa. Debíamos de tener seis años. No recuerdo las palabras exactas, pero sé que te estaba abriendo mi corazón, te lo contaba todo acerca de mí, todos mis anhelos y esperanzas. Y mientras tanto pensaba: «¡De modo que esto es lo que significa estar enamorado!». Porque, permíteme que te lo confiese, estaba enamorado de ti. Y desde aquel día, estar enamorado de una mujer ha significado para mí ser libre de decir todo lo que siento.

–Todo lo que sientes… ¿Qué tiene eso que ver con Eugène Marais?

–Sencillamente que comprendo en qué estaba pensando el viejo babuino macho mientras contemplaba la puesta del sol, el jefe del grupo, aquel del que Marais se sentía más próximo. «Nunca más –pensaba–. Una sola vida y entonces nunca más. Nunca, nunca, nunca.» Eso es lo que también me hace el Karoo. Me llena de melancolía. Me inutiliza para la vida.

Ella aún no entiende qué tienen que ver los babuinos con el Karoo de su infancia, pero no va a admitirlo.

–Este lugar me desgarra el corazón –prosigue él–. Me lo desgarraba de niño, y desde entonces nunca he estado bien.

El corazón de su primo está desgarrado. Ella no tenía el menor atisbo de ello. Piensa que antes sabía, sin necesidad de que se lo dijeran, lo que sucedía en el corazón del prójimo. Ese era su talento especial: *meegevoel*, sentimiento compartido. ¡Pero ya no, ya no! Se hizo adulta, y, al hacerse adulta, se volvió rígida, como una mujer a la que nunca sacan a bailar, que se pasa la noche de los sábados esperando en vano, sentada en un banco de la sala de la iglesia, que cuando algún hombre recuerda sus modales y le ofrece su mano, ha perdido por completo el placer y solo quiere volver a casa. ¡Qué emoción! ¡Qué revelación! ¡Este primo suyo conserva recuerdos de cómo la amaba! ¡Los ha conservado durante todos estos años!

[Gruñe.] ¿Dije de veras todo eso?

[Se ríe] Sí.

¡Qué indiscreta! [Se ríe.] No importa, siga.

—No se lo digas a Carol —le dice su primo John—. Con esa vena satírica que tiene... no le digas lo que siento en el Karoo. Si lo hicieras, jamás soltaría esa presa.

—Tú y los babuinos —replica ella—. Carol también tiene corazón, por increíble que parezca. Pero no, no le contaré tu secreto. Hace frío. ¿Volvemos a casa?

Rodean las viviendas de los trabajadores de la granja, manteniéndose a una distancia prudente. Los carbones de una fogata sobre la que están cocinando taladran la oscuridad con puntos de un rojo intenso.

—¿Cuánto tiempo vas a quedarte? —le pregunta ella—. ¿Estarás aquí el día de Año Nuevo?

Nuwejaar: para el *volk*, el pueblo, un día con las cifras en rojo que eclipsa por completo a la Navidad.

—No, no puedo quedarme tanto tiempo. Tengo cosas que hacer en Ciudad del Cabo.

—¿No podrías, entonces, dejar a tu padre y volver más adelante a buscarlo? Así le darías tiempo para relajarse y fortalecerse. No tiene buen aspecto.

—No querrá quedarse. Mi padre es inquieto por naturaleza. Dondequiera que esté, desea estar en otra parte. Cuanto mayor se hace, más impaciente se vuelve. Es como un picor. No puede estarse quieto. Además, tiene que volver al trabajo. Se toma su trabajo muy en serio.

La granja está silenciosa. Entran por la puerta trasera.

—Buenas noches —le dice ella—. Que duermas bien.

Una vez en su habitación, ella se apresura a acostarse. Le gustaría estar dormida cuando entren en la casa su hermana y su cuñado, o por lo menos ser capaz de fingir que está dormida. No tiene ganas de que la interroguen sobre lo que ha ocurrido durante su paseo con John. A la mínima oportunidad que tuviera, Carol le haría desembuchar. «Estuve enamorado de ti cuando tenía seis años; estableciste la pauta de mi amor hacia otras mujeres.» ¡Qué cosas se le ocurre decir! ¡Qué cumplido, en verdad! Pero ¿qué decir de ella misma? ¿Qué sucedía en su corazón de seis años cuando en el de John anidaba toda aquella pasión prematura? Ella accedió a casarse con él, desde luego, pero ¿convino en que estaban enamorados? De ser así, no lo recuerda en absoluto. ¿Y ahora? ¿Qué siente por él ahora? Ciertamente, su declaración le ha encantado. ¡Qué curioso personaje es este primo suyo! Su peculiaridad no procede del lado Coetzee, de eso está segura, por lo que debe de ser herencia materna, procede de los Meyer o como se llamaran, los Meyer del Cabo Oriental. Meyer o Meier o Meiring.

Entonces se duerme.

—Es engreído —dice Carol—. Piensa demasiado en sí mismo. No soporta rebajarse a hablar con la gente corriente. Cuando no está chapuceando con su pick-up, está sentado en un rincón leyendo un libro. ¿Y por qué no se corta el pelo? Cada vez que lo veo siento el impulso de atarlo y cortarle esa espantosa y grasienta melena.

—No tiene el pelo grasiento —protesta ella—. Solo lo lleva demasiado largo. Creo que se lo lava con jabón para manos. Ese es el motivo de que deje pelos por todas partes. Y es tímido, no engreído. Por eso es tan reservado. Si le das una oportunidad, es una persona interesante.

—Está coqueteando contigo. Cualquiera puede verlo. Y tú también coqueteas con él. ¡Tú, su prima! Deberías avergonzarte de ti misma. ¿Por qué no se ha casado? ¿Crees que es homosexual? ¿Es un *moffie*?

Ella nunca sabe si Carol habla en serio o si trata de provocarla. Incluso aquí, en la granja, Carol lleva pantalones blancos a la moda, blusas escotadas, sandalias de tacón alto y un pesado brazalete. Dice que compra la ropa en Frankfurt, durante los viajes de negocios que hace con su marido. Ciertamente logra que los demás parezcan carentes por completo de estilo, muy sobrios, muy campesinos. Ella y Klaus viven en Sandton, en una mansión de doce habitaciones propiedad de un angloamericano, por la que no pagan alquiler, con establos, caballos para jugar al polo y un mozo de cuadra, aunque ninguno de ellos sabe montar. Aún no tienen hijos. Carol le informa de que los tendrán cuando se hayan aposentado como es debido. Aposentarse como es debido significa vivir en Estados Unidos.

Le dice confidencialmente que en la sociedad de Sandton, en la que ella y Klaus se mueven, están muy avanzados. No le especifica en qué consisten esos avances, y ella, Margot, no quiere preguntárselo, pero al parecer se relacionan con el sexo.

No le permitiré que escriba eso. No puede escribir eso sobre Carol.

Es lo que usted me dijo.

Sí, pero no puede usted escribir cada palabra que digo y difundirla por el mundo. Nunca he estado de acuerdo con eso. Carol no volvería a dirigirme la palabra.

De acuerdo, bajaré el tono, se lo prometo. Pero escúcheme hasta el final. ¿Puedo seguir?

Prosiga.

Carol ha roto completamente con sus raíces. No se parece en nada a la *plattelandse meisie*, la muchacha campesina, que fue en otro tiempo. En todo caso, parece alemana, con la piel bronceada, el rubio cabello peinado por un estilista y el bien marcado delineador de ojos. Majestuosa, de generoso busto y apenas treintañera. Frau doctora Müller. Si frau doctora Müller decidiera coquetear a la manera de Sandton con el primo John, ¿cuánto tiempo pasaría antes de que el primo John sucumbiera? John dice que el amor significa ser capaz de abrir tu corazón al ser amado. ¿Qué diría Carol a eso? Respecto al amor, Carol podría enseñarle a su primo una o dos cosas, ella está segura… por lo menos respecto al amor en su versión superior.

John no es un *moffie*: ella conoce lo suficiente a los hombres para estar segura de eso. Pero tiene cierta frialdad, algo que, si no es neutro, por lo menos es neutral, como un niño pequeño es neutral en cuestiones de sexo. Debe de haber habido mujeres en su vida, si no en Sudáfrica, en Norteamérica, aunque él no les ha dicho una sola palabra de ellas. ¿Vieron sus mujeres norteamericanas qué clase de corazón es el suyo? Si tiene la costumbre de abrir su corazón, entonces es un caso fuera de lo corriente: por la experiencia que ella tiene, no hay nada que a los hombres les resulte más difícil.

Ella lleva diez años casada. Diez años atrás se despidió de Carnarvon, donde trabajaba como secretaria en un bufete de abogados, y se trasladó a la granja de su novio, al este de Middelpos, en la Roggeveld, donde, si tiene suerte, si Dios le sonríe, vivirá el resto de sus días.

La granja es el hogar de los dos, hogar y *Heim*, pero no puede estar en casa tanto como desea. Ya no se gana dinero con la cría de ovejas, no en la Roggeveld yerma y asolada por la sequía. Para llegar a fin de mes ha tenido que volver a trabajar, esta vez como contable, en un hotel de Calvinia. Cuatro noches a la semana, de lunes a jueves, las pasa en el hotel. El viernes el marido va a buscarla en coche desde la granja y, al amanecer del lunes siguiente, la lleva de regreso a Calvinia.

A pesar de esta separación semanal (es dolorosa, ella detesta la deprimente habitación de hotel, a veces no puede retener las lágrimas, apoya la cabeza en los brazos y solloza), ella y Lukas gozan de lo que ella llamaría un matrimonio feliz. Más que feliz: afortunado, bendito. Un buen marido, un matrimonio feliz, pero sin hijos. No porque la pareja no los quiera, sino por el destino: su destino, su culpa. De las dos hermanas, una es estéril y la otra *aún no se ha asentado.*

Un buen marido, pero reservado con sus sentimientos. ¿Es la cautela del corazón algo que aflige a los hombres en general o solo a los hombres sudafricanos? ¿Son mejores los alemanes, el marido de Carol, por ejemplo? En este momento Klaus está sentado en el porche junto a los miembros de la familia Coetzee con los que le ha emparentado su matrimonio, fumando un puro (ofrece sus puros generosamente, pero su *rookgoed* es demasiado raro, demasiado extranjero para los Coetzee), deleitándolos con su sonoro y balbuciente afrikaans, del que no se avergüenza lo más mínimo, contándoles anécdotas de la época en que él y Carol se fueron a esquiar a Zermatt. ¿Acaso Klaus, en la intimidad de su hogar de Sandton, de vez en cuando abre su corazón a Carol, a su manera europea hábil, fácil y confiada? Ella lo duda. Duda que Klaus tenga mucho corazón. Margot no ha visto apenas indicios de que lo tenga. En cambio, de los Coetzee por lo menos puede afirmarse que tienen corazón, todos los hombres y todas las mujeres. Incluso, a veces, algunos de ellos tienen demasiado corazón.

—No, no es un *moffie* —dice—. Habla con él y lo verás por ti misma.

—¿Te gustaría ir a dar una vuelta en coche esta tarde? —le ofrece John—. Podríamos recorrer la finca, solos tú y yo.

—¿En qué? —replica ella—. ¿En tu Datsun?

—Sí, en mi Datsun. Está arreglada.

—¿Estás seguro de que no se averiará en medio de ninguna parte?

Eso es broma, por supuesto. Voëlfontein ya se encuentra en medio de ninguna parte. Pero no es solo una broma. Ella no tiene idea de lo extensa que es la finca, medida en kilómetros cuadrados, pero sabe que no puedes ir andando de un extremo al otro en un solo día, a menos que te tomes la caminata en serio.

—No se averiará —le dice él—. Pero llevaré una reserva de agua por si acaso.

Voëlfontein se encuentra en la región de Koup, y en Koup no ha caído una sola gota de lluvia en los dos últimos años. ¿En qué diablos pensaría el abuelo Coetzee cuando compró tierras aquí, donde no hay un solo granjero que no luche por mantener vivo a su ganado?

—¿Qué clase de palabra es *Koup*? —pregunta ella—. ¿Es inglés, una variación de *cope*? ¿El lugar donde nadie puede arreglárselas?

—Es una palabra khoi —responde él—. Hotentote. *Koup*: lugar seco. Es un sustantivo, no un verbo. Puedes distinguirlo por la *p* final.

—¿Dónde has aprendido eso?

—De los libros, de gramáticas compuestas por los misioneros en los viejos tiempos. En Sudáfrica no quedan hablantes de las lenguas khoi. A todos los efectos prácticos, las lenguas están muertas. En el sudoeste de África todavía hay un puñado de viejos que hablan nama. Esto es todo lo que queda.

—¿Y xhosa? ¿Hablas el xhosa?

Él sacude la cabeza.

—Me interesan las cosas que hemos perdido, no las que hemos conservado. ¿Por qué habría de hablar xhosa? Ya hay millones de personas que lo hacen. No me necesitan.

—Creía que las lenguas existen para que podamos comunicarnos —dice ella—. ¿Qué sentido tiene hablar hotentote si nadie más lo hace?

John la obsequia con lo que ella ha llegado a considerar una sonrisita secreta, indicadora de que él tiene una respuesta a su pregunta pero, como ella será demasiado estúpida para comprenderla, no gastará saliva revelándosela. Es esta sonrisa de señor Sabelotodo lo que enfurece a Carol.

—Una vez hayas aprendido el hotentote con tus viejas gramáticas, ¿con quién puedes hablarlo? —insiste ella.

—¿Quieres que te lo diga? —replica él.

La sonrisita se ha convertido en otra cosa, algo tenso y no muy agradable.

—Sí, dímelo. Respóndeme.

—Los muertos. Puedes hablar con los muertos. Quienes por lo demás —titubea, como si las palabras pudieran ser excesivas para ella y hasta para él– quienes por lo demás están sumidos en un silencio eterno.

Ella quería una respuesta y ahora la tiene. Es más que suficiente para hacerla callar.

Avanzan durante media hora, hasta el límite más occidental de la finca. Una vez allí, él la sorprende al abrir la puerta de la valla, cruza, cierra la puerta tras ellos y, sin decir una palabra, sigue conduciendo por la abrupta carretera de tierra. A las cuatro y media han llegado a la población de Merweville, donde hace años que ella no ha estado.

Él detiene el vehículo ante el Café Apolo.

–¿Te apetece un café? –le pregunta.

Entran en el establecimiento con media docena de chiquillos descalzos pisándoles los talones, el más pequeño un chiquitín que empieza a andar. Mevrou, la propietaria, tiene la radio encendida, y suenan canciones pop afrikaans. Se sientan y espantan las moscas. Los niños se arraciman alrededor de su mesa, mirándoles con desvergonzada curiosidad.

–*Middag, jongens* –les dice John.

–*Middag, meneer* –replica el mayor.

Piden café y les sirven una versión del café: Nescafé pálido con leche uperizada. Ella toma un sorbo de su taza y la deja a un lado. Él toma la suya distraído.

Una manita se alza y birla el terrón azúcar del platillo de Margot.

–*Toe, loop!* –le dice ella: ¡Lárgate!

El niño le sonríe alegremente, desenvuelve el terrón y lo lame.

No es en modo alguno el primer atisbo que tiene ella de hasta qué punto se han desplomado las antiguas barreras entre los blancos y la gente de color. Los signos son más evidentes aquí que en Calvinia. Merweville es un pueblo más pequeño y en decadencia, una decadencia tal que debe de estar en peligro de desaparición del mapa. No pueden quedar más que unos pocos centenares de habitantes. La mitad de las casas ante las que han pasado parecían deshabitadas. El edificio con la inscripción «Volkskas», «Banco del Pueblo», en guijarros blancos empotrados en el mortero sobre la puerta no alberga un banco sino un taller de soldadura. Aunque lo más recio del calor de la tarde ha quedado atrás, la única presencia viviente en la calle principal es la de dos hombres y una mujer tendidos, al lado de un escuálido perro, a la sombra de una jacarandá florida.

¿Le conté todo eso? No lo recuerdo.

He añadido uno o dos detalles para dar vida a la escena. No se lo había dicho, pero como Merweville es un elemento tan destacado de su relato, viajé a ese pueblo para cotejar lo narrado con la realidad.

¿Fue usted a Merweville? ¿Qué le pareció?

Tal como usted lo ha descrito, pero ya no existe el Café Apolo. No hay ningún café. ¿Continúo?

Habla John.

—¿Sabías que, entre sus demás logros, nuestro abuelo fue alcalde de Merweville?

—Sí, lo sé.

Su abuelo se había metido en demasiados asuntos. Era... acude a la mente de Margot la palabra inglesa: un *go-getter*, «ambicioso y con empuje», en una tierra con muy pocos *go-getters*, un hombre con... otra palabra inglesa, *spunk*, probablemente más *spunk* que todos sus hijos juntos. Pero tal vez ese sea el destino de los hijos de padres fuertes: quedarse con una porción reducida de *spunk*. Y con las hijas sucede lo mismo: las mujeres Coetzee eran un poco demasiado retraídas, adornadas con muy poco de lo que pudiera ser el equivalente femenino de *spunk*.*

---

* Mientras que los términos españoles «agallas» o «coraje» son aplicables a ambos sexos, *spunk* tiene una connotación exclusivamente masculina, debido a que en lenguaje coloquial también significa «semen». *(N. del T.)*

Ella solo conserva vagos recuerdos de su abuelo, que murió cuando era una niña, recuerdos de un anciano encorvado y cascarrabias, con una barbita rasposa en el mentón. Recuerda que, después de la comida, el silencio se instalaba en la casa, pues el abuelo estaba haciendo la siesta. Incluso a aquella tierna edad le sorprendía ver cómo el viejo era capaz de lograr que los adultos se deslizaran sigilosamente de un lado a otro como ratones. No obstante, sin aquel anciano ella no estaría aquí, ni John tampoco: no solo aquí, en este mundo, sino aquí, en el Karoo, en Voëlfontein o en Merweville. Si la propia vida de Margot, desde la cuna a la tumba, ha estado y sigue estando determinada por los altibajos del mercado de la lana y la carne de cordero, eso se debe a su abuelo: un hombre que empezó como un *smous*, un buhonero que vendía tela de algodón estampada, cazuelas, sartenes y específicos a los campesinos, que luego, cuando hubo ahorrado suficiente dinero, compró una participación en un hotel, la vendió, adquirió tierras y se instaló nada menos que como un hacendado criador de caballos y de ovejas.

—No me has preguntado qué estamos haciendo aquí, en Merweville —le dice John.

—Muy bien. ¿Qué estamos haciendo en Merweville?

—Quiero enseñarte algo. Estoy pensando en comprar una finca aquí.

Ella no da crédito a sus oídos.

—¿Quieres comprar una finca? ¿Quieres vivir en Merweville? ¿En *Merweville*? ¿También quieres ser alcalde?

—No, vivir aquí no, solo pasar algún tiempo aquí. Vivir en Ciudad del Cabo y venir aquí los fines de semana y en vacaciones. No es imposible. Merweville está a siete horas de Ciudad del Cabo, si conduces sin parar. Puedes comprar una casa por mil rands, una casa de cuatro habitaciones y un terreno de cuatro mil metros cuadrados con melocotoneros, albaricoqueros y naranjos. ¿En qué otro lugar del mundo conseguirías semejante ganga?

—¿Y tu padre? ¿Qué piensa tu padre de ese plan tuyo?

—Es mejor que una residencia para la tercera edad.

—No comprendo. ¿Qué es mejor que una residencia para la tercera edad?

—Vivir en Merweville. Mi padre puede quedarse y residir aquí. Yo viviré en Ciudad del Cabo y vendré con regularidad a ver cómo sigue.

—¿Y qué hará tu padre durante el tiempo que esté aquí solo? ¿Sentarse en el porche para ver el único coche que pasa a lo largo del día? Mira, John, si puedes comprar en Merweville una casa por una miseria se debe a una sencilla razón: porque nadie quiere vivir aquí. No te entiendo. ¿A qué viene este repentino entusiasmo por Merweville?

—Está en el Karoo.

Die Karoo is vir skape geskape! ¡El Karoo se hizo para las ovejas! Ella ha tenido que morderse la lengua para no soltarlo. «¡Lo dice en serio! ¡Habla del Karoo como si fuese el paraíso!» Y de repente acuden en tropel a su mente los recuerdos de aquellas navidades del pasado, cuando eran niños y vagaban por el *veld* como animales salvajes. «¿Dónde quieres que te entierren?», le preguntó él un día, y entonces, sin esperar su respuesta, le susurró: «Yo quiero que me entierren aquí». «¿Para siempre? —le preguntó ella, niña como era—. ¿Quieres que te entierren para siempre?» «Solo hasta que resucite», replicó él.

«Hasta que resucite.» Ella lo recuerda todo, recuerda las mismas palabras.

Cuando uno es niño, puede prescindir de las explicaciones. No exige que todo tenga sentido. Pero ¿recordaría esas palabras si entonces no le hubieran desconcertado y, en lo más profundo de su ser, hubieran seguido desconcertándola durante los años transcurridos? «Resucitar»: ¿creía de veras su primo, lo cree realmente, que uno vuelve de la tumba? ¿Quién se cree que es, Jesús? ¿Y qué cree que es este lugar, este Karoo, Tierra Santa?

—Si tienes intención de instalarte en Merweville, primero necesitarás un corte de pelo —le dice ella—. Las buenas gentes del pueblo no permitirán que un salvaje se instale entre ellos y corrompa a sus hijos e hijas.

Detrás del mostrador, Mevrou da a entender de manera inequívoca que le gustaría cerrar el café. Él paga y se marchan. En el camino hacia la salida del pueblo, reduce la marcha ante una casa con un letrero de «TE KOOP» en la cancela: «En venta».

—Esa es la casa en la que estoy pensando —le dice—. Mil rands más el papeleo legal. ¿No es increíble?

La casa es un insulso cubo con el tejado de chapa de zinc, una terraza cubierta que se extiende a lo largo de la fachada y una empinada escalera de madera a un lado que conduce a un ático. La pintura se encuentra en un estado lamentable. Delante de la casa, en un descuidado jardín con rocas, un par de áloes luchan por mantenerse vivos. ¿De veras se propone abandonar aquí a su padre, en esta insípida casa de este exhausto villorrio? ¿A un anciano tembloroso, que alimentará a base de conservas y dormirá entre sábanas sucias?

—¿Te gustaría echar un vistazo? —le pregunta él—. La casa está cerrada, pero podemos entrar por la parte trasera.

Ella se estremece.

—En otra ocasión —responde—. Hoy no tengo ganas.

No sabe de qué tiene ganas hoy, pero las ganas dejan de importar a veinte kilómetros de Merwerville, cuando el motor empieza a petardear. John frunce el ceño y se detiene al lado de la carretera. Un olor a goma quemada invade la cabina.

—Se está recalentando de nuevo —le dice—. Será un momento.

De la caja del vehículo saca un bidón de agua. Desenrosca el tapón del radiador, esquivando un chorro de vapor, y llena el radiador.

—Con esto bastará para llegar a casa —asegura.

Intenta poner el motor en marcha. Produce un ruido seco, sin encenderse.

Ella conoce lo suficiente a los hombres para no poner jamás en tela de juicio su competencia con las máquinas. No le da ningún consejo, se esfuerza por no parecer impaciente, ni siquiera suspira. Durante una hora, mientras él toquetea tubos y abrazaderas, se ensucia la ropa e intenta una y otra vez poner el motor en marcha, ella mantiene un silencio estricto y benévolo.

El sol empieza a esconderse tras el horizonte, y él sigue trabajando casi en la oscuridad.

—¿Tienes una linterna? —le pregunta ella—. Yo podría iluminarte.

Pero no, él no ha traído una linterna. Además, como no fuma, ni siquiera tiene cerillas. No es un niño explorador, sino un chico de ciudad, un chico de ciudad sin preparación.

—Volveré a pie a Merwerville en busca de ayuda —dice por fin—. O podríamos ir los dos.

Ella lleva unas sandalias ligeras. No va a recorrer veinte kilómetros por el *veld*, calzada con unas sandalias en la oscuridad.

—Cuando llegues a Merweville será medianoche —le dice ella—. Allí no conoces a nadie. Ni siquiera hay una estación de servicio. ¿A quién vas a persuadir para que venga a repararte la pick-up?

—Entonces, ¿qué me sugieres que haga?

—Esperemos aquí. Si tenemos suerte, alguien pasará. De lo contrario, Michiel vendrá a buscarnos por la mañana.

—Michiel no sabe que hemos ido a Merweville. No se lo he dicho.

Intenta por última vez poner el motor en marcha. Cuando hace girar la llave se oye un chasquido apagado. La batería está descargada.

Ella baja del vehículo y, a una prudente distancia, alivia la vejiga. Ha empezado a soplar un viento ligero. Hace frío, y hará más. No hay nada en la pick-up con que cubrirse, ni siquiera una lona impermeabilizada. Si van a pasar ahí la noche, tendrán que hacerlo acurrucados en la cabina. Y entonces, cuando estén de regreso en la granja, habrán de dar explicaciones.

Aún no se siente abatida, aún está lo bastante distanciada de su situación para encontrarla siniestramente divertida. Pero eso no tardará en cambiar. No tienen nada que comer, incluso nada que beber excepto agua del bidón, que huele a gasolina. El frío y el hambre van a roer su frágil buen humor. También la falta de sueño, a su debido tiempo.

Cierra la ventanilla.

—¿Vamos a olvidarnos de que somos un hombre y una mujer y no azorarnos demasiado por mantenernos mutuamente calientes? —le plantea ella—. Porque de lo contrario nos congelaremos.

Se conocen desde hace treinta y tantos años, y en ese tiempo se han besado de vez en cuando, a la manera en que se besan los primos, es decir, en la mejilla. También se han abrazado. Pero esta noche se ve venir una intimidad de otra clase. De alguna manera, en este asiento duro, con la palanca de cambios incómodamente entre los dos, tendrán que yacer juntos o por lo menos repantigarse juntos y proporcionarse calor mutuamente. Por otro lado, si Dios es amable y consiguen dormirse, podrían tener que sufrir la humillación de roncar o soportar los ronquidos del otro. ¡Qué prueba! ¡Qué tribulación!

Ella se permite ser mordaz por una sola vez.

—Y mañana, cuando regresemos a la civilización, quizá podrías pedir que te reparen como es debido este vehículo. En Leeuw Gamka hay un buen mecánico. Michiel lo utiliza. No es más que una sugerencia amistosa.

—Lo siento. Yo tengo la culpa. Trato de hacer las cosas por mí mismo cuando debería dejarlas en manos más competentes que las mías. Eso se debe al país en que vivimos.

—¿El país en que vivimos? ¿Por qué el país tiene la culpa de que tu pick-up se averíe una y otra vez?

—Debido a nuestra inveterada costumbre de dejar que otros hagan el trabajo mientras nos sentamos a la sombra y los miramos.

De modo que esa es la razón de que estén aquí pasando frío, en la oscuridad, a la espera de alguien que pase y los rescate. Para dejar claro que los blancos deberían reparar ellos mismos sus vehículos. Qué cómico.

—El mecánico de Leeuw Gamka es blanco —dice ella—. No te estoy sugiriendo que lleves tu pick-up a un nativo. —Le gustaría añadir: «Si quieres hacer tú mismo las reparaciones, por el amor de Dios, primero sigue un curso de mantenimiento automovilístico». Pero se muerde la lengua—. ¿Qué otra clase de trabajos insistes en hacer, aparte de reparar coches? —le pregunta.

«Aparte de reparar coches y escribir poemas.»

—Hago trabajos de jardinería. Hago reparaciones en la casa. Ahora estoy instalando un nuevo sistema de drenaje. Puede que te parezca ridículo, mas para mí no es ninguna broma. Es un gesto. Trato de romper el tabú que pesa sobre el trabajo manual.

—¿El tabú?

—Sí, de la misma manera que en India es tabú que los miembros de la casta superior se dediquen a limpiar... ¿cómo lo llamaremos?... desperdicios humanos, así, en este país, si un blanco coge un pico o una pala enseguida se vuelve impuro.

—¡Qué tonterías dices! ¡Eso no es cierto! ¡No es más que un prejuicio contra los blancos! —Lamenta haber dicho estas palabras nada más pronunciarlas. Ha ido demasiado lejos, ha acorralado a su primo. Ahora va a tener que enfrentarse al resentimiento de este hombre, encima del aburrimiento y el frío—. Pero comprendo tu postura —sigue diciendo, ayudándole, ya que no puede ayudarse a sí misma—. Tienes razón en una cosa: nos hemos acostumbrado demasiado a tener las manos limpias, nuestras manos blancas. Deberíamos estar más dispuestos a ensuciarnos las manos. No podría estar más de acuerdo. Asunto zanjado. ¿Aún no tienes sueño? Yo no. Voy a proponerte algo. Para pasar el rato, ¿por qué no nos contamos anécdotas?

—Cuenta tú —responde él con rigidez—. Yo no tengo ninguna anécdota que contar.

—Cuéntame una anécdota de América —dice ella—. Puedes inventarla, no es necesario que sea cierta. Cualquier anécdota.

—Dada la existencia de un Dios personal —replica él— con barba blanca cuacuacuacua fuera del tiempo sin extensión que desde las alturas de la divina apatía nos ama profundamente cuacuacuacua.

Se interrumpe. Ella no tiene la más remota idea de qué le está diciendo.

—Cuacuacuacua —concluye él.

—Me rindo —dice ella. Él guarda silencio—. Es mi turno. Te voy a contar la historia de la princesa y el guisante. Érase una vez una princesa tan delicada que incluso cuando duerme sobre diez colchones de plumas uno encima del otro está convencida de que puede notar un guisante, uno de esos pequeños y duros guisantes secos, debajo del último colchón. Se pasa la noche inquieta («¿Quién ha puesto un guisante ahí? ¿Por qué?»), y el resultado es que no puede pegar ojo. Cuando baja a desayunar, está ojerosa. Se queja a sus padres, el rey y la reina: «¡No he podido dormir, y todo por culpa de ese maldito guisante!». El rey envía a una sirvienta para que retire el guisante. La mujer busca y busca, pero no puede encontrar nada.

»—No me hables más de guisantes —le dice el rey a su hija—. No hay ningún guisante. El guisante solo está en tu imaginación.

»Esa noche la princesa sube de nuevo a su montaña de colchones de plumas. Trata de dormir, pero no puede, debido al guisante, el guisante que o bien está debajo del último colchón o bien en su imaginación, lo mismo da, el efecto es el mismo. Cuando amanece está tan exhausta que ni siquiera puede desayunar. "¡El guisante tiene la culpa!", se lamenta.

»Exasperado, el rey envía toda una cuadrilla de sirvientas para que busquen el guisante, y cuando regresan e informan de que no hay ningún guisante, ordena que las decapiten a todas. "¿Estás ahora satisfecha? —le grita a su hija—. ¿Te dormirás por fin?"

Hace una pausa para tomar aliento. No tiene la menor idea de lo que sucederá a continuación en este cuento para dormir, si la princesa por fin logrará conciliar el sueño o no; sin embargo, de una manera extraña, está convencida de que, cuando separe los labios, saldrán de su boca las palabras apropiadas.

Pero no hay necesidad de más palabras. Él se ha dormido. Como un niño, este quisquilloso, testarudo, incompetente y ridículo primo suyo se ha quedado dormido con la cabeza apoyada en su hombro. Profundamente dormido, sin duda: ella nota que se encoge. No tiene ningún guisante debajo.

¿Y qué hará ella? ¿Quién va a contarle historias que la lleven al país del sueño? Nunca se ha sentido más despierta. ¿Es así como va a tener que pasar la noche: hastiada, inquieta, aguantando el peso de un varón dormido? Él afirma que hay un tabú sobre el trabajo manual por parte de los blancos, pero ¿y el tabú sobre los primos de sexo contrario que pasan la noche juntos? ¿Qué dirán los Coetzee que están en la finca? Desde luego, ella no siente hacia John nada que pudiera llamarse atracción física, ni un ápice de reacción femenina. ¿Bastará eso para absolverla? ¿Por qué su primo carece por completo de aura masculina? ¿Es él quien tiene la culpa o, por el contrario, la tiene ella, pues ha integrado el tabú de una manera tan absoluta que no puede verlo como el hombre que es? Si él no tiene ninguna mujer, ¿se debe a que no siente nada por las mujeres y, en consecuencia, las mujeres, ella incluida, reaccionan no sintiendo nada por él? ¿Es su primo, si no un *moffie*, un eunuco?

El aire dentro de la cabina se está viciando. Con sumo cuidado, para no despertarlo, abre un poco la ventanilla. Más que verlas, percibe en la piel las presencias que les rodean, arbustos o árboles o tal vez incluso animales. De alguna parte llega el chirrido de un grillo solitario. «Quédate conmigo esta noche», le susurra al grillo.

Pero tal vez hay un tipo de mujer que se siente atraída por un hombre así, que es feliz escuchándole sin contradecirle mientras él expone sus opiniones y entonces las adopta como propias, incluso las manifiestamente estúpidas. Una mujer indiferente a la estupidez masculina, indiferente incluso al sexo, tan solo en busca de un hombre al que unirse, al que cuidar y proteger del mundo. Una mujer que tolerará las chapuzas que él haga en la casa, porque lo que importa no es que las ventanas cierren bien y las cerraduras funcionen, sino que su hombre disponga del espacio en el que poner en práctica la idea que tiene de sí mismo. Y que luego pide discretamente la ayuda de algún manitas que arregle el desaguisado.

Para una mujer así, el matrimonio podría carecer de pasión pero no tendría que carecer de hijos. Entonces toda la camada podría sentarse alrededor de la mesa por la noche, el amo y señor en la cabecera, su abnegada esposa enfrente, sus saludables y bien criados vástagos a ambos lados, y mientras tomaran la sopa el amo podría explayarse sobre la santidad del trabajo. «¡Qué hombre es mi marido! —se diría la esposa a sí misma—. ¡Y qué conciencia tan desarrollada tiene!»

¿Por qué está tan resentida con él e incluso más con la mujer que se ha sacado de la manga? La respuesta es sencilla: porque, debido a la vanidad y torpeza de él, ella se encuentra varada en la carretera de Merweville. Pero la noche es larga, hay mucho tiempo para desarrollar una hipótesis más elevada y entonces inspeccionarla para ver si tiene alguna virtud. La respuesta más elevada: está resentida con él porque había esperado mucho de John, y él la ha decepcionado.

¿Qué había esperado ella de su primo?

Que redimiera a los hombres de la familia Coetzee.

¿Por qué quería la redención de los hombres de la familia Coetzee?

Porque todos ellos son tan *slapgat*.

¿Por qué había depositado sus esperanzas concretamente en John?

Porque, entre los hombres de la familia Coetzee, él era el único bendecido con la mejor oportunidad. Estaba bendecido con la oportunidad y no la aprovechaba.

Slapgat es una palabra que ella y su hermana emplean cada dos por tres, tal vez porque en su infancia oyeron que los adultos la empleaban cada dos por tres. Solo cuando se hubo ido de casa reparó en el desasosiego que causaba esa palabra y empezó a usarla con más cautela. Un *slap gat*: un recto, un ano sobre el que no se tiene un absoluto control. De ahí *slapgat*: flojo, sin carácter.

Los tíos de Margot se habían vuelto *slapgat* debido a que sus padres, los abuelos de ella, los criaron de esa manera. Mientras que su padre rugía y les hacía temblar como hojas, su madre se deslizaba de puntillas por la casa como un ratón. El resultado fue que, cuando salieron al mundo, carecían por completo de fibra, carecían de fibra y decisión, no creían en sí mismos, les faltaba valor. Los caminos en la vida que habían elegido eran sin excepción caminos fáciles, caminos de la menor resistencia. Probaban la corriente con cautela, y después se dejaban arrastrar por ella.

Lo que hacía que los Coetzee fuesen tan fáciles de tratar y, en consecuencia, tan *gesellig*, una compañía tan agradable, era precisamente su preferencia del camino más fácil disponible; y su *gesillegheid* era precisamente lo que hacía que la reunión familiar en Navidad fuese tan divertida. Nunca se peleaban, nunca discutían entre ellos. Todos se llevaban a las mil maravillas. Fue la siguiente generación, la de Margot, la que tuvo que pagar por aquella actitud despreocupada y plácida, pues sus hijos salieron al mundo esperando que el mundo fuese solo otro lugar *slap, gesellige*, Voëlfontein a gran escala. ¡Y, mira por dónde, no lo era!

Ella no tiene hijos. No puede concebir. Pero si, afortunadamente, llegara a tenerlos, consideraría su primer deber sacarles la sangre de los Coetzee. En este momento desconoce la manera de sacarle a alguien la sangre, como no sea llevándolo a un hospital para que se la extraigan y la sustituyan por la de un donante robusto; pero tal vez serviría un riguroso adiestramiento en firmeza de carácter, empezando a la edad más temprana posible. Porque si ella sabe una sola cosa del mundo en el que tendrá que crecer el niño del futuro es que no habrá lugar para el *slap*.

Incluso Voëlfontein y el Karoo ya no son la Voëlfontein y el Karoo que fueron. Mira esos niños en el Café Apolo. Mira los trabajadores del primo Michiel, que desde luego no son el *plaasvolk* de antaño. En la actitud de la gente de color en general hacia los blancos hay una nueva e inquietante dureza. Los más pequeños te miran con frialdad, se niegan a llamarte *Baas* o *Miesies*. Hombres desconocidos recorren el país de un asentamiento a otro, de *lokasie* a *lokasie*, y nadie informará sobre ellos como en los viejos tiempos. A la policía le resulta cada vez más difícil obtener una información de la que puedan fiarse. La gente ya no quiere que la vean hablando con la policía; las fuentes se han secado. Cada vez con mayor frecuencia los agricultores reciben citaciones para servir en las unidades de comandos durante períodos más extensos. Lukas se queja continuamente de ello. Si así están las cosas en la Roggeveld, desde luego así deben de estarlo en el Koup.

También está cambiando el carácter de los negocios. Para dedicarte al comercio ya no basta con ser amigo de todo el mundo, de hacer favores y recibirlos a cambio. No, hoy en día tienes que ser muy duro de corazón, así como implacable. ¿Qué oportunidad tienen los hombres *slapgat* en semejante mundo? No es de extrañar que los tíos Coetzee no prosperen: directores de banco que pasan ociosamente los años en moribundas poblaciones de la *platteland*, funcionarios atascados en la escala de la promoción, míseros campesinos, incluso en el caso del padre de John, un abogado caído en desgracia e inhabilitado.

Si ella tuviera hijos, no solo haría todo lo posible por librarlos de su herencia Coetzee, sino que pensaría seriamente en hacer lo mismo que está haciendo Carol: llevárselos fuera del país, para que empezaran una nueva vida en América, Australia o Nueva Zelanda, lugares donde podrían esperar un buen futuro. Pero al ser una mujer sin hijos no tiene necesidad de tomar esa decisión. Hay otro papel preparado para ella: el de entregarse a su marido y a la granja, el de vivir tan bien como lo permitan los tiempos, tan bien, tan imparcial y tan justamente.

El yermo del futuro que se extiende ante Lukas y ella no es una nueva fuente de dolor, no, sino que vuelve una y otra vez, como un dolor de muelas, hasta el punto de que ha llegado a aburrirla. Ojalá pudiera dejar de pensar en eso y dormir un poco. ¿Cómo es que este primo suyo, cuyo cuerpo resulta que es descarnado y blando al mismo tiempo, no siente el frío, mientras que ella, que innegablemente tiene unos cuantos kilos más del que sería su peso ideal, ha empezado a temblar? En las noches frías, ella y su marido duermen apretados uno contra el otro y calientes. ¿Por qué será que el cuerpo de su primo no la calienta? No solo no la calienta, sino que parece extraerle su propio calor corporal. ¿Es por naturaleza tan incapaz de emitir calor como es asexuado?

La recorre una oleada de verdadero enojo, y, como si lo percibiera, ese varón que está a su lado se mueve.

—Perdona —musita, y se yergue en el asiento.

—¿Qué he de perdonarte?

—He perdido el hilo.

Ella no sabe de qué le está hablando y no va a preguntárselo. Él se acurruca en el asiento y al cabo de un momento vuelve a dormirse.

¿Dónde está Dios en todo esto? A ella le cuesta cada vez más tener tratos con Dios Padre. A estas alturas ha perdido la fe que antes tuvo en Él y en Su providencia. La impiedad: sin duda una herencia de los impíos Coetzee. Cuando piensa en Dios, lo único que puede representarse es una figura barbuda de voz resonante y majestuosos ademanes que vive en una mansión en lo alto de una colina con una multitud de servidores que pululan nerviosamente, atendiéndole. Como una buena Coetzee, ella prefiere mantenerse al margen de esa clase de gente. Los Coetzee miran con recelo a la gente engreída, y bromean sobre ellos *sotto voce*. Puede que ella no sepa bromear tan bien como el resto de la familia, pero Dios le parece un tanto mortificante, un tanto pelmazo.

Mire, debo protestar. Realmente está usted yendo demasiado lejos. No he dicho nada que se parezca ni mucho menos a eso. Pone usted palabras suyas en mi boca.

Lo siento, debo de haberme dejado llevar. Lo corregiré. Lo atenuaré.

Bromean *sotto-voce*. Sin embargo, ¿tiene Dios, en su infinita sabiduría, un plan para ella y Lucas? ¿Para la Roggeveld? ¿Para Sudáfrica? Las cosas que hoy parecen caóticas, caóticas y sin sentido, ¿se revelarán en el futuro como parte de un plan vasto y beneficioso? Por ejemplo: ¿existe una explicación más detallada de por qué una mujer en la flor de la vida debe pasar cuatro noches a la semana durmiendo sola en una deprimente habitación de la segunda planta del Grand Hotel de Calvinia, un mes tras otro, tal vez un año tras otro, sin que atisbe el final de esta situación, y por qué su marido, granjero nato, debe pasarse la mayor parte del tiempo transportando ganado a los mataderos de Paarl y Maitland, una explicación más detallada que la de que la granja se hundiría sin los ingresos que procuran esas ocupaciones desmoralizantes? ¿Y existe una explicación más detallada de por qué, cuando llegue el momento, la granja que los dos tanto se esfuerzan en mantener a flote pasará no a manos de un hijo de sus entrañas sino a algún sobrino inculto de su marido, si antes no la engulle el banco? Si en el vasto y beneficioso plan de Dios jamás hubo la intención de que esta parte del mundo, la Roggeveld, el Karoo, se cultivasen algún día de una manera rentable, ¿cuál fue entonces exactamente su intención con esta zona? ¿Ha de caer de nuevo en manos del *volk*, que pasará, como en los viejos, viejísimos tiempos, a deambular de un distrito a otro con sus escuálidos rebaños en busca de pastos, derribando y pisoteando las vallas, mientras las personas como ella misma y su marido expiran en algún rincón olvidado, desheredados?

Era inútil plantear a los Coetzee esa clase de preguntas. *Die boer saai, God maai, maar waar skuil die papegaai?*, dicen los Coetzee, y sueltan una risa socarrona. Palabras tontas. Una familia tonta, veleidosa, sin sustancia, payasos; *'n Hand vol vere*: un puñado de plumas. Incluso el único miembro en el que tenía depositadas unas leves esperanzas, el único aparte de ella que se ha ido por los cerros del mundo de ensueño, resulta ser un peso ligero, que huyó al gran mundo y ahora vuelve sigilosamente al mundo pequeño con el rabo entre las piernas. Un fracaso como fugado, también un fracaso como mecánico, por culpa de quien ella lo está pasando mal en este momento. Un fracaso como hijo. Sentado en esa vieja y polvorienta casa de Merweville, contemplando la calle desierta y soleada, dándose golpecitos con un lápiz en los dientes, tratando de componer poemas. *O droë land, o barre kranse...* Oh tierra seca, oh áridos precipicios... ¿Y a continuación? Sin duda algo sobre la *weemoed*, la melancolía.

Ella se despierta cuando las primeras franjas malva y naranja empiezan a extenderse por el cielo. Mientras dormía se ha movido y ladeado más en el asiento, de modo que su primo, todavía dormido, ahora no se apoya en su hombro sino en su trasero. Se libera, irritada. Nota los ojos pegajosos, le crujen los huesos y se muere de sed. Abre la portezuela y baja del vehículo.

El aire es frío y está inmóvil. Mientras mira a su alrededor, surgen de la nada los espinos y la hierba iluminados por la primera luz. Es como si estuviera presente en el primer día de la creación. «Dios mío», murmura, y siente el impulso de arrodillarse.

Oye un ruido cercano y sus ojos se posan en los ojos oscuros de un antílope, un pequeño steenbok que se encuentra a menos de veinte pasos y que le devuelve la mirada, con cautela pero sin temor, todavía no. *My kleintjie!*, exclama, chiquitín mío. Lo que más desea es abrazarlo, verter sobre su frente este súbito amor, pero antes de que pueda dar el primer paso, el animalito se ha dado la vuelta y ha huido tamborileando en la tierra con las pezuñas. A cien metros de distancia se detiene, se vuelve y la inspecciona de nuevo, y entonces trota más despacio por la llanura hacia el lecho de un río seco.

—¿Qué es eso? —le pregunta su primo.

Por fin se ha despertado, y baja de la pick-up bostezando y estirándose.

—Una cría de steenbok —responde ella fríamente—. ¿Qué vamos a hacer ahora?

—Volveré a Merweville —le dice él—. Espérame aquí. Estaré de vuelta a las diez, las once como máximo.

—Si pasa un coche y consigo que se detenga, me subo —le advierte ella—. No importa en qué dirección vaya.

Él tiene una pinta lamentable, con el pelo y la barba revueltos. «Gracias a Dios que no he de despertarme contigo en mi cama cada mañana —piensa—. No eres lo bastante hombre. Un hombre de verdad se las compondría mejor, ¡sowaar!»

El sol aparece por encima del horizonte, y ella ya nota su calor en la piel. Puede que este sea el mundo de Dios, pero el Karoo pertenece ante todo al sol.

—Será mejor que te vayas —le dice ella—. Hoy va a hacer mucho calor.

Y le ve alejarse caminando pesadamente con el bidón vacío colgado del hombro.

Una aventura: tal vez esa sería la mejor manera de considerarlo. Allí, en las quimbambas, ella y John están viviendo una aventura. En el futuro los Coetzee lo rememorarán. «¿Te acuerdas de la ocasión en que a Margot y John se les averió la pick-up en esa carretera de Merweville dejada de la mano de Dios?» Entretanto, mientras ella espera a que la aventura finalice, ¿con qué cuenta para distraerse? El deteriorado manual de instrucciones de la Datsun, nada más. Ningún poema. Rotación de los neumáticos. Mantenimiento de la batería. Consejos para economizar combustible.

La atmósfera en el interior de la pick-up, encarada al sol naciente, se está volviendo sofocantemente calurosa. Ella se refugia al socaire del vehículo.

En lo alto de la cuesta, una aparición: de la calina emerge primero el torso de un hombre, y entonces, gradualmente, un asno y la carreta de la que tira. El viento le trae incluso el sonido de los cascos del pollino.

La figura se hace más nítida. Es Hendrik de Voëlfontein, y detrás de él, sentado en la carreta, está su primo.

Risas y saludos.

—Hendrik ha visitado a su hija en Merweville —le explica John—. Nos llevará a la granja, bueno, si el burro está de acuerdo. Dice que puede enganchar la Datsun a la carreta y remolcarla.

Hendrik se muestra alarmado.

—*Nee, meneer!* —exclama.

—*Ek jok maar net* —le dice su primo: Solo bromeaba.

Hendrik es un hombre de edad mediana. Como resultado de una operación de cataratas que fue una chapuza, ha perdido la visión de un ojo. Tampoco le funcionan bien los pulmones, por lo que el más ligero esfuerzo físico le hace jadear. Como trabajador apenas tiene utilidad en la granja, pero el primo Michiel lo mantiene porque así se hacen las cosas aquí.

Hendrik tiene una hija que vive con su marido y sus hijos en las afueras de Merweville. El marido trabajaba en el pueblo, pero por lo visto ha perdido el empleo; la hija trabaja como empleada del hogar. Hendrik debe de haber salido de su casa antes de que amaneciera. Desprende un ligero olor a vino dulce. Ella observa que, cuando baja de la carreta, se tambalea. Borracho a media mañana: ¡qué vida!

Su primo le lee los pensamientos.

—He traído agua —le dice, y le ofrece el bidón lleno—. Es limpia, la he llenado con una bomba eólica.

Así pues, se ponen en marcha hacia la granja, John sentado junto a Hendrik, ella detrás, sosteniendo un viejo saco de yute sobre su cabeza para protegerse del sol. Les adelanta un coche envuelto en una nube de polvo, en dirección a Merweville. De haberlo visto a tiempo, ella le habría hecho una señal para que se detuviera y la llevara a Merweville, desde donde telefonearía a Michiel para que fuese a buscarla. Por otro lado, aunque la carretera está llena de rodadas y el viaje es incómodo, le gusta la idea de llegar a la granja en la carreta de Hendrik tirada por el burro, le gusta cada vez más: los Coetzee reunidos en el porche, tomando el té de la tarde, Hendrik quitándose el sombrero para saludarles, trayendo de regreso al hijo errante, sucio, tostado por el sol y escarmentado. «Ons was so bekommerd! —reñirán al bellaco—. Waar was julle dan? Michiel wou selfs die polisie bel!» En cuanto a su primo, se limitaría a farfullar. «Die arme Margie! En wat het van die bakkie geword?» ¡Qué preocupados estábamos! ¿Dónde habéis estado? ¡Michiel estaba a punto de telefonear a la policía! ¡Pobre Margie! ¿Y dónde está la pick-up?

Hay tramos de la carretera en los que la cuesta es tan empinada que han de bajarse de la carreta y caminar. Por lo demás, el pollino realiza su tarea, sin más que un toque del látigo en la grupa de vez en cuando para recordarle quién es el amo. ¡Qué ligero es, qué delicados sus cascos, y, sin embargo, qué perseverancia, qué capacidad de aguante! No es de extrañar que Jesús les tuviera afición a los asnos.

Dentro de los límites de Voëlfontein se detienen en una represa. Mientras el pollino abreva, ella charla con Hendrik sobre la hija que tiene en Merweville, luego sobre la otra hija, la que trabaja en la cocina de una residencia de la tercera edad en Beaufort West. Discretamente no le pregunta por su mujer más reciente, con la que se casó cuando ella no era más que una niña y que huyó tan pronto como pudo con un hombre del campamento de trabajadores ferroviarios en Leeuw Gamka.

Margot se percata de que a Hendrik le resulta más fácil hablar con ella que con su primo. Comparten la lengua, mientras que el afrikaans que habla John es rígido y libresco. Probablemente la mitad de lo que John dice no tiene sentido para Hendrik. «Dime, Hendrik, ¿qué te parece más poético, la salida o la puesta del sol? ¿Una cabra o una oveja?»

Het Katryn dan nie vir padkos gesorg nie? —le pregunta a ella en broma a Hendrik: ¿No nos ha empaquetado tu hija algo para comer?

Hendrik parece azorado. Desvía la mirada, se muestra evasivo.

—*Ja-nee, mies* —responde jadeando. Es un *plaashotnot* de los viejos tiempos, un hotentote de granja.

Resulta que en realidad la hija de Hendrik ha proporcionado *padkos*. De un bolsillo de la chaqueta Hendrik saca, envueltos en papel marrón, un muslo de pollo y dos rebanadas de pan blanco untado con mantequilla, que la vergüenza le impide dividir entre los tres pero igualmente le impide devorarlos delante de ellos.

—*In Godsnaam eet, man!* —le ordena ella—. *Ons is glad nie honger nie, ons is ook binnekort tuis.*

No tenemos hambre y, en cualquier caso, pronto estaremos en casa. Y se lleva a John a dar una vuelta por la represa, de modo que Hendrik, de espaldas a ellos, pueda apresurarse a engullir su comida.

Ons is glad nie honger nie: Una mentira, por supuesto. Tiene un hambre voraz. El mero olor del pollo frío le hace salivar.

—Siéntate al lado del carretero —le propone John—. Para nuestro regreso triunfal.

Margot así lo hace. Cuando se aproximan a los Coetzee, reunidos en el porche exactamente como ella había previsto, no descuida sonreír y hasta agita la mano, parodiando a la realeza. Le responden con unos ligeros aplausos. Ella baja de la carreta. «Dankie, Hendrik, eerlik dankie», le dice: Te lo agradezco sinceramente. «Mies», replica Hendrik. Unas horas después ella irá a su casa y le dejará algún dinero: para Ketryn, le dirá, para que vista a sus hijos, aunque sabe que él comprará licor con el dinero.

—*En toe?* —dice Carol, delante de todo el mundo—. *Sê vir ons: waar was julle?* —¿Dónde estabais?

Hay un momento de silencio, y en ese instante ella comprende que la pregunta, en apariencia solo un estímulo para que dé alguna respuesta frívola y divertida, va en serio. Los Coetzee quieren saber de veras dónde han estado ella y John; quieren asegurarse de que no ha ocurrido nada realmente escandaloso. El descaro de semejante suposición la deja sin aliento. ¡Estas personas que la conocen y la quieren desde siempre la consideran capaz de cometer una inmoralidad!

—*Vra vir John* —replica secamente (Preguntádselo a John), y entra en la casa.

Cuando se reúne con ellos al cabo de media hora, la inquietud todavía flota en el ambiente.

—¿Adónde ha ido John? —pregunta.

Resulta que John y Michiel acaban de marcharse en la pick-up de Michiel para recoger la Datsun. La remolcarán hasta Leeuw Gamka, donde se encuentra el mecánico que la reparará como es debido.

—Anoche estuvimos levantados hasta muy tarde —dice su tía Beth—. Esperamos durante mucho tiempo. Entonces llegamos a la conclusión de que tú y John debíais de haber ido a Beaufort y pasabais allí la noche porque la carretera nacional es muy peligrosa en esta época del año. Pero no habíais telefoneado, y eso nos preocupaba. Esta mañana Michiel llamó al hotel de Beaufort y le dijeron que no os habían visto. También llamó a Fraserburg. No imaginamos que habíais ido a Merweville. ¿Qué estabais haciendo allí?

A decir verdad, ¿qué estaban haciendo en Merweville? Se vuelve hacia el padre de John.

—John dice que estáis pensando en comprar una finca en Merweville —le dice—. ¿Es eso cierto, tío Jack? —Se hace un silencio causado por la sorpresa—. ¿Es eso cierto, tío Jack? —le apremia ella—. ¿Es cierto que vas a trasladarte a Merweville?

—Si lo planteas así —responde Jack; el talante bromista de los Coetzee ha desaparecido y ahora habla con cautela—, no, nadie se trasladará a Merweville. John tiene la idea, desconozco hasta qué punto realista, de comprar una de las casas abandonadas y repararla para que sirva de residencia en las vacaciones. De eso es exactamente de lo que hemos hablado.

¡Una residencia para las vacaciones en Merweville! ¿A quién se le ocurre semejante cosa. ¡Nada menos que Merweville, con sus vecinos fisgones y su *diaken*, su diácono, que llama a tu puerta y te da la lata para que vayas a la iglesia! ¿Cómo es posible que Jack, que de joven fue el más brioso e irreverente de todos ellos, planee mudarse a Merweville?

—Primero deberíais probar en Koegenaap, Jack —le dice su hermano Alan—. O Pofadder. En Pofadder, el día más importante del año es cuando llega el dentista desde Upington para sacar muelas. Lo llaman la *Groot Trek*, la Gran Caminata.

En cuanto su tranquilidad se ve amenazada, los Coetzee se apresuran a bromear. Una familia apretujada en un pequeño *laager* para mantener al mundo y sus tribulaciones a distancia. Pero ¿durante cuánto tiempo las bromas seguirán produciendo su magia? Uno de estos días la gran enemiga llamará a la puerta, la Parca, afilando la hoja de su guadaña, y hará señas a uno tras otro para que la sigan. ¿Cuál será entonces el poder de sus bromas?

—Según John, tú te trasladarás a Merweville mientras él sigue en Ciudad del Cabo —insiste ella—. ¿Estás seguro de que podrás arreglártelas tú solo, tío Jack, sin un coche?

Es una pregunta seria. A los Coetzee no les gustan las preguntas serias. «Margie word 'n bietjie adusta», dirán entre ellos: Margie se está volviendo un poco adusta. «¿Planea tu hijo enviarte al Karoo y abandonarte —le está preguntando ella—, y, si se trata de eso, ¿cómo es que no levantas la voz para protestar?»

—No, no —replica Jack—. No será como dices. Merweville solo será un lugar tranquilo para descansar. Si es que el plan sigue adelante. Es solo una idea, ¿sabes?, una idea de John. No es nada definitivo.

—Es un plan para librarse de su padre —le dice su hermana Carol—. Quiere dejarlo en medio del Karoo y desentenderse de él. Entonces tendrá que ser Michiel quien lo cuide, porque será el más cercano.

—¡Pobrecillo John! —replica ella—. Siempre piensas lo peor de él. ¿Y si está diciendo la verdad? Promete que visitará a su padre en Merweville cada fin de semana, y también pasará ahí las vacaciones. ¿Por qué no darle el beneficio de la duda?

—Porque no me creo una sola palabra de lo que dice. Ese plan suyo me huele mal. Nunca se ha llevado bien con su padre.

—Cuida de él en Ciudad del Cabo.

–Vive con su padre, pero solo porque no tiene dinero. Un hombre que pasa de los treinta y sin porvenir. Huyó de Sudáfrica para librarse del ejército. Después lo expulsaron de Estados Unidos porque infringió la ley. Ahora no puede encontrar un trabajo apropiado porque es demasiado engreído. Los dos viven del patético salario que gana su padre en la chatarrería donde trabaja.

–¡Pero eso no es cierto! –protesta ella. Carol es más joven que ella. En el pasado, Margot tomaba la iniciativa y Carol la seguía, pero ahora es Carol la que va en cabeza y ella la que le pisa ansiosamente los talones. ¿Cómo ha ocurrido?–. John es profesor en una escuela de enseñanza media. Se gana la vida.

–No es eso lo que tengo entendido. Lo que he oído decir es que da clases a marginados para los exámenes de ingreso y cobra a tanto la hora. Es un trabajo a tiempo parcial, la clase de trabajo que hacen los estudiantes para conseguir dinero de bolsillo. Pregúntaselo. Pregúntale en qué escuela enseña. Pregúntale lo que gana.

–Un sueldo importante no es lo único que cuenta.

–No es solo una cuestión de sueldo. Se trata de decir la verdad. Que te diga la verdad de su intención de comprar esa casa en Merweville. Que te diga quién va a pagarla, si él o su padre. Que te cuente sus planes para el futuro. –Y entonces, al ver que ella no la comprende, añade–: ¿No te lo ha dicho? ¿No te ha contado sus planes?

–No tiene planes. Es un Coetzee, y los Coetzee no tienen planes, no tienen ambiciones, solo tienen vanos anhelos. Él tiene el vano anhelo de vivir en el Karoo.

–Ambiciona ser poeta, un poeta a dedicación plena. Ese asunto de Merweville no tiene nada que ver con el bienestar de su padre. Quiere un lugar en el Karoo adonde ir cuando le apetezca, donde pueda sentarse con la barbilla en las manos, contemplar la puesta de sol y escribir poemas.

¡John y sus poemas de nuevo! Sin poder evitarlo, suelta una risotada. ¡John sentado en el porche de aquella deprimente casa, pensando en poemas! Con una gorra en la cabeza, sin duda, y un vaso de vino al lado. Y los chiquillos de color arracimados a su alrededor, importunándole con sus preguntas. «Wat maak oom? Nee, oom maak gedigte. Op sy ou ramkiekie maak oom gedigte. Die wêreld is ons woning nie...» ¿Qué está haciendo el señor? El señor está haciendo poemas. El señor está escribiendo poemas sobre su viejo banjo. Este mundo no es nuestro lugar de residencia...

—Se lo pediré —dice ella, todavía riendo—. Le pediré que me enseñe sus poemas.

A la mañana siguiente va al encuentro de John cuando este se dispone a dar uno de sus paseos.

—Déjame acompañarte —le dice—. Dame un minuto para ponerme unos zapatos adecuados.

Siguen el camino que lleva al este desde la granja a lo largo de la orilla del río demasiado crecido, hacia la represa cuyo muro se rompió en las inundaciones de 1943 y nunca ha sido reparado. En las aguas someras de la represa un trío de gansos blancos flotan apaciblemente. Aún hace fresco, no hay calina, la vista alcanza hasta las montañas de Nieuweveld.

—*God, dis darem mooi* —dice ella—. *Dit raak jou siel aan, nè, dié ou wêreld.* —¿Qué hermoso es, ¿verdad? Este paisaje te llega al alma.

Los dos forman parte de una minoría, una minúscula minoría, de almas afectadas por esas grandes y desoladas extensiones. Si algo los ha mantenido unidos en el transcurso de los años, es eso. Este paisaje, este *kontrei*, le ha robado el corazón. Cuando muera y la entierren, se disolverá en esta tierra con tanta naturalidad como si nunca hubiera tenido una vida humana.

—Carol dice que todavía escribes poemas —comenta ella—. ¿Es eso cierto? ¿Me los enseñarás?

—Siento decepcionar a Carol —responde él con rigidez—, pero no he escrito un poema desde que era adolescente.

Ella se muerde la lengua. Lo había olvidado: no le pidas a un hombre que te enseñe sus poemas, no en Sudáfrica, no sin asegurarle previamente que todo irá bien, que no vas a burlarte de él. ¡Qué país, donde la poesía no es una actividad viril, sino el dominio de los niños y las *oujongnooiens* solteronas, las de ambos sexos! No puede conjeturar cómo se las arreglaron Totius o Louis Leipoldt. No es de extrañar que Carol elija la actividad poética de John para atacarle, Carol con su olfato para las debilidades ajenas.

—Si los dejaste hace tanto tiempo, ¿por qué Carol cree que sigues escribiendo poemas?

—No tengo ni idea. Tal vez me vio corrigiendo trabajos de los alumnos y llegó a una conclusión errónea.

Ella no le cree, pero no va a presionarle más. Si quiere esquivarla, que lo haga. Si la poesía es una parte de su vida de la que no quiere hablar por exceso de timidez o de vergüenza, allá él.

No cree que John sea un *moffie*, pero sigue intrigándole que no tenga ninguna mujer. Un hombre solo, en particular uno de los hombres de la familia Coetzee, le parece como una barca sin remos, timón o vela. ¡Y ahora dos de ellos, dos hombres de la familia Coetzee, viviendo como una pareja! Si Jack aún tuviese a la formidable Vera detrás de él, seguiría un rumbo más o menos recto; pero ahora que ella ha desaparecido, parece perdido por completo. En cuanto al hijo de Jack y Vera, desde luego le convendría la guía de una persona equilibrada. Pero ¿qué mujer con un mínimo de sensatez querría dedicar su vida al desventurado John?

Carol está convencida de que John es una mala apuesta, y lo más probable es que el resto de la familia, pese a la bondad de su corazón, esté de acuerdo. Lo que convierte a Margot en una excepción, lo que mantiene su confianza en John precariamente a flote, es (lo que no deja de ser curioso) la manera en que él y su padre se comportan el uno con el otro: si no con afecto, pues eso sería mucho decir, por lo menos con respeto.

Habían sido los peores enemigos. La mala sangre entre Jack y su hijo mayor fue la causa de muchas sacudidas de cabeza. Cuando el hijo se marchó al extranjero, los padres trataron de parecer lo más ecuánimes que pudieron. La madre afirmó que había ido a labrarse una carrera científica. Durante años sostuvo que John trabajaba como científico en Inglaterra, aunque era evidente que no tenía idea de para quién trabajaba ni en qué consistía su labor. «Ya sabes cómo es John —decía su padre—: siempre muy independiente.» ¿Qué significaba «independiente»? No sin razón, los Coetzee entendieron que había repudiado su país, a su familia y a sus mismos padres.

Entonces Jack y Vera empezaron a contar las cosas de otra manera: después de todo, John no estaba en Inglaterra sino en Estados Unidos, siempre en busca de una mejor capacitación. Transcurrió el tiempo y, a falta de noticias concretas, el interés por John y sus actividades decreció. Él y su hermano menor eran solo dos más entre millares de jóvenes blancos que habían huido para librarse del servicio militar, dejando atrás una familia avergonzada. John casi se había desvanecido de la memoria colectiva cuando el escándalo de su expulsión de Estados Unidos cayó como una bomba sobre ellos.

«Aquella terrible guerra», decía su padre: todo había sido culpa de una guerra en la que los muchachos norteamericanos sacrificaban su vida por el bien de unos asiáticos que no parecían sentir la menor gratitud hacia ellos. No era de extrañar que los norteamericanos de a pie se rebelaran. Según ese relato, habían detenido a John en una manifestación, se lo habían llevado a la fuerza sin preguntarle qué hacía allí. Lo que siguió no fue más que un desgraciado malentendido.

¿Era el oprobio de su hijo, y las mentiras que tuvieron que urdir como resultado, lo que había convertido a Jack en un hombre tembloroso y prematuramente envejecido? ¿Cómo podía preguntarlo siquiera?

—Debe de alegrarte ver el Karoo de nuevo —le dice a John—. ¿No te tranquiliza haber tomado la decisión de no quedarte en América?

—No lo sé —replica él—. Desde luego, en medio de esto —no hace ningún gesto, pero ella sabe a qué se refiere: este cielo, este espacio, el vasto silencio que les rodea— me siento afortunado, uno de los pocos con verdadera suerte. Pero, desde el punto de vista práctico, ¿qué futuro tengo en este país, donde nunca he encajado? Tal vez irme para siempre habría sido lo mejor, después de todo. Separarte de lo que amas y confiar en que la herida se cure.

Una respuesta sincera, gracias a Dios.

—Ayer tuve una charla con tu padre, John, mientras tú y Michiel estabais ausentes. En serio, no creo que él comprenda bien lo que te propones. Me refiero a Merweville. Tu padre ya no es joven y no se encuentra bien. No puedes abandonarlo en un pueblo desconocido y esperar que se las arregle por sí mismo. Y no puedes esperar que el resto de la familia intervenga y se ocupe de él cuando las cosas vayan mal. Eso es todo. Eso es lo que quería decir.

Él no reacciona. Tiene en la mano un trozo de viejo alambre de valla que ha recogido del suelo. Haciendo oscilar con irritación el alambre a izquierda y derecha, cortando las puntas de la hierba ondulante, baja por la pendiente del erosionado muro de la represa.

—¡No te comportes así! —le grita ella, siguiéndole a paso vivo—. ¡Háblame, por el amor de Dios! ¡Dime que estoy equivocada! ¡Dime que estoy cometiendo un error!

Él se detiene y se vuelve hacia ella con una expresión de fría hostilidad.

—Permíteme que te informe sobre la situación de mi padre —le dice—. No tiene ahorros, ni un céntimo, ni tampoco está asegurado. Solo puede esperar una pensión estatal: cuarenta y tres rands al mes la última vez que me informé. Así que, a pesar de su edad, a pesar de su mala salud, ha de seguir trabajando. Los dos juntos ganamos en un mes lo que un vendedor de coches gana en una semana. Mi padre solo puede dejar su trabajo si se traslada a un lugar donde el coste de la vida sea inferior al de la ciudad.

—Pero ¿por qué tiene que trasladarse? ¿Y por qué a Merweville, a una casa vieja y ruinosa?

—Mi padre y yo no podemos vivir juntos indefinidamente, Margie. Eso nos amarga la vida a los dos. No es natural. Los padres y los hijos no están hechos para compartir una casa.

—No me parece que tu padre sea una persona con la que resulte difícil vivir.

—Tal vez, pero yo soy una persona con la que resulta difícil vivir. Mi dificultad consiste en que no quiero vivir con otras personas.

—¿De modo que esa es la razón del traslado a Merweville, el hecho de que quieres vivir solo?

—Sí. Sí y no. Quiero poder estar solo cuando lo desee.

Todos los Coetzee están reunidos en el porche, tomando el té matinal, charlando, mirando ociosamente a los tres hijos pequeños de Michiel que juegan al críquet en el *werf* abierto.

Una nube de polvo se forma en el horizonte y queda cernida en el aire.

—Debe de ser Lukas —dice Michiel, que tiene la vista más aguda—. ¡Es Lukas, Margie!

Resulta que Lukas lleva en la carretera desde el amanecer. Está cansado, pero muy animado de todos modos, lleno de brío. Apenas ha saludado a su esposa y la familia de esta cuando deja que los niños lo incorporen a su juego. Puede que no sea diestro en el críquet, pero le encanta estar con los niños, y ellos le adoran. Sería el mejor de los padres: a ella le rompe el corazón que no pueda tener hijos.

John también interviene en el juego. El críquet se le da mejor que a Lukas, tiene más práctica, eso se ve enseguida, pero no se gana la simpatía de los niños. Tampoco la de los perros, ha observado ella. Al contrario que Lukas, no es un padre por naturaleza. Un *alleenloper*, como lo son algunos animales: un solitario. Tal vez sea mejor que no se haya casado.

Al contrario que Lukas. Sin embargo, hay cosas que comparte con John que jamás podría compartir con Lukas. ¿Por qué? Debido al tiempo que pasaron juntos en su infancia, la época más preciosa, cuando cada uno abría su corazón al otro como más adelante nunca puede hacerlo, ni siquiera a un marido al que ama más que a todos los tesoros del mundo.

«Lo mejor es separarte de lo que amas –le había dicho él durante su paseo–, separarte y confiar en que la herida se cure.» Ella le comprende a la perfección. Eso es lo que comparten por encima de todo: no solo el amor a esta finca, esta *kontrei*, el Karoo, sino la comprensión que acompaña al amor, la comprensión de que el amor puede ser excesivo. A los dos se les concedió pasar los veranos de su infancia en un lugar sagrado. Ese goce no puede repetirse jamás. Es mejor no visitar los lugares del ayer y salir de ellos añorando lo que se fue para siempre.

Precaverse de amar en exceso es algo que no tiene sentido para Lukas. Para este el amor es sencillo e incondicional. Lukas se entrega con todo su corazón y ella, a cambio, se le entrega por completo: «Te adoro con este cuerpo». Gracias al amor, su marido hace que aflore lo mejor de ella: incluso ahora, sentada aquí, tomando el té, contemplándole mientras juega, ella nota que su cuerpo empieza a anhelarlo. Ha aprendido de Lukas lo que puede ser el amor. Mientras que su primo… No puede imaginar a su primo entregándose incondicionalmente a nadie. Siempre habrá una parte retenida, en reserva. No es preciso ser un perro para ver eso.

Sería estupendo que Lukas pudiera tomarse un descanso, que los dos pudieran pasar una o dos noches aquí, en Voëlfontein. Pero no, mañana es lunes, así que esta noche han de estar de regreso en Middelpos. Por ello después de comer se despiden de tías y tíos. Cuando le toca el turno a John, lo abraza con fuerza y nota su cuerpo contra ella tenso, resistente. «Totsiens», le dice: Adiós. «Te escribiré una carta y quiero que me respondas.» «Adiós –responde él–. Conducid con prudencia.»

Ella empieza a escribir la carta prometida esa misma tarde, en salto de cama y zapatillas, sentada a la mesa de la cocina, la cocina que es la suya desde que contrajo matrimonio y que ha llegado a amar, con su enorme y antigua chimenea y su despensa sin ventanas y permanentemente fresca, cuyos estantes aún crujen bajo el peso de los tarros de mermelada y las conservas que ella preparó el otoño pasado.

«Querido John —escribe—, qué enfadada estaba contigo cuando sufrimos la avería en la carretera de Merweville… espero que no se me notara demasiado y confío en que me perdones. Aquel malhumor ha desaparecido por completo sin dejar rastro. Dicen que no conoces a una persona como es debido hasta que has pasado una noche con él (o ella). Me alegro de haber tenido ocasión de pasar una noche contigo. Cuando dormimos se nos cae la máscara y se nos ve tal como realmente somos.

»En la Biblia se menciona la esperanza en el día en que el león yacerá con el cordero, cuando ya no será necesario que estemos en guardia porque ya no tendremos ningún motivo de temor. (Puedes estar tranquilo puesto que ni tú eres el león ni yo soy el cordero.)

»Quiero abordar por última vez el tema de Merweville.

»Todos nos hacemos mayores y seguramente, cuando lo seamos, nos tratarán igual que nosotros hemos tratado a nuestros padres. Toda acción comporta una reacción. No me cabe duda de que te resulta difícil vivir con tu padre cuando te has acostumbrado a vivir solo, pero Merweville no es la solución adecuada.

»No eres el único que tiene dificultades, John. Carol y yo nos enfrentamos al mismo problema con nuestra madre. Cuando Klaus y Carol se marchen a América, esa carga recaerá totalmente en Lukas y en mí.

»Sé que no eres creyente, por lo que no voy a aconsejarte que reces en busca de orientación. Tampoco yo soy muy creyente que digamos, pero la plegaria es saludable. Incluso aunque ahí arriba no haya nadie que te escuche, por lo menos dices lo que te oprime, y eso es mejor que guardártelo dentro.

»Ojalá hubiéramos dispuesto de más tiempo para hablar. ¿Recuerdas cuánto hablábamos de niños? Qué preciso es para mí el recuerdo de aquellos tiempos, y qué triste que, cuando nos llegue la hora, nuestro relato, el relato de ti y de mí, desaparecerá también.

»No puedo expresarte la ternura que siento por ti en este momento. Siempre fuiste mi primo preferido, pero no es solo eso. Ansío protegerte del mundo, aun cuando probablemente no necesitas protección (es una conjetura). Es difícil saber cómo enfrentarte a esta clase de sentimientos. La relación entre primos se ha vuelto tan anticuada, ¿no es cierto?... Pronto todas las reglas que tuvimos que memorizar sobre a quién le está permitido casarse con quién, primos carnales, primos segundos y primos terceros, no será más que una cuestión antropológica.

»Sin embargo, me alegro de que no cumpliéramos la promesa que nos hicimos en la infancia (¿te acuerdas?) y no nos casáramos. Es probable que también tú te alegres. Habríamos sido una pareja desastrosa.

»Necesitas a alguien en tu vida, John, alguien que cuide de ti. Aunque elijas a una mujer que no sea necesariamente el amor de tu vida, la vida de casado será mejor que lo que tienes ahora, con tu padre por toda compañía. No es bueno dormir solo una noche tras otra. Perdona que te diga esto, pero hablo por amarga experiencia.

»Debería romper esta carta, porque es muy embarazosa, pero no lo haré. Me digo a mí misma que nos conocemos desde hace mucho tiempo y que sin duda me perdonarás si me meto donde no debería hacerlo.

»Lukas y yo somos felices en todos los aspectos. Cada día me arrodillo (por así decirlo) para dar gracias porque nuestros caminos se cruzaron. ¡Cuánto desearía que a ti pudiera ocurrirte lo mismo!»

Como si ella lo hubiera llamado, Lukas entra en la cocina, se inclina sobre ella, lleva los labios a su cabeza, desliza las manos bajo el salto de cama y las ahueca sobre sus senos.

—*My skat* —le dice: Mi tesoro.

No puede escribir eso. No puede. Se lo está inventando.

Lo eliminaré. Lleva los labios a su cabeza.

—*My skat* —le dice—, ¿cuándo vendrás a la cama?

—Ahora —responde ella, y deja la pluma—. Ahora.

Skat: una palabra cariñosa que a ella le desagradaba hasta el día que se la oyó decir. Ahora, cuando se la susurra, tiene la sensación de que se funde. El tesoro de este hombre, en el que él puede hundir las manos siempre que le apetezca.

Yacen abrazados. La cama cruje, pero a ella no podría importarle menos, porque están en casa y pueden hacer que la cama cruja tanto como quieran.

¡Otra vez!

Le prometo que, cuando haya terminado, le entregaré el texto completo y dejaré que elimine lo que desee.

—¿Le estabas escribiendo una carta a John? —le pregunta Lukas.

—Sí. Es tan infeliz…

—Tal vez sea tan solo su naturaleza. Es un tipo melancólico.

—Pero no lo era. En el pasado era muy feliz. ¡Ojalá pudiera encontrar a una mujer que le hiciera salir de sí mismo!

Pero Lukas se ha dormido. Tal es su naturaleza, su tipo: se duerme enseguida, como un niño inocente.

A ella le gustaría hacer lo mismo, pero el sueño tarda en llegar. Es como si el espectro de su primo acechara todavía, llamándola para que vuelva a la oscura cocina y complete la carta que le estaba escribiendo. «Ten fe en mí —le susurra ella—. Te prometo que volveré.»

Pero cuando se despierta es lunes, no tiene tiempo para escribir ni para intimidades, han de partir enseguida hacia Calvinia, ella al hotel, Lukas a la agencia de transportes. En el pequeño despacho sin ventanas detrás de la recepción, ella trabaja poniendo al día las facturas atrasadas; por la noche está demasiado exhausta para continuar la carta que estaba escribiendo y, en cualquier caso, el sentimiento que la inspiraba ha desaparecido. «Pienso en ti», escribe al pie de la página. Aunque eso no es cierto, no ha pensado en John durante todo el día, no ha tenido tiempo. «Te quiere, Margie», escribe. Pone la dirección en el sobre y lo cierra. Ya está. Hecho.

«Te quiere», pero ¿hasta qué punto exactamente? ¿Lo suficiente para sacar a John de un apuro? ¿Lo suficiente para hacerle salir de sí mismo, de la melancolía propia del tipo de persona que es? Si su espléndido plan consiste en pasar los fines de semana en el porche de la casa de Merweville, escribiendo poemas con el sol derramándose sobre el tejado metálico y su padre tosiendo en una habitación del fondo, puede que necesite toda la melancolía que sea capaz de reunir.

Ese es su primer momento de recelo. El segundo momento se produce cuando está a punto de enviar la carta, mientras el sobre tiembla en el mismo borde de la ranura. ¿Es lo que ha escrito, lo que su primo estará condenado a leer si suelta el sobre, realmente lo mejor que puede ofrecerle? «Necesitas a alguien en tu vida.» ¿Qué clase de ayuda es que te digan eso? «Te quiere.»

Pero entonces piensa «Es un hombre hecho y derecho, ¿por qué habría de ser yo quien le salve?», y da un empujoncito al sobre.

Ha de esperar la respuesta diez días, hasta el viernes de la semana siguiente.

«Querida Margot:

»Gracias por tu carta, que nos esperaba cuando regresamos de Voëlfontein, y gracias por el consejo sobre el matrimonio, bueno pero impracticable.

»El regreso desde Voëlfontein se desarrolló sin incidentes. El amigo mecánico de Michiel hizo un trabajo de primera clase. Vuelvo a pedirte perdón por la noche que te hice pasar a la intemperie.

»Escribes sobre Merweville. Estoy de acuerdo, no habíamos meditado a fondo nuestros planes, y ahora que hemos vuelto a Ciudad del Cabo empiezan a parecer un tanto alocados. Sería distinto comprar una cabaña para pasar los fines de semana en la costa, pero ¿quién en su sano juicio querría pasar las vacaciones de verano en un pueblo del caluroso Karoo?

»Espero que todo vaya bien en la granja. Recibid, tú y Lukas, todo el afecto de mi padre, y el mío también.

»John.»

¿Es eso todo? La fría formalidad de su respuesta le hace estremecerse, y la cólera le enrojece las mejillas.

—¿Qué pasa? —le pregunta Lukas.

Ella se encoge de hombros.

—No es nada —responde, y le tiende la hoja de papel—. Una carta de John.

Él la lee con rapidez.

—Así que abandonan sus planes de adquirir una casa en Merweville —comenta él—. Es un alivio. ¿Por qué estás tan molesta?

—No es nada —repite ella—. Solo el tono.

Han aparcado delante de la estafeta de correos. Esto es lo que hacen los viernes por la tarde, forma parte de la rutina que han establecido: en último lugar, tras haber hecho la compra y antes de regresar a la granja, recogen el correo de la semana y lo examinan sentados uno al lado del otro en la pick-up. Aunque ella podría ir sola a recoger el correo cualquier día de la semana, no lo hace. Ella y Lukas van juntos, de la misma manera que hacen juntos todo lo que pueden.

En este momento Lukas está absorto en una carta del Land Bank, con un largo anexo, páginas de cifras, mucho más importante que los meros asuntos familiares.

—No te apresures, iré a dar un paseo —le dice ella, y a continuación baja del vehículo y cruza la calle.

La estafeta de correos es un edificio de reciente construcción, con losetas de vidrio en vez de ventanas y una pesada rejilla metálica sobre la puerta. A ella le desagrada. Le parece una comisaría de policía. Rememora con cariño la antigua estafeta de correos que demolieron para construir esta, el edificio que en otro tiempo fuera la casa Truter.

¡Ni siquiera ha llegado a la mitad de su vida, y ya está rememorando con nostalgia el pasado!

Nunca se trató de Merweville, de John y su padre, de quién viviría dónde, en la ciudad o en el campo. *¿Qué estamos haciendo aquí?* Esta había sido la pregunta tácita desde el principio. Los dos lo habían sabido. Su propia carta, por cobarde que fuese la manera de hacerlo, por lo menos había dado a entender la pregunta: «¿Qué estamos haciendo en esta parte yerma del mundo? ¿Por qué nos pasamos la vida haciendo un trabajo monótono si esta tierra jamás ha sido adecuada para habitarla, si todo el proyecto de humanizar la zona ha estado mal concebido desde el comienzo?».

«Esta parte del mundo.» La parte a la que ella se refiere no es Merweville o Calvinia, sino la totalidad del Karoo, tal vez el país entero. ¿Quién tuvo la idea de construir carreteras y tender líneas férreas, levantar ciudades, traer a la gente y ligarla a este lugar, ligarla con remaches a través del corazón, de modo que no pueda marcharse? «Es mejor liberarte y confiar en que la herida cicatrice», le dijo él cuando caminaban por el *veld*. Pero, ¿cómo puedes liberarte cuando estás sujeto por esa clase de remaches?

La hora de cierre ha quedado muy atrás. La estafeta de correos está cerrada, las tiendas están cerradas y la calle desierta. Joyería Meyerowitz. Los Niños en el Bosque, venta a plazos. Café Cosmos. Modas Foschini.

Meyerowitz («Los brillantes son eternos») está aquí desde antes de lo que alcanza su memoria. Los Niños en el Bosque era antes la tienda Jan Harmse Slagter. El Café Cosmos era Batidos Cosmos. Modas Foschini era Winterberg Algemene Handelaars. ¡Todo este cambio, todo este ajetreo! *O droewige land!* ¡Oh triste país! Modas Foschini tiene la suficiente confianza para abrir una nueva sucursal en Calvinia. ¿Qué puede afirmar que sabe su primo, el emigrante fallido, el poeta de la melancolía, sobre el futuro de esta tierra que no sepa Foschini? Su primo, quien cree que hasta los babuinos, cuando contemplan la extensión del *veld*, se sienten embargados de *weemoed*.

Lukas está convencido de que habrá un acuerdo político. John afirma ser liberal, pero Lukas es un liberal más práctico de lo que John jamás será, así como más valiente. Si quisieran, Lukas y ella, *boer* y *boervrou*, marido y mujer, podrían ganarse a duras penas la vida en la granja. Tendrían que apretarse bastante el cinturón, pero sobrevivirían. Si Lukas prefiere conducir un camión de la cooperativa, si ella lleva la contabilidad del hotel, no es porque la granja sea una empresa condenada al fracaso, sino porque hace largo tiempo ella y Lukas tomaron la decisión de que alojarían a sus trabajadores como es debido y les pagarían un sueldo decente, pondrían los medios para que sus hijos fuesen a la escuela y, cuando envejecieran y enfermasen, los apoyarían; y porque esa decencia y ese apoyo cuestan dinero, más del que aporta o aportará jamás una granja en el futuro previsible.

Una granja no es un negocio: hacía mucho tiempo que ella y Lukas se habían puesto de acuerdo sobre esta premisa. La granja de Middelpos no solo es su hogar con los fantasmas de sus hijos nonatos sino también de otras trece almas. A fin de aportar el dinero para mantener a la pequeña comunidad, Lukas tiene que pasarse días seguidos en la carretera y ella pasarse las noches sola en Calvinia. A eso es a lo que se refiere cuando dice de Lukas que es un liberal: tiene un corazón generoso, liberal, y, gracias a él, también ella ha aprendido a tener un corazón liberal.

«¿Y qué tiene eso de malo, como estilo de vida?» Esta es la pregunta que le gustaría plantearle a su inteligente primo, el primero en huir de Sudáfrica y que ahora habla de liberarse. ¿De qué quiere liberarse? ¿Del amor? ¿Del deber? «Recibid todo el afecto de mi padre, y el mío también.» ¿Qué clase de tibio afecto es ese? No, ella y John pueden tener la misma sangre, pero, sienta lo que sienta por ella, no es afecto. Tampoco ama realmente a su padre. Ni siquiera se ama a sí mismo. Y de todos modos, ¿qué sentido tiene liberarse de todos y de todo? ¿Qué va a hacer con su libertad? «El amor empieza en el hogar…», ¿no es este un proverbio inglés? En vez de huir constantemente, ¿no debería buscarse una mujer como es debido, mirarla a los ojos y decirle: «¿Te casarás conmigo? ¿Te casarás conmigo y acogerás a mi viejo padre en nuestro hogar y cuidarás fielmente de él hasta que muera? Si aceptas esa carga, te amaré, te seré fiel, buscaré un trabajo apropiado, trabajaré con ahínco, traeré dinero a casa, estaré de buen humor y dejaré de quejarme de las *droewige vlatkes*, las desoladas llanuras». Ojalá John estuviera aquí en este momento, desea ella, en Kerkstraat, Calvinia, para poder *raas* con él, prestarle oído, como dicen los ingleses: su estado de ánimo es el apropiado.

Un silbido. Se vuelve. Es Lukas, que se asoma por la ventanilla del vehículo. *Skattie, hoe mompel jy dan nou?*, le dice, riendo. ¿Qué mascullas?

Ella y su primo no intercambian más correspondencia. No pasa mucho tiempo antes de que John y sus problemas dejen por completo de tener cabida en su mente. Han surgido unas preocupaciones más apremiantes. Han llegado los visados que Klaus y Carol esperaban, los visados para la Tierra Prometida. Con rápida eficiencia se están preparando para el traslado. Uno de sus primeros pasos es traer a la madre de Margot y Carol, que ha estado viviendo con ellos, de regreso a la granja. Klaus la llama *mamá*, aunque tiene su propia madre en Dusseldorf.

Recorren los mil seiscientos kilómetros desde Johannesburgo en doce horas, turnándose al volante del BMW. Esta hazaña procura a Klaus una profunda satisfacción. Tanto él como Carol han realizado unos cursos de conducción avanzada y pueden demostrarlo con los certificados obtenidos. Les ilusiona conducir en Estados Unidos, donde las carreteras son mucho mejores que en Sudáfrica, aunque, por supuesto, no tan buenas como las *Autobahnen* alemanas.

Mamá no está del todo bien. Margot se percata de ello en cuanto la ayudan a bajar del vehículo. Tiene la cara hinchada, respira con dificultad, se queja de dolores en las piernas. Carol les explica que, en definitiva, el problema radica en el corazón: la ha visitado un especialista en Johannesburgo y ha de tomar sin falta una nueva serie de píldoras tres veces al día.

Klaus y Carol pernoctan en la granja, y entonces regresan a la ciudad.

—En cuanto mamá mejore, tú y Lukas debéis ir con ella a América y hacernos una visita —dice Carol—. Os ayudaremos a pagar los pasajes de avión.

Klaus la abraza y besa en ambas mejillas («Así es más cálido»). A Lukas le estrecha la mano.

Lukas detesta a su cuñado. No existe la menor posibilidad de que Lukas viaje a Estados Unidos para visitarles. En cuanto a Klaus, nunca ha eludido expresar su veredicto sobre Sudáfrica. «Hermoso país —dice—, bellos paisajes, grandes recursos, pero muchos, muchos problemas. No veo cómo vais a resolverlos. En mi opinión, las cosas irán a peor antes de que mejoren. Pero esa no es más que mi opinión.»

A ella le gustaría escupirle en los ojos, pero no lo hace.

Su madre no puede quedarse sola en la granja durante los días laborables, mientras ella y Lukas están ausentes, eso es incuestionable, de modo que ella se las arregla para que coloquen una segunda cama en su habitación del hotel. Es un inconveniente, significa el fin de su intimidad, pero no hay alternativa. Le cobran pensión completa por su madre, pese a que esta come como un pájaro.

Han entrado en la segunda semana de este nuevo régimen cuando un miembro del personal de limpieza encuentra a su madre desplomada en un sofá del desierto vestíbulo del hotel, inconsciente y con la cara azulada. La llevan apresuradamente al hospital del distrito y la reaniman. El médico de guardia sacude la cabeza. Dice que tiene el pulso muy débil, que necesita unos cuidados más urgentes y por parte de unos profesionales más expertos que los disponibles en Calvinia. Upington está más cerca, pero sería preferible que fuese a Ciudad del Cabo.

Una hora después, ella, Margot, ha cerrado su despacho y está camino de Ciudad del Cabo, sentada en el atestado interior de la ambulancia, sosteniendo la mano de su madre. Les acompaña una joven enfermera de color llamada Aletta, cuyo terso y almidonado uniforme, así como su alegre eficiencia, pronto la tranquilizan.

Resulta que Aletta nació no lejos de aquí, en Wuppertal, en el Cederberg, donde siguen viviendo sus padres. Ha hecho el viaje a Ciudad del Cabo más veces de las que puede contar. Les cuenta que la semana anterior tuvieron que trasladar urgentemente a un enfermo desde Loeriesfontein a Groote Schuur junto con tres dedos en una nevera portátil llena de hielo, dedos que había perdido a causa de un accidente con una sierra de cinta.

—Su madre se pondrá bien —le dice Aletta—. Groote Schuur... es lo mejor que hay.

Se detienen en Clanwilliam para repostar. El conductor de la ambulancia, que es incluso más joven que Aletta, se ha traído un termo de café. Le ofrece a Margot una taza, pero ella la rechaza.

—Estoy tratando de tomar menos café —miente—, me impide dormir.

Le habría gustado pagarles a los dos una taza de café en la cafetería, le habría gustado sentarse con ellos de una manera normal y amistosa, pero, naturalmente, una no puede hacer eso sin causar escándalo. «Oh, Señor —reza para sus adentros—, haz que llegue pronto el tiempo en que todo este sinsentido del apartheid se entierre y olvide.»

Vuelven a ocupar sus lugares en la ambulancia. Su madre duerme. Su color ha mejorado y respira acompasadamente bajo la mascarilla de oxígeno.

—Debo decirte que aprecio muchísimo lo que Johannes y tú estáis haciendo por nosotras —le dice a Aletta.

Esta le sonríe de la manera más amigable, sin el menor rastro de ironía.

Margot confía en que sus palabras se entiendan en el sentido más amplio, con todo el significado que, para su vergüenza, no puede expresar: «Debo decirte lo agradecida que estoy por lo que tú y tu colega estáis haciendo por una anciana blanca y su hija, dos desconocidas que jamás han hecho nada por vosotros sino que, por el contrario, un día tras otro han colaborado en vuestra humillación en la tierra donde nacisteis. Estoy agradecida por la lección que me dais con vuestros actos, en los que solo veo amabilidad humana y, por encima de todo, esa encantadora sonrisa tuya».

Llegan a Ciudad del Cabo en plena hora punta de la tarde. Aunque su caso, en términos estrictos, no es una urgencia, de todos modos Johannes hace sonar la sirena mientras se abre audazmente paso entre el denso tráfico. Una vez en el hospital, ella sigue la camilla de su madre que empujan hacia la sección de urgencias. Cuando regresa para dar las gracias a Aletta y Johannes, estos ya se han ido, han enfilado la larga carretera de regreso al Northern Cape.

«¡Cuando vuelva!», se promete a sí misma, con lo que quiere decir «¡Cuando vuelva a Calvinia no dejaré de agradecérselo personalmente!», pero también: «Cuando vuelva seré una persona mejor, ¡lo juro!». También piensa: «¿Quién era el hombre de Loeriesfontein que perdió los tres dedos? ¿Solo a nosotros, los blancos, nos llevan rápidamente en ambulancia al hospital (¡el mejor que hay!), donde unos cirujanos bien preparados nos coserán los dedos en su sitio o nos pondrán un nuevo corazón, según el caso, y sin coste alguno? ¡Que no sea así, oh Señor, que no sea así!».

Cuando vuelve a verla, su madre está en una habitación individual, despierta, tendida en una cama blanca y limpia, vestida con la camisa de dormir que ella, Margot, ha tenido el buen juicio de traerle. Ha perdido el color hético, incluso es capaz de quitarse la mascarilla y musitar unas palabras:

—¡Cuánto jaleo por mí!

Se lleva a los labios la mano delicada, incluso bastante infantil, de su madre.

—Tonterías —replica—. Ahora debes descansar, mamá. Estaré aquí si me necesitas.

Se propone pasar la noche al lado de su madre, pero el médico la disuade. Le dice que su madre no corre peligro, que las enfermeras la tienen perfectamente controlada, van a darle un somnífero y dormirá hasta el día siguiente. Ella, Margot, la abnegada hija, ya ha pasado un trago lo bastante amargo, y lo mejor que puede hacer es acostarse y descansar. ¿Dispone de algún lugar donde alojarse?

Ella responde que tiene un primo en Ciudad del Cabo, pero que no pude alojarse en su casa.

El médico es mayor que ella, tiene la barba crecida, los ojos oscuros y de párpados caídos. Le han dicho cómo se llama, pero no ha retenido el nombre. Puede que sea judío, pero también podría ser muchas otras cosas. Huele a tabaco. Del bolsillo de la pechera sobresale un paquete de tabaco azul. ¿Le cree ella cuando le dice que su madre no corre peligro? Sí, le cree, pero siempre tiende a confiar en los médicos, a creerse lo que dicen cuando sabe que solo están haciendo conjeturas. En consecuencia, desconfía de su confianza.

—¿Está usted absolutamente seguro de que no corre ningún peligro, doctor? —le pregunta.

Él hace un gesto afirmativo con expresión fatigada. ¡Absolutamente, nada menos! ¿Qué es *absoluto* en los asuntos humanos?

—Para poder cuidar de su madre, debe cuidar de sí misma —le dice.

Ella nota que las lágrimas se agolpan en sus ojos, nota también que le embarga la autocompasión. «¡Cuidar de las dos!», desea exclamar en tono de súplica. Le gustaría que este desconocido la rodeara con sus brazos y la consolara.

—Gracias, doctor —replica.

Lukas está en algún punto de la carretera, en el Cabo Septentrional, y es imposible contactar con él. Ella telefonea a su primo John desde una cabina pública.

—Vendré a buscarte enseguida —le dice John—. Quédate con nosotros todo el tiempo que quieras.

Han pasado años desde la última vez que ella estuvo en Ciudad del Cabo. No ha estado nunca en Tokai, el barrio residencial donde viven él y su padre. La casa se alza detrás de una alta valla de madera que emite un fuerte olor a humedad y aceite de motor. La noche es oscura, el camino desde la cancela no está iluminado; él la toma del brazo para guiarla.

—Te advierto que todo está un poco patas arriba —le dice él.

Su tío la espera en la entrada. La saluda con una expresión de ansiedad en el semblante. Muestra la agitación característica de los Coetzee: habla con rapidez, se pasa los dedos por el cabello.

—Mamá está bien —le tranquiliza ella—. No ha sido más que un episodio.

Pero él prefiere no tranquilizarse. Su estado de ánimo es propicio al dramatismo.

John le muestra el lugar. La casa es pequeña, está mal iluminada y ventilada, huele a papel de periódico mojado y beicon frito. Si ella estuviese al frente, quitaría las deprimentes cortinas y las sustituiría por algo más ligero y luminoso. Pero, naturalmente, en este mundo de hombres ella no está al frente.

Él le muestra la habitación que será la suya. A ella se le cae el alma a los pies. La moqueta tiene numerosas manchas que parecen de aceite. Una cama individual está colocada contra la pared, con un escritorio a su lado sobre el que hay libros y papeles amontonados sin orden ni concierto. Del techo pende la misma clase de lámpara de neón que tenían en el despacho del hotel antes de que ella la hiciera cambiar.

Aquí todo parece tener la misma tonalidad: un marrón que por un lado tiende al amarillo apagado y por el otro al gris sucio. Ella se pregunta cuántos años hará que no han limpiado, lo que se dice limpiado, la casa.

John le explica que normalmente duerme aquí. Ha cambiado las sábanas de la cama. Vaciará dos cajones para que ella los utilice. En el otro lado del pasillo está el cuarto de baño.

Ella lo explora. El baño está mugriento, el lavabo manchado y huele a orina rancia.

Desde que partió de Calvinia no ha comido más que una tableta de chocolate. Está hambrienta. John le ofrece lo que él llama una torrija, pan blanco embadurnado con huevo y frito, y ella se come tres rebanadas. También le da un té con leche que resulta estar agria (la toma de todos modos).

Su tío entra furtivamente en la cocina, vestido con pantalones y la parte superior del pijama.

—Buenas noches, Margie —le dice—. Que duermas bien. No dejes que te piquen las pulgas.

No da a su hijo las buenas noches. Es evidente que, en presencia de John, titubea. ¿Se habrán peleado?

—Estoy inquieta —le dice ella a John . ¿Vamos a dar un paseo? Me he pasado el día encerrada en una ambulancia.

Él la lleva a pasear por las calles bien iluminadas del barrio residencial de Tokai. Todas las casas ante las que pasan son más grandes y mejores que la suya.

—Hasta no hace mucho, aquí había tierras de cultivo —le explica—. Hasta que las subdividieron y vendieron en parcelas. Nuestra casa era la vivienda de un agricultor. Por eso su construcción es tan tosca. El agua se filtra por todas partes, el techo, las paredes. Me paso todo el tiempo libre haciendo reparaciones.

—Sí, empiezo a ver el atractivo de Merweville. Por lo menos allí no llueve. Pero ¿por qué no compras una casa mejor aquí, en El Cabo? Escribe un libro. Escribe un bestseller. Gana un montón de dinero.

Es solo una broma, pero él se lo toma en serio.

—No sabría escribir un bestseller —le dice—. No sé lo suficiente sobre la gente y sus fantasías. En cualquier caso, no ha sido ese mi destino.

—¿Qué destino?

—El destino de ser un escritor rico y con éxito.

—Entonces, ¿cuál ha sido tu destino?

Exactamente mi situación actual. Vivir con un padre mayor en una casa de un barrio residencial que tiene goteras en el tejado.

—Eso es cháchara tonta, una manera de hablar *slap*. Está hablando el Coetzee que hay dentro de ti. Podrías cambiar tu destino mañana mismo si te lo propusieras.

A los perros del barrio no les hacen ninguna gracia los desconocidos que deambulan de noche por sus calles, discutiendo. El coro de ladridos es cada vez más clamoroso.

—Ojalá pudieras oírte, John —insiste ella—. ¡La de tonterías que dices! Si no te corriges, vas a convertirte en un amargado que solo quiere que le dejen a solas en su rincón. Volvamos a casa. He de levantarme temprano.

Duerme mal en el duro e incómodo colchón. Está en pie antes de que amanezca, y prepara café y tostadas para los tres. A las siete de la mañana parten hacia el Hospital Groote Schuur, apretujados en la cabina de la Datsun.

Ella deja a Jack y su hijo en la sala de espera, pero luego no puede localizar a su madre. En el puesto de enfermeras le informan de que su madre ha sufrido un episodio durante la noche y vuelve a estar en la unidad de cuidados intensivos. Margot debe volver a la sala de espera, donde un médico hablará con ella.

Se reúne con Jack y John. La sala de espera ya se está llenando. Una mujer, una desconocida, está sentada en una butaca frente a ellos. Sobre la cabeza, cubriéndole un ojo, se ha anudado un jersey manchado de sangre seca. Lleva una falda muy corta y sandalias de goma; huele a ropa blanca mohosa y vino dulce. Gime quedamente.

Margot se esfuerza al máximo por no mirarla, pero la mujer tiene ganas de pelea.

—*Waarna loer jy?* —le pregunta, furibunda: ¿Qué estás mirando?—. *Jou moer!*

Ella baja los ojos y guarda silencio.

Si su madre sobrevive, cumplirá sesenta y ocho el mes próximo. Sesenta y ocho intachables años, intachables y satisfechos. Una buena mujer, en general: una buena madre, una buena esposa, de la variedad aturullada e inquieta. La clase de mujer que a los hombres les resulta fácil amar debido a la palpable evidencia de que necesita protección. ¡Y ahora metida en este agujero infernal! *Jou moer!,* una obscenidad. Tiene que llevar-

148

se a su madre de aquí lo antes posible, trasladarla a un hospital privado, no importa lo que cueste.

«Mi pajarillo», la llamaba su padre: «my tortelduifie», mi tortolita. La clase de avecilla que prefiere no abandonar su jaula. A medida que iba creciendo, Margot se sentía grande y desgarbada al lado de su madre. «¿Quién me querrá? —se había preguntado a sí misma—. ¿Quién me llamara palomita?»

Alguien le da unas leves palmadas en el hombro.

—¿Señora Jonker? —Otra joven enfermera—. Su madre está despierta. Pregunta por usted.

—Vamos —dice ella.

Jack y John la siguen.

Su madre está consciente y serena, tan serena que parece un tanto distante. Han sustituido la mascarilla de oxígeno por un tubo en la nariz. Sus ojos han perdido el color, se han vuelto guijarros de un gris mate.

Entra el médico, el mismo de antes, con los ojos bordeados por una tonalidad oscura. «Kiristany», dice la insignia en la bata. De guardia ayer por la tarde, todavía de guardia esta mañana.

El doctor Kiristany le informa de que su madre ha sufrido un episodio cardíaco, pero ahora se encuentra estabilizada. Está muy débil. Le estimulan eléctricamente el corazón.

—Quisiera trasladarla a un hospital privado —le dice—. Un sitio más tranquilo que aquí.

Él sacude la cabeza. Imposible, replica. No puede dar su consentimiento. Tal vez dentro de unos días, si se recupera.

Ella permanece rezagada. Jack se inclina sobre su hermana, murmurándole unas palabras que ella no puede oír. Su madre tiene los ojos abiertos, mueve los labios, parece replicar. Dos ancianos, dos inocentes, nacidos antaño, desplazados en el lugar ruidoso y enojado en que se ha convertido este país.

—¿John? —le dice ella—. ¿Quieres hablar con mamá?

Él sacude la cabeza.

—Ella no me reconocerá —responde.

[Silencio.]

¿Y qué más?

—Ese es el final.

¿El final? Pero ¿por qué detenerse ahí?

Parece un buen lugar. «Ella no me reconocerá»: una buena frase.

[Silencio.]

Bien, ¿cuál es su veredicto?

¿Mi veredicto? Sigo sin comprender: si se trata de un libro sobre John, ¿por qué incluye tanto sobre mí? ¿Quién querrá leer acerca de mí… de mí, Lukas, mi madre, Carol y Klaus?

Usted tuvo un papel en la vida de su primo. Él tuvo uno en la suya. Sin duda eso está bastante claro. Lo que le pregunto es si puedo dejarlo tal como está.

No, tal como está no. Quiero leerlo de nuevo, como usted me ha prometido.

Entrevistas realizadas en Somerset West, Sudáfrica,
en diciembre de 2007 y junio de 2008

ADRIANA

Senhora Nascimento, usted es natural de Brasil, pero vivió durante varios años en Sudáfrica. ¿Cuál fue el motivo?

Fuimos a Sudáfrica desde Angola, mi marido, yo y nuestras dos hijas. En Angola mi marido trabajaba para un periódico y yo tenía un empleo en el Ballet Nacional, pero en 1973 el gobierno declaró el estado de excepción y cerró el periódico. También quisieron llamarle a filas, pues estaban citando a todos los hombres menores de cuarenta y cinco años, incluso los que no eran ciudadanos. No podíamos regresar a Brasil, porque aún era demasiado peligroso, y no veíamos ningún futuro para nosotros en Angola, por lo que nos fuimos, embarcamos hacia Sudáfrica. No éramos los primeros que lo hacían, ni seríamos los últimos.

¿Y por qué Ciudad del Cabo?

¿Por qué Ciudad del Cabo? Por ninguna razón especial, salvo que allí teníamos un pariente, un primo de mi marido propietario de una tienda de frutas y verduras. A nuestra llegada nos instaló en su casa, con su familia. Era difícil para todos, nueve personas en tres habitaciones, mientras esperábamos los papeles del permiso de residencia Entonces mi marido se las arregló para encontrar un empleo de guardia de seguridad y pudimos mudarnos a un piso propio. Estaba en un lugar llamado Epping. Pocos meses después, justo antes del desastre que lo arruinó todo, nos mudamos de nuevo, a Wynberg, para estar más cerca de la escuela de las niñas.

¿A qué desastre se refiere?

Mi marido trabajaba en el turno de noche, vigilando un almacén cerca de los muelles. Era el único guardia. Hubo un atraco… una banda irrumpió en el almacén. Le atacaron e hirieron con un hacha. Tal vez fue un machete, pero lo más probable es que fuese un hacha. Le hundieron un lado de la cara. Todavía no puedo hablar de ello con facilidad. Un hacha. Golpear a un hombre en la cara con un hacha porque está haciendo su trabajo. No puedo entenderlo.

¿Qué le ocurrió a su marido?

Había sufrido lesiones cerebrales y murió. Tardó mucho, cerca de un año, pero murió. Fue terrible.

Lo siento.

Sí. Durante cierto tiempo la empresa en la que había trabajado siguió pagándome su sueldo. Después el dinero dejó de llegar. Dijeron que su responsabilidad había terminado, que ahora el responsable era el departamento de Bienestar Social. ¡Bienestar Social! Nunca nos dieron ni un céntimo. Mi hija mayor tuvo que abandonar la escuela. Encontró un empleo de empaquetadora en un supermercado, que nos aportaba ciento veinte rands a la semana. También yo busqué trabajo, pero no pude encontrar un puesto en el mundo del ballet, mi estilo de ballet no les interesaba, por lo que tuve que dar clases en un estudio de danza. Danza latina, que en aquella época estaba de moda de Sudáfrica. Maria Regina siguió en la escuela. Aún le faltaba el resto de aquel curso y el siguiente antes de que pudiera matricularse en la universidad. Maria Regina, mi hija menor. Quería que se licenciara, que no tuviera que seguir los pasos de su hermana en el supermercado y se dedicara a colocar latas en las estanterías el resto de su vida. Ella era la inteligente. Le gustaban mucho los libros.

En Luanda mi marido y yo nos habíamos esforzado por hablar un poco de inglés durante la cena, y también un poco de francés, solo para recordar a las niñas que Angola no era el mundo entero, pero ellas no aprendían. En la escuela de Ciudad del Cabo, el inglés era la asignatura en la que Maria Regina iba más floja, así que la inscribí para que tomara lecciones adicionales de inglés. En aquella época la escuela proporcionaba esas lecciones extra por las tardes a los niños como ella, recién llegados. Fue entonces cuando empecé a oír hablar del señor Coetzee, el hombre por quien usted me pregunta, que resultó no ser uno de los profesores habituales, no, en absoluto, sino que la escuela le contrataba para impartir lecciones extraescolares.

Este señor Coetzee me suena a afrikáner, le dije a Maria Regina. ¿No puede tu escuela recurrir a un profesor de inglés como es debido? Quiero que aprendas bien el inglés, que te lo enseñe una persona inglesa.

Nunca me gustaron los afrikáners. En Angola había muchos, que trabajaban en las minas o como mercenarios en el ejército. Trataban a los negros como si fuesen basura. Eso no me gustaba. En Sudáfrica mi marido aprendió algunas palabras de afrikaans (tenía que hacerlo, pues en la empresa de seguridad todos eran afrikáners), pero a mí ni siquiera me gustaba oír el idioma. Gracias a Dios que en la escuela no obligaban a las niñas a aprender el afrikaans, eso habría sido demasiado.

Maria Regina replicó que el señor Coetzee no era afrikáner, que llevaba barba y escribía poesía.

Los afrikáners también llevan barba, le dije, no hace falta ser barbudo para escribir poesía. Quiero ver personalmente a ese señor Coetzee, no me hace ninguna gracia. Dile que venga a casa. Dile que venga a tomar el té con nosotras y demuestre que es un profesor adecuado. ¿Qué clase de poesía escribe?

Maria Regina empezó a impacientarse. Estaba en una edad en que a los niños no les gusta que interfieras en su vida escolar. Pero le dije que, mientras tuviera que pagar por las lecciones extra, interferiría tanto como quisiera. ¿Qué clase de poesía escribe ese hombre?

No lo sé, respondió ella. Nos hace recitar poesía. Nos la hace aprender de memoria.

¿Qué es lo que os hace aprender de memoria?, le pregunté. Dímelo.

Keats, replicó.

¿Quién es Keats? (Nunca había oído hablar de Keats, no conocía a ninguno de esos escritores ingleses antiguos, cuando yo iba a la escuela no los estudiábamos.)

Una somnolienta languidez embarga mis sentidos, recitó Maria Regina, como si hubiera tomado cicuta. La cicuta es un veneno. Te ataca el sistema nervioso.

¿Es esto lo que el señor Coetzee te hace aprender?, le pregunté.

Está en el libro, respondió ella. Es uno de los poemas que debemos aprender para el examen.

Mis hijas siempre se quejaban de que era demasiado estricta con ellas, pero yo jamás cedía. Solo vigilándolas como un halcón podría evitar que sufrieran tropiezos en aquel extraño país donde no se sentían a sus anchas, en un continente al que nunca deberíamos haber ido. Joana era más fácil, Joana era la buena chica, la tranquila. Maria Regina era más atolondrada, estaba más dispuesta a plantarme cara. Debía tener a Maria Regina estrictamente controlada, Maria, con su poesía y sus sueños románticos.

Tenía que plantear el asunto de la invitación, encontrar la manera correcta de redactar una invitación al profesor de tu hija para que visite la casa de sus padres y tome el té. Hablé por teléfono con el primo de Mario, pero él no supo ayudarme, así que, al final, tuve que pedirle a la recepcionista del estudio de danza que me escribiera la carta. «Querido señor Coetzee —escribió—. Soy la madre de Maria Regina Nascimento, que estudia en su clase de inglés. Está usted invitado a tomar el té en nuestra residencia —le di la dirección— tal día a tal hora. Me encargaré del transporte desde la escuela. Se ruega contestación. Adriana Teixeira Nascimento.»

Por transporte me refería a Manuel, el hijo mayor del primo de Mario, que por las tardes, tras haber hecho el reparto, traía a Maria Regina a casa en su furgoneta. Le resultaría fácil recoger también al profesor.

Mario era su marido.

Mario. Mi marido, que murió.

Siga, por favor. Solo quería asegurarme.

El señor Coetzee era la primera persona que invitábamos a nuestro piso, la primera aparte de la familia de Mario. Era solo un profesor (en Luanda conocimos a muchos profesores, y antes de Luanda en São Paulo, y no los tenía en especial estima), mas para Maria Regina e incluso para Joana los profesores eran dioses y diosas, y no veía ninguna razón para desilusionarlas. La víspera de su visita las chicas hornearon una tarta, la bañaron con fondant y hasta escribieron en ella (querían escribir «Bienvenido, señor Coetzee», pero les obligué a poner «Saint Bonaventure 1974»). También hornearon varias bandejas de las galletitas que en Brasil llamamos «brevedades».

Maria Regina estaba muy emocionada. «¡Ven temprano a casa, por favor, por favor! —le oí que instaba a su hermana—. ¡Dile a tu supervisor que te encuentras mal!» Pero Joana no estaba dispuesta a hacer eso. Dijo que no era tan fácil tomarse tiempo libre, y que si no completas el turno te reducen la paga.

Así pues, Manuel trajo a nuestro piso al señor Coetzee, y vi de inmediato que no era ningún dios. Le calculé unos treinta y tantos años, e iba mal vestido, con el pelo mal cortado y barba, cuando no debería haberla llevado, porque su barba era demasiado rala. También percibí enseguida, sin que pueda decir por qué razón, que era *célibataire*. Quiero decir que no solo no estaba casado sino que no era adecuado para el matrimonio, como un hombre que, al pasarse la vida entera en el sacerdocio, ha perdido su virilidad y se ha vuelto incompetente con las mujeres. Tampoco se comportaba de una manera correcta (me estoy refiriendo a mis primeras impresiones). Parecía fuera de lugar, deseoso de marcharse cuanto antes. No había aprendido a ocultar sus sentimientos, que es el primer paso hacia los modales civilizados.

—¿Desde cuándo se dedica a la enseñanza, señor Coetzee? —le pregunté.

Él se encorvó en su asiento y dijo algo que no recuerdo sobre Norteamérica, que había dado clases allí. Luego, tras algunas preguntas más, resultó que, antes de hacerlo en la de mi hija, nunca había enseñado en una escuela y, lo que era todavía peor, ni siquiera tenía una titulación de profesor. Como es lógico, me mostré sorprendida.

—Si no está diplomado, ¿cómo es posible que sea el profesor de Maria Regina? —le pregunté—. No lo entiendo.

La respuesta que, una vez más, tardé largo rato en obtener, fue que, para asignaturas como la música, el ballet y las lenguas extranjeras, a las escuelas se les permitía contratar a personas no cualificadas, o que por lo menos carecían de títulos que acreditaran su competencia. A estas personas no les pagaban como a los profesores titulares, sino que les pagaban con el dinero que la escuela cobraba a los padres como yo.

—Pero usted no es inglés —objeté.

Esta vez no era una pregunta, sino una acusación. Allí estaba él, contratado para enseñar la lengua inglesa, pagado con mi dinero y el de Joana, y, sin embargo, no era profesor y, además, era afrikáner, no inglés.

—En efecto, no soy de origen inglés —replicó él—, pero he hablado el inglés desde mi infancia, he aprobado los exámenes universitarios en lengua y literatura inglesas y, por lo tanto, creo que estoy en condiciones de enseñar la lengua. El inglés no tiene nada de especial. No es más que una lengua entre muchas.

Eso es lo que dijo. El inglés no es más que una lengua entre muchas.

—Mi hija no va a ser como un loro que mezcla los idiomas, señor Coetzee —le dije—. Quiero que aprenda a hablar el inglés como es debido y con un correcto acento inglés.

Por suerte para él, en aquel momento Joana llegó a casa. Por entonces ya tenía veinte años, pero aún era tímida en presencia de un hombre. Comparada con su hermana, no era una belleza... mire, aquí tiene una foto de ella con su marido y sus hijos pequeños, tomada poco tiempo después de que regresáramos a Brasil, como puede ver, no es una belleza, toda la belleza la acaparó su hermana, pero era una buena chica y siempre supe que sería una buena esposa.

Joana entró en la sala todavía con el impermeable puesto (recuerdo aquel largo impermeable suyo).

—Mi hermana —dijo Maria Regina, como si explicara quién era la recién llegada en vez de presentarla.

Joana no dijo nada, su expresión de timidez no varió, y en cuanto al profesor, el señor Coetzee, casi derribó la mesita baja al tratar de levantarse.

«¿Por qué Maria Regina está loca por este bobo? ¿Qué le ve?» Eso era lo que me preguntaba. Era bastante fácil conjeturar lo que un *célibataire* solitario podría ver en mi hija, que se estaba volviendo una auténtica belleza de ojos oscuros aunque aún fuese solo una niña, pero ¿qué hacía que ella aprendiese poemas de memoria para aquel hombre, algo que jamás había hecho para los demás profesores? ¿Acaso le había susurrado unas palabras que la habían trastornado? ¿Era esa la explicación? ¿Había algo entre los dos que ella me ocultaba?

Pensé que si aquel hombre se interesara por Joana las cosas serían diferentes. Puede que Joana no tenga cabeza para la poesía, pero por lo menos tiene los pies bien firmes en el suelo.

—Este año Joana está trabajando en Clicks —informé al visitante—. Para acumular experiencia. El año que viene seguirá un curso de administración de empresas, para llegar a encargada.

El señor Coetzee asintió con aire distraído. Joana no dijo nada.

—Quítate el impermeable, hija —le dije—, y toma una taza de té. —Normalmente no tomábamos té, sino café. La víspera Joana había traído té para nuestro invitado, Earl Grey se llamaba, muy inglés pero no muy bueno, y me pregunté qué haríamos con el resto del paquete—. El señor Coetzee es de la escuela —le repetí a Joana, como si esta no lo supiera—. Nos está diciendo que no es inglés pero que de todos modos enseña la lengua inglesa.

—Para ser exactos, no soy el profesor de inglés —intervino el señor Coetzee, dirigiéndose a Joana—. Soy el profesor adjunto de inglés. Eso significa que la escuela me ha contratado para que ayude a los alumnos que tienen dificultades con la lengua. Intento prepararlos para que aprueben los exámenes. Es decir, soy una especie de preparador para los exámenes. Esa sería una mejor descripción de lo que hago, un nombre más apropiado para mi cometido.

—¿Tenemos que hablar de la escuela? —terció Maria Regina—. Es muy aburrido.

Pero el tema que estábamos tratando no tenía nada de aburrido. Tal vez fuese penoso para el señor Coetzee, pero no aburrido.

—Prosiga —le dije, sin hacer caso a mi hija.

—No tengo intención de ser un preparador para los exámenes durante el resto de mi vida —siguió diciendo—. Es una ocupación temporal, una tarea para la que estoy preparado y con la que me gano la vida. Pero no es mi vocación. No es para eso para lo que he venido al mundo.

«Para lo que he venido al mundo.» Cada vez me resultaba más extraño.

—Si lo desea, puedo explicarle mi filosofía de la enseñanza —añadió—. Es muy breve, breve y sencilla.

—Adelante —le dije—, oigamos su breve filosofía.

—Lo que llamo mi filosofía de la enseñanza es en realidad una filosofía del aprendizaje. Procede de Platón, modificada. Creo que, antes de que se produzca el verdadero aprendizaje, el estudiante debe tener cierto anhelo de la verdad, cierto fuego en su corazón. El auténtico estudiante arde por saber. Reconoce o percibe en el profesor a una persona que se ha acercado más que él o ella a la verdad. Desea hasta tal punto la verdad encarnada en el profesor que está dispuesto a quemar su yo anterior para alcanzarla. Por su parte, el profesor reconoce y alienta el fuego en el estudiante, y reacciona a él ardiendo con una luz más intensa. De este modo, juntos se elevan a una esfera superior, por así decirlo.

Se detuvo, sonriente. Ahora que había dicho lo que deseaba, parecía más relajado. «¡Qué hombre tan extraño y vano! —pensé—. ¡Quemarse! ¡Qué tonterías dice! ¡Y peligrosas, además! ¡De Platón! ¿Se está riendo de nosotras?» Pero observé que Maria Regina se inclinaba adelante y se lo comía con los ojos. Maria Regina no creía que estuviera bromeando. «¡Esto no es bueno!», me dije.

—Eso no me parece filosofía, señor Coetzee —le dije—. Me parece otra cosa, no le diré qué, puesto que es usted nuestro invitado. Anda, Maria, ve a buscar la tarta. Y tú, Joana, ayúdala, y quítate el impermeable. Anoche mis hijas hornearon una tarta para celebrar su visita.

En cuanto las chicas hubieron salido de la sala, fui al meollo del asunto, hablando en voz baja para que no me oyeran.

—Maria es aún una niña, señor Coetzee. Pago para que aprenda inglés y obtenga un diploma, no para que usted juegue con sus sentimientos. ¿Me comprende? —Las chicas regresaron con su tarta—. ¿Me comprende? —repetí.

—Aprendemos aquello que deseamos más profundamente —replicó él—. Maria quiere aprender… ¿no es cierto, Maria?

Maria, ruborizada, tomó asiento.

—Maria quiere aprender —repitió él— y está haciendo grandes progresos. Tiene sentido del lenguaje. Tal vez llegue a ser escritora. ¡Qué magnífica tarta!

—Es bueno que una chica sepa hacer tartas —comenté—, pero todavía es mejor que sepa hablar bien el inglés y obtener calificaciones altas en sus exámenes.

—Buena dicción, buenas notas —dijo él—. Comprendo sus deseos perfectamente.

Cuando se hubo ido, y una vez las chicas estuvieron acostadas, me senté y le escribí una carta en mi inglés titubeante. No pude evitar que estuviera mal escrita, pues no era la clase de carta que podía enseñar a mi amiga del estudio.

Distinguido señor Coetzee, le repito lo que le he dicho durante su visita. Usted ha sido contratado para enseñarle inglés a mi hija, no para jugar con sus sentimientos. Es una niña y usted un hombre. Si desea exponer sus sentimientos, hágalo fuera del aula. Sinceramente, ATN.

Eso es lo que le dije. Puede que no sea así como hablan ustedes en inglés, pero así es como lo hacemos en portugués, su traductor lo comprenderá. *Exponga sus sentimientos fuera del aula*: eso no era una invitación a que fuera tras de mí, era una advertencia de que no fuera tras de mi hija.

Puse la carta en un sobre, lo cerré, escribí la dirección, «Sr. Coetzee, Saint Bonaventure», y el lunes por la mañana la metí en la cartera de Maria Regina.

—Para el señor Coetzee —le dije—. Dásela en mano.

—¿De qué se trata? —quiso saber ella.

—Es una nota de una madre al profesor de su hija, y no tienes por qué saber lo que dice. Anda, vete ya, o perderás el autobús.

Cometí un error, por supuesto. No debería haberle dicho «No tienes por qué saber lo que dice». Maria Regina había rebasado la edad en la que, si tu madre te ordena algo, la obedeces. Había rebasado esa edad, pero yo aún no lo sabía. Estaba viviendo en el pasado.

—¿Le has dado la nota al señor Coetzee? —le pregunté cuando volvió a casa.

—Sí —se limitó a decir ella.

No pensé que debía haberle preguntado: «¿La has abierto en secreto y la has leído antes de entregársela?».

Al día siguiente, Maria Regina me sorprendió al traerme una nota de aquel profesor suyo, no una respuesta a la mía sino una invitación: ¿nos gustaría ir las tres de excursión con él y su padre? Al principio pensé en negarme.

—Piénsalo —le dije a Maria Regina—. ¿Quieres de veras que tus compañeros en la escuela tengan la impresión de que eres la preferida del profesor? ¿Quieres de veras que chismorreen a tus espaldas?

Pero mis palabras no le causaron el menor efecto, pues realmente quería ser la preferida del profesor. Me apremió y apremió para que aceptara, y Joana la apoyó, por lo que al final acepté.

Las dos chicas estaban animadísimas, el horno funcionó a toda máquina y Joana trajo también comida de la tienda, de modo que cuando el señor Coetzee vino a recogernos el domingo por la mañana, teníamos un cesto lleno de pastelillos, galletas y dulces, suficiente para alimentar a un ejército.

No vino a buscarnos en un coche, no tenía coche, no, se presentó en una pick-up, de esas con la caja abierta y que en Brasil llamamos *caminhonete*. Así pues, las chicas, que iban bien vestidas, tuvieron que sentarse en la caja abierta con la leña, mientras yo me sentaba delante con él y su padre.

Esa fue la única ocasión en que vi a su padre. Este ya era muy viejo, tambaleante y de manos temblorosas. Pensé que el temblor podía deberse a que estaba sentado junto a una desconocida, pero luego observé que las manos le temblaban continuamente. Cuando su hijo hizo las presentaciones, el anciano nos dijo «¿Cómo están ustedes?» de una manera muy amable y cortés, pero luego se calló. Durante todo el trayecto no dijo una sola palabra, ni a mí ni a su hijo. Un hombre muy reservado, muy humilde, o tal vez asustado por todo.

Nos dirigimos a las montañas (tuvimos que hacer un alto para que las chicas se pusieran los abrigos, porque se estaban enfriando), a un parque cuyo nombre no recuerdo, donde había pinos y claros entre los árboles para que la gente comiera al aire libre, solo blancos, por supuesto, un bonito lugar, casi desierto porque era invierno. En cuanto elegimos un sitio para comer, el señor Coetzee se dedicó a descargar la pick-up y preparar la fogata. Yo esperaba que Maria Regina le ayudara, pero ella se escabulló, dijo que quería explorar. Eso no era una buena señal, porque si las relaciones hubieran sido *comme il faut* entre ellos, tan solo las de un profesor y su alumna, a ella no le habría azorado tanto ayudarle. Pero fue Joana la que se ofreció, Joana hacía esas cosas muy bien, era muy práctica y eficiente.

¡Así pues, me quedé con su padre, como si fuéramos los dos viejos, los abuelos! Como le he dicho, me costaba hablar con aquel hombre, que no entendía mi inglés y se mostraba tímido al lado de una mujer; o tal vez no entendía quién era yo.

Y entonces, incluso antes de que el fuego estuviera bien encendido, el cielo se llenó de nubes, oscureció y empezó a llover.

—No es más que un chaparrón, pasará enseguida —dijo el señor Coetzee—. ¿Por qué no subís las tres a la pick-up?

Las chicas y yo nos refugiamos en el vehículo, mientras que él y su padre se acurrucaban bajo un árbol, y esperamos a que escampara. Pero, naturalmente, eso no ocurrió, siguió lloviendo y poco a poco las chicas se desanimaron.

—¿Por qué tenía que llover precisamente hoy? —gimoteó Maria Regina, como una criatura.

—Porque estamos en invierno —respondí— y las personas inteligentes, las personas con los pies en el suelo, no salen de excursión en pleno invierno.

El fuego que el señor Coetzee y Joana habían encendido se apagó. Ahora toda la leña estaba mojada, por lo que no podríamos asar la carne.

—¿Por qué no les ofreces las galletas que has horneado? —le dije a Maria Regina. Porque jamás había visto una imagen más lastimosa que la de aquel par de holandeses, el padre y el hijo, sentados uno junto al otro bajo un árbol y tratando de fingir que no estaban empapados y ateridos de frío. Una imagen lastimosa, pero también divertida—. Ofréceles unas galletas y pregúntales qué vamos a hacer ahora. Pregúntales si les gustaría llevarnos a la playa para nadar un poco.

Dije esto para hacer sonreír a Maria Regina. Pero lo único que logré fue enfurruñarla más, así que al final Joana fue a su encuentro bajo la lluvia y regresó con el mensaje de que nos marcharíamos en cuanto dejara de llover, regresaríamos a su casa y tomaríamos el té.

—No —repliqué a Joana—. Vuelve y dile al señor Coetzee que no podemos ir a tomar el té, que debe llevarnos directamente a casa, mañana es lunes y Maria Regina tiene que hacer los deberes que ni siquiera ha comenzado.

Naturalmente, fue un día infausto para el señor Coetzee. Había confiado en causarme una buena impresión, tal vez incluso había querido mostrar orgullosamente a su padre las tres damas brasileñas que eran amigas suyas, y lo que había obtenido en cambio era una pick-up llena de gente mojada que avanzaba bajo la lluvia. En cuanto a mí, me alegraba de que Maria Regina viese cómo era su héroe en la vida real, aquel poeta que ni siquiera podía encender una fogata.

De modo que esta es la historia de nuestra excursión a la montaña con el señor Coetzee. Cuando por fin estuvimos de regreso en Wynberg, le dije, delante de su padre, delante de las chicas, lo que había esperado decirle durante todo el día.

—Ha sido muy amable al invitarnos, señor Coetzee, muy caballeroso, pero tal vez no sea una buena idea que un profesor favorezca a una alumna de su clase por encima de todas las demás solo porque es bonita. No le estoy reprendiendo, tan solo le pido que reflexione.

Esas fueron las palabras que empleé: «solo porque es bonita». Maria Regina estaba furiosa conmigo por hablar así, pero eso no me importaba mientras quedase bien clara mi postura.

Aquella noche, cuando Maria Regina ya se había acostado, Joana entró en mi habitación.

—¿Por qué tienes que ser tan dura con Maria, *mamãe*? —me preguntó—. No está haciendo nada malo, de veras.

—¿Nada malo? —respondí—. ¿Qué sabes tú del mundo? ¿Qué sabes de lo que es malo? ¿Qué sabes de lo que harán los hombres?

—No es un mal hombre, *mamãe*. No puedes dejar de verlo.

—Es un hombre débil —repliqué—. Un hombre débil es peor que un mal hombre. Un hombre débil no sabe dónde detenerse. Un hombre débil está indefenso ante sus impulsos, te sigue adondequiera que lo lleves.

—Todos somos débiles, *mamãe* —objetó Joana.

—No, te equivocas, yo no soy débil —le dije—. ¿Dónde estaríamos tú, Maria Regina y yo si me permitiera ser débil? Anda, vete a la cama. Y no repitas nada de esto a Maria Regina. Ni una sola palabra. No lo comprenderá.

Confié en que mi relación con el señor Coetzee terminara de ese modo, pero no fue así. Uno o dos días después, me llegó una carta suya, esta vez no a través de Maria Regina sino por correo, una carta formal, escrita a máquina, con la dirección en el sobre también mecanografiada. Me pedía disculpas por la excursión, que había sido un fracaso. Había esperado hablar conmigo en privado, pero no se había presentado la oportunidad. ¿Podría venir a verme? ¿Podría ir al piso o preferiría yo que nos viéramos en otra parte, tal vez que fuésemos a comer juntos? Quería hacer hincapié en que lo que le preocupaba no estaba relacionado con Maria Regina. Ella era una joven inteligente y de buen corazón, y darle clases era un privilegio para él. Podía estar segura de que nunca, jamás traicionaría la confianza que había depositado en él. Inteligente y también bella… esperaba que no me molestara si decía tal cosa, porque la belleza, la auténtica belleza, era más profunda que el aspecto exterior, era el alma que se revelaba a través de la carne, ¿y de dónde podía Maria Regina haber recibido su belleza si no era de mí?

[Silencio.]

¿Y qué más?

Eso era todo. Eso era lo sustancial. Si podía verme a solas.

Por supuesto, me pregunté de dónde habría sacado la idea de que quería reunirme con él, incluso de que quería recibir una carta suya. Porque yo nunca le había dicho una sola palabra que pudiera alentarle.

¿Qué hizo usted entonces? ¿Se reunió con él?

¿Qué hice? No hice nada y confié en que me dejaría en paz. Era una mujer de luto, aunque mi marido aún no había muerto, y no quería las atenciones de otros hombres, sobre todo de uno que era el profesor de mi hija.

¿Todavía conserva la carta?

No tengo ninguna de sus cartas. No las guardé. Cuando nos marchamos de Sudáfrica, hice una limpieza general del piso y tiré todas las cartas y facturas viejas.

Y no le respondió.

No.

No le respondió y no permitió que las relaciones se desarrollaran más... las relaciones entre usted y Coetzee.

¿Qué significa esto? ¿Por qué me hace esa clase de preguntas? ¿Viene usted desde Inglaterra para hablar conmigo, me dice que está escribiendo la biografía de un hombre que hace muchos años fue profesor de inglés de mi hija, y de repente se cree autorizado a interrogarme sobre mis «relaciones»? ¿Qué clase de biografía está escribiendo? ¿Es como los chismorreos de Hollywood, como los secretos de los ricos y famosos? Si me niego a hablar de lo que usted llama mis relaciones con ese hombre, ¿dirá que las mantengo en secreto? No, no tuve, por emplear la palabra que usted ha dicho, «relaciones» con el señor Coetzee. Le diré más. Para mí no era natural sentir algo por un hombre como él, un hombre que era tan blando. Sí, blando.

¿Insinúa acaso que era homosexual?

No insinúo nada. Pero le faltaba una cualidad que una mujer busca en un hombre, una cualidad de fuerza, de virilidad. Mi marido la tenía. Siempre la tuvo, pero la temporada que pasó en la cárcel, aquí, en Brasil, bajo los militares, la hizo aflorar, aunque no estuvo mucho tiempo encarcelado, solo seis meses. Decía que, después de aquellos seis meses, nada que unos seres humanos les hicieran a otros seres humanos le sorprendería. Coetzee no tuvo una experiencia similar que pusiera a prueba su virilidad y le enseñara acerca de la vida. Por eso digo que era blando. No era un hombre, era todavía un muchacho.

[Silencio.]

En cuanto a lo de homosexual, no digo que lo fuese, pero, como le he dicho, era *célibataire*, no conozco la equivalencia de esa palabra en inglés.

¿Un soltero típico? ¿Neutro? ¿Asexual?

No, no era neutro. Solitario. No estaba hecho para la vida conyugal. No estaba hecho para la compañía de las mujeres.

[Silencio.]

Sí, al no obtener respuesta, volvió a escribirme. Me escribió muchas veces. Tal vez pensaba que si escribía lo suficiente las palabras acabarían por desgastar mi resistencia, como las olas del mar desgastan una roca. Metí sus cartas en un cajón del escritorio, algunas incluso sin leerlas. Pero pensé: «Entre las muchas cosas que le faltan a este hombre, las muchísimas cosas, una de ellas es alguien que le dé lecciones de amor». Porque si te has enamorado de una mujer, no te sientas y le escribes a máquina una carta tras otra, páginas y más páginas, y cada una con el final «sinceramente tuyo». No, le escribes una carta manuscrita, una carta de amor como es debido, y haces que le entreguen un ramo de rosas rojas. Pero entonces me dije que tal vez era así como se comportaban los holandeses protestantes cuando se enamoraban: con prudencia, prolijamente, sin fuego, sin gracia. Y sin duda su manera de hacer el amor también sería así, si llegaba a tener ocasión de hacerlo.

Guardé sus cartas y no les dije nada de ellas a las chicas. Eso fue un error. Podría haberle dicho a Maria Regina: «Ese señor Coetzee tuyo me ha enviado una nota de disculpa por lo del domingo. Dice que está satisfecho por tus progresos en inglés». Pero guardé silencio, lo cual finalmente ocasionó muchos problemas. Creo que todavía hoy Maria Regina no ha olvidado ni perdonado.

¿Comprende usted estas cosas, señor Vincent? ¿Está casado? ¿Tiene hijos?

Sí, estoy casado. Tenemos un hijo, un chico. El mes que viene cumplirá cuatro años.

Los chicos son diferentes. No sé nada de los chicos. Pero le diré una cosa, *entre nous*, que no debe repetir en su libro. Quiero a mis dos hijas, pero mi cariño por Maria era distinto al que sentía por Joana. La quería, pero era muy crítica con ella a medida que se hacía mayor. En cambio, nunca fui crítica con Joana, que siempre fue muy sencilla, muy sincera. Pero Maria era un encanto. Podía… ¿cómo lo dicen ustedes?… podía hacer bailar a un hombre en la palma de su mano. Si la hubiera conocido, sabría lo que quiero decir.

¿Qué ha sido de ella?

Se ha casado por segunda vez. Vive en Norteamérica, en Chicago, con su marido americano, que es abogado y trabaja en un bufete. Creo que es feliz con él y que ha hecho las paces con el mundo. Antes de su nuevo matrimonio tuvo problemas personales en los que no voy a entrar.

¿Tiene una foto de ella que tal vez podría incluir en el libro?

No lo sé. Lo miraré, ya veremos. Pero se está haciendo tarde. Su colega debe de estar exhausto. Sí, sé como es eso, porque soy traductora. Visto desde fuera parece fácil, pero la verdad es que has prestar atención constantemente, no puedes relajarte, y el cerebro se fatiga. Así que vamos a dejarlo aquí. Apague el aparato.

¿Podemos hablar de nuevo mañana?

Mañana no me es posible. Digamos el miércoles. La historia de mi relación con el señor Coetzee no es larga. Siento haberle decepcionado. Ha viajado desde tan lejos y ahora descubre que no hubo una fantástica aventura amorosa con una bailarina, sino tan solo un breve enamoramiento, unilateral, que nunca llegó a nada. Venga el miércoles a la misma hora. Tomaremos el té.

La vez anterior me preguntó si tenía fotos. Las he buscado, pero, como había pensado que ocurriría, no hay una sola de aquellos años en Ciudad del Cabo. Sin embargo, permítame que le muestre esta. El lugar es el aeropuerto, el día de nuestro regreso a São Paulo, y la tomó mi hermana, que había ido a recibirnos. Mire, aquí estamos las tres. Esta es Maria Regina. Era en 1977, ella tenía dieciocho años, iba a cumplir diecinueve. Como puede ver, una chica muy guapa con buena figura. Esta es Joana y esta soy yo.

Sus hijas son muy altas. ¿Era alto el padre?

Sí, Mario era un hombretón. Las chicas no son tan altas, solo lo parecen cuando están a mi lado.

Gracias por mostrarme esta foto. ¿Podría llevármela para hacer una copia?

¿Para su libro? No, eso no puedo permitirlo. Si quiere que María Regina aparezca en su libro, debe pedírselo usted mismo, yo no puedo hablar por ella.

Me gustaría incluir una foto de las tres juntas.

No. Si quiere fotos de las chicas, debe pedírselo a ellas. En cuanto a mí, no, he decidido que no. La gente lo interpretaría mal. Supondrían que fui una de las mujeres de su vida, y jamás lo fui.

Sin embargo, fue importante para él. Estaba enamorado de usted.

Eso es lo que usted dice. Pero la verdad es que, si estaba enamorado, no era de mí, sino de alguna fantasía creada por su cerebro y a la que había puesto mi nombre. ¿Cree que debería sentirme halagada porque quiere que aparezca en su libro como la amante de Coetzee? Se equivoca. Para mí ese hombre no era un escritor famoso, no era más que un profesor y, además, un profesor sin título. Así que no. Nada de fotos. ¿Qué más? ¿Qué más quiere que le cuente?

El otro día me estaba hablando de las cartas que le escribió. Ya sé, me dijo que no siempre las leía; de todos modos, ¿no recuerda algo más de lo que le decía en ellas?

En una carta me habla de Franz Schubert… ya sabe, Schubert, el músico. Me decía que escuchar a Schubert le había enseñado uno de los secretos del amor: cómo sublimamos el amor a la manera en que los químicos del pasado sublimaban sustancias innobles. Recuerdo esa carta porque contenía la palabra «sublimar». Sublimar sustancias innobles: no tenía sentido para mí. Busqué el término «sublimar» en el diccionario de inglés que les había comprado a las chicas. Sublimar: calentar algo y extraer su esencia. En portugués tenemos la misma palabra, «sublimar», aunque no es corriente. Pero ¿qué significaba aquello? ¿Que se sentaba con los ojos cerrados y escuchaba la música de Schubert mientras mentalmente calentaba su amor por mí, su *sustancia innoble*, para convertirla en algo más elevado, más espiritual? Era una tontería, peor que una tontería. Eso no me hacía amarle, al contrario, me distanciaba de él.

Decía que Schubert le había enseñado a sublimar el amor. Hasta que me conoció no había entendido el motivo de que a los movimientos musicales se les llame movimientos. «Movimiento en la inmovilidad, inmovilidad en el movimiento.» Esa fue otra frase que me dejó perpleja. ¿Qué quería decir, y por qué me escribía tales cosas?

Tiene usted buena memoria.

Sí, no tengo ningún problema con la memoria. Mi cuerpo es otra historia. Sufro artritis de las caderas, por eso uso un bastón. Lo llaman la maldición de la bailarina. Y el dolor... ¡no se creería lo que llega a doler! Pero recuerdo muy bien Sudáfrica. Recuerdo el piso que teníamos en Wynberg, al que acudió el señor Coetzee a tomar el té. Recuerdo la montaña, Table Mountain. El piso estaba al pie de la montaña, así que no nos llegaba el sol por la tarde. Detestaba Wynberg. Lo detesté todo el tiempo que pasé allí, primero cuando mi marido estaba en el hospital y después de que muriese. Era muy solitario para mí, no puedo decirle hasta qué punto era solitario. Peor que Luanda, debido a la soledad. Si su señor Coetzee nos hubiera ofrecido su amistad, no habría sido tan dura con él, tan fría. Pero no me interesaba el amor, aún estaba demasiado unida a mi marido, aún le lloraba. Y aquel señor Coetzee no era más que un muchacho. Yo era una mujer y él un jovencito. Era un muchacho a la manera en que un sacerdote siempre es un muchacho hasta que un día, de repente, se convierte en un viejo. ¡La sublimación del amor! Tal vez yo podría haberle enseñado, pero él no me interesaba. Lo único que quería era que no le pusiera las manos encima a Maria Regina.

Dice usted que si le hubiera ofrecido su amistad habría sido diferente.
¿En qué clase de amistad pensaba?

¿Qué clase de amistad? Durante mucho tiempo después de que se produjera el desastre, el desastre del que le hablé, tuve que librar una lucha con la burocracia, primero por la indemnización y luego por los papeles de Joana... Esta nació antes de que nos casáramos, de modo que legalmente no era la hija de mi marido, ni siquiera era su hijastra, no voy a aburrirle con los detalles. Ya sé que en todos los países la burocracia es un laberinto, no estoy diciendo que Sudáfrica sea el peor del mundo, pero me pasaba días enteros haciendo cola para que me sellaran un papel... un sello para esto, un sello para aquello... y siempre, *siempre* era la oficina errónea o el departamento erróneo o la línea errónea.

Si hubiéramos sido portuguesas habría sido diferente. En aquel entonces muchos portugueses llegaban a Sudáfrica, procedentes de Mozambique, Angola e incluso Madeira, y había organizaciones que les ayudaban. Pero nosotras éramos de Brasil, y no existían regulaciones para los brasileños, no había precedentes, para los burócratas era como si hubiéramos llegado a su país desde Marte.

Y estaba el problema de mi marido. No puede firmar esto, tiene que venir su marido. Mi marido no puede venir, está en el hospital. Entonces llévele el documento al hospital, que lo firme y nos lo trae de nuevo. Mi marido no puede firmar nada, está en Stikland, ¿no conocen Stikland? Pues que ponga una marca, replicaban. No puede poner una marca, a veces ni siquiera puede respirar, decía yo. Entonces no podemos ayudarla: vaya a tal oficina y cuénteles su caso... tal vez puedan ayudarla allí.

Y todas estas súplicas y peticiones tenía que hacerlas sola, sin ayuda, con mi mal inglés que había aprendido en la escuela, en los libros de texto. En Brasil habría sido fácil, en Brasil tenemos esas personas a las que llamamos *despachantes*, gestores, que se ocupan de los trámites: tienen contactos con las oficinas del gobierno, saben cómo dirigir tus papeles a través del laberinto, les pagas una tarifa y te resuelven el asunto desagradable en un santiamén. Eso era lo que yo necesitaba en Ciudad del Cabo: un *despachante*, alguien que me facilitara las cosas. El señor Coetzee podría haberse ofrecido para realizar esa tarea, para ocuparse de mis gestiones y proteger a mis hijas. Entonces, aunque solo fuese por un minuto, por un día, se me permitiría ser débil, una mujer corriente y débil. Pero no, no me atrevía a relajarme, pues ¿qué habría sido de nosotras, mis hijas y yo?

A veces caminaba cansinamente por las calles de aquella fea y ventosa ciudad, de una oficina del gobierno a otra, emitiendo unos gemidos tan bajos que los transeúntes a mi alrededor no los oían. Estaba acongojada. Era como un animal acosado.

Permítame que le hable de mi pobre marido. Después del ataque, cuando abrieron el almacén por la mañana y lo encontraron tendido en el charco de su sangre, dieron por seguro que estaba muerto. Querían llevarlo directamente al depósito de cadáveres. Pero no estaba muerto. Era un hombre fuerte, luchó contra la muerte y la mantuvo a raya. En el hospital de la ciudad, he olvidado su nombre, el famoso, le hicieron una operación de cerebro tras otra. Entonces lo trasladaron desde ahí al hospital que he mencionado, el que llaman Stikland, que estaba en las afueras de la ciudad, a una hora de tren. El domingo era el único día que se nos permitía visitar a mi marido. Esa es otra cosa que recuerdo como si fuese ayer: esos tristes viajes de ida y vuelta.

Mi marido no presentaba ninguna mejora, ningún cambio. Una semana tras otra entrábamos en la sala donde estaba y lo veíamos tendido exactamente en la misma posición que antes, con los ojos cerrados y los brazos a los lados. Le afeitaban la cabeza, y se le veían las marcas de suturas en el cuero cabelludo. Además, durante largo tiempo tuvo la cara cubierta por una máscara de alambre, pues le habían hecho un injerto de piel.

Durante toda su estancia en Stikland mi marido nunca abrió los ojos, nunca me vio ni me oyó. Estaba vivo, respiraba, pero se hallaba sumido en un coma tan profundo que era como si estuviese muerto. Puede que formalmente no fuese todavía viuda, pero, por lo que a mí respectaba, ya estaba de luto, por él y por nosotras, desamparadas e indefensas en aquella tierra cruel.

Pedí que lo llevaran al piso de Wynberg, para que pudiera cuidar de él, pero se negaron. Me dijeron que aún no habían perdido las esperanzas. Confiaban en que las corrientes que hacían pasar por su cerebro surtieran efecto de improviso.

Así que aquellos médicos lo retuvieron en Stikland, para someterlo a sus ocurrencias. Por lo demás, aquel forastero, un hombre de Marte que debería haber muerto pero seguía vivo, no les importaba nada.

Me prometí que, cuando terminaran de aplicarle las corrientes eléctricas, me lo llevaría a casa. Entonces podría morir como es debido, si eso era lo que quería. Porque, aunque él estaba inconsciente, yo sabía en lo más profundo de mi ser que experimentaba la humillación de lo que le estaba ocurriendo. Y si podía morir como es debido, en paz, también nosotras, yo y mis hijas, nos sentiríamos liberadas. Entonces podríamos escupir en aquella atroz tierra de Sudáfrica y marcharnos. Pero ellos no permitieron que saliera de allí, hasta el final.

Un domingo tras otro me sentaba al lado de su cama. «Nunca más una mujer mirará con amor este rostro mutilado –me decía–, dejad que por lo menos yo lo mire sin vacilación.»

Recuerdo que en la cama vecina (había doce camas como mínimo en una sala donde no debería haber más de seis), yacía un anciano tan delgado, tan cadavérico que los huesos de las muñecas y la punta de la nariz parecían a punto de atravesarle la piel. Aunque nadie le visitaba, siempre estaba despierto cuando yo llegaba. Volvía hacia mí sus ojos azules y húmedos. «Ayúdeme, por favor –parecía decir–. ¡Ayúdeme a morir!» Pero yo no podía ayudarle.

Gracias a Dios, Maria Regina nunca fue allí. Un hospital psiquiátrico no es lugar para los niños. El primer domingo le pedí a Joana que me acompañara y me ayudase a orientarme, porque no estaba familiarizada con la red de trenes. Incluso

Joana salió de allí trastornada, no solo por el espectáculo de su padre sino también por las cosas que había visto en aquel hospital, unas cosas que ninguna chica debería presenciar.

¿Por qué ha de estar aquí?, le pregunté al médico, el que me había hablado de la posibilidad de que sus manejos surtieran efecto. No está loco… ¿por qué ha de permanecer entre locos? Porque tenemos las instalaciones apropiadas para tratar esta clase de caso, respondió el médico. Tenemos el equipo. Debería haberle pregunto a qué equipo se refería, pero estaba demasiado irritada. Más adelante lo descubrí. Se refería a un equipo, sí, un equipo que provocaba convulsiones a mi marido, con la esperanza de que eso *surtiera efecto* y lo devolviera a la vida.

Le juro que, si me hubiera visto obligada a pasar todo un domingo en aquella sala atestada, yo misma me habría vuelto loca. Hacía pausas y deambulaba por los jardines del hospital. Tenía un banco favorito, bajo un árbol, en un rincón apartado. Un día, cuando llegué a mi banco, había una mujer allí sentada, con su bebé al lado. En la mayor parte de los lugares, los jardines públicos, los andenes de las estaciones, etcétera, los bancos estaban marcados: «Blancos» o «No blancos»; sin embargo, aquel no lo estaba. Le dije a la mujer «Qué criatura tan linda» o algo por el estilo, con la intención de ser amigable. Ella me miró con una expresión asustada. «Dankie, mies», susurró, que significa «Gracias, señorita», tomó su bebé en brazos y se marchó.

«No soy una de ellos», quise gritarle. Pero, naturalmente, no lo hice.

Deseaba que el tiempo pasara y que no lo hiciera. Deseaba estar junto a Mario y deseaba estar lejos, libre de él. Al comienzo me llevaba un libro, con la esperanza de sentarme a su lado y leerlo. Pero no podía leer en aquel lugar, no podía concentrarme. Pensaba para mis adentros: «Debería hacer punto, debería tejer colchas enteras mientras espero que pasen estas horas pesadas, interminables».

De joven, en Brasil, nunca tenía tiempo suficiente para todo lo que quería hacer. Ahora el tiempo era mi peor enemigo, un tiempo que no pasaba. ¡Cómo anhelaba poner fin a todo, a esta vida, esta muerte, esta muerte en vida! ¡Qué fatal error cometimos al embarcar hacia Sudáfrica!

Bien, esta es la historia de Mario.

¿Murió en el hospital?

Murió allí. Podría haber vivido más, pues tenía una constitución fuerte, era como un toro. Sin embargo, cuando vieron que sus ocurrencias no surtirían efecto, dejaron de prestarle atención. Tal vez dejaron también de alimentarlo, no puedo estar segura, porque a mí siempre me parecía igual, no estaba más delgado. Pero, a decir verdad, no me importó, queríamos liberarnos, todos nosotros, él, yo y también los médicos.

Le enterramos en un cementerio no lejos del hospital, he olvidado su nombre, así que su tumba está en África. Nunca he vuelto, pero a veces pienso en él, allí tendido, completamente solo.

¿Qué hora es? Me siento tan cansada, tan triste… Siempre me deprime que me recuerden aquella época.

¿Lo dejamos por hoy?

No, podemos continuar. No hay mucho más que decir. Permítame que le hable de mis clases de danza, porque fue ahí donde me buscó su señor Coetzee. Tal vez entonces pueda usted responderme a una pregunta, y habremos terminado.

En aquel entonces no podía encontrar un trabajo adecuado. No había oportunidades profesionales para una persona como yo, procedente del *balet folklorico*. En Sudáfrica las compañías solo programaban *El lago de los cisnes* y *Gisèle*, para demostrar lo europeas que eran. Por eso acepté el trabajo del que le he hablado, en un estudio de danza, donde enseñaba danza latinoamericana. La mayor parte de mis estudiantes eran de color, como los llamaban. De día trabajaban en tiendas u oficinas, y por la noche venían al estudio para aprender los bailes

latinos más recientes. Me gustaban. Eran simpáticos, amisto-
sos, amables. Se hacían ilusiones románticas acerca de Latinoamérica, de Brasil sobre todo. Creían que en Brasil la gente como ellos se sentiría a sus anchas. Yo no les decía nada que
los desanimara.

Cada mes se matriculaba alguien nuevo. Ese era el sistema
del estudio. No se rechazaba a nadie. Mientras un alumno pa-
gara, yo tenía que enseñarle. Un día, cuando fui al encuentro
de mi nueva clase, allí estaba él entre mis alumnos, y su nombre figuraba en la lista: «Coetzee, John».

Bien, no puedo decirle lo molesta que me sentí. Una cosa
es que, si eres una bailarina que actúa en público, te persigan
los admiradores, a eso estaba acostumbrada, pero aquello era
muy diferente. Ya no actuaba, ahora no era más que una profesora de baile, y tenía derecho a que no me acosaran.

No le saludé. Quería que se diera cuenta enseguida de que
no era bienvenido. ¿Qué se creía, que si bailaba delante de mí
se fundiría el hielo de mi corazón? ¡Qué absurdo! Y tanto más
absurdo teniendo en cuenta que él carecía de sentido del ritmo, no tenía aptitudes. Lo vi desde el primer momento, por
su manera de andar. No estaba a gusto dentro de su cuerpo.
Se movía como si este fuese un caballo, un caballo al que no le
gustaba su jinete y le oponía resistencia. Solo en Sudáfrica conocí hombres así, rígidos, intratables, a los que no puedes enseñar. ¿Por qué habían ido a África, me preguntaba, África,
que es la cuna de la danza? Habrían hecho mejor quedándose
en Holanda, sentados en sus contadurías detrás de los diques,
contando dinero con sus fríos dedos.

Impartí la clase porque para eso me pagaban, y entonces,
finalizada la hora, abandoné el edificio por la puerta trasera.
No quería hablar con el señor Coetzee. Confiaba en que no
volviera.

Sin embargo, a la noche siguiente allí estaba de nuevo entre
mis alumnos, siguiendo tenazmente las instrucciones, reali-
zando los pasos para los que no estaba dotado. Me di cuenta
de que no era popular entre los demás alumnos. Trataban de

evitarle como pareja. En cuanto a mí, su presencia en la sala me privaba por completo del placer de enseñar. Procuraba hacerle caso omiso, pero él no lo permitía, mirándome, devorando mi vida.

Al final de la clase le pedí que se quedara un momento.

—Basta ya, por favor —le dije.

Él me miró sin protestar, mudo. Notaba el olor de su sudor frío. Sentí el impulso de golpearle, de cruzarle la cara.

—¡Basta ya! —exclamé—. Deja de seguirme. No quiero verte más aquí. Y deja de mirarme de esa manera. Deja de obligarme a humillarte.

Podría haberle dicho más cosas, pero temía perder el dominio de mí misma y ponerme a gritar.

Luego hablé con el dueño del estudio, el señor Anderson. En mi clase hay un alumno que está impidiendo avanzar a los demás, le dije. Por favor, devuélvale su dinero y dígale que se marche. Pero el señor Anderson no quiso hacerlo. Si hay un alumno que crea dificultades a la clase, es usted quien tiene que solucionarlo, replicó. Ese hombre no está haciendo nada malo, le dije, simplemente es una mala presencia. No se puede echar a un alumno porque tiene mala presencia, dijo el señor Anderson. Encuentre otra solución.

Después de la clase siguiente le llamé. No había ningún lugar privado adonde ir, y tuve que hablarle en el corredor, con la gente pasando por nuestro lado continuamente.

—Este es mi trabajo, y lo estás obstaculizando —le dije—. Vete de aquí. Déjame en paz.

Él no dijo nada, pero extendió una mano y me tocó la mejilla. Esa fue la primera y única vez que me tocó. Yo estaba hirviendo de cólera. Le aparté la mano de un manotazo.

—¡Esto no es un juego amoroso! —le dije entre dientes—. ¿No ves que te detesto? ¡Déjame en paz y deja a mi hija en paz, o te denunciaré a la escuela!

Era cierto: si no hubiera estado llenando la cabeza de mi hija con peligrosas tonterías, nunca le habría invitado a nuestro piso, y la lamentable persecución a que me sometía nunca habría empezado. En cualquier caso, ¿qué hacía un hombre hecho y derecho en una escuela de niñas, Saint Bonaventure, era una escuela de monjas, solo que allí no había ninguna monja?

Y también era cierto que le detestaba. No temía decirlo. Él me obligaba a detestarlo.

Cuando pronuncié esas palabras, «Te detesto», él se quedó mirándome con expresión de asombro, como si no pudiera dar crédito a sus oídos, no pudiera creer que la mujer a la que se ofrecía le rechazara. No me causó placer alguno ver semejante asombro, semejante impotencia. Ni siquiera me gustaba verle en la pista de baile. Era como si estuviera desnudo: un hombre que no sabía bailar, bailando desnudo. Quería gritarle. Quería golpearle. Quería llorar.

[Silencio.]

Esta no es la historia que quería usted escuchar, ¿verdad? Quería un tipo de historia distinta para su libro. Quería escuchar el romance entre su héroe y la bella bailarina extranjera. Pues bien, no le doy ningún romance, le doy la verdad. Tal vez una verdad excesiva. Tal vez tanta verdad que no habrá lugar para que encaje en su libro. No lo sé. No me importa.

Prosiga. No negaré que la imagen de Coetzee que se desprende de su historia no es muy digna que digamos, pero le prometo que no voy a cambiar nada.

No es muy digna, dice usted. Bueno, a eso se arriesga uno cuando se enamora. Se arriesga a perder la dignidad.

[Silencio.]

En cualquier caso, hablé de nuevo con el señor Anderson. O este hombre deja de asistir a mi clase o presento la dimisión, le dije. Veré qué puedo hacer, me respondió el señor Anderson. Todos tenemos que vérnoslas con alumnos difíciles, no es usted la única. Él no es difícil, respondí, está loco.

¿Estaba loco? No lo sé. Pero ciertamente tenía una *idée fixe* acerca de mí.

Al día siguiente fui a la escuela de mi hija, como le había advertido a él que haría, y solicité una entrevista con la directora. Me dijeron que estaba ocupada. Respondí que esperaría. Esperé durante una hora en la secretaría. Ni una palabra amable. Ni un «¿Desea tomar una taza de té, señora Nascimento?». Entonces, por fin, cuando quedó bien claro que no estaba dispuesta a marcharme, capitularon y me permitieron ver a la directora.

—He venido para hablarle de las clases de refuerzo de inglés de mi hija —le dije—. Me gustaría que mi hija siga recibiéndolas, pero quiero que las imparta un profesor de inglés como es debido, que posea las credenciales apropiadas. Si he de pagar más, lo haré

La directora sacó una carpeta de un archivador.

—Según el señor Coetzee, Maria Regina está haciendo notables progresos en inglés —me dijo—. Así lo confirman sus demás profesores. ¿Cuál es exactamente el problema?

—No puedo decirle cuál es el problema —respondí—. Solo quiero que tenga otro profesor.

Aquella directora no era tonta. Cuando le dije que no podía decirle cuál era el problema, supo de inmediato cuál era el problema.

—Si entiendo lo que está diciendo, señora Nascimento, la queja que plantea es muy seria. Pero no puedo basarme en ella para actuar en consecuencia a menos que esté dispuesta a ser más concreta. ¿Se está quejando de acciones del señor Coetzee que involucran a su hija? ¿Me está diciendo que ha habido algo indecoroso en su conducta?

Ella no era tonta, pero yo tampoco lo soy. «Indecoroso»: ¿qué significa eso? ¿Quería presentar una acusación contra el señor Coetzee, firmarla con mi nombre y entonces encontrarme ante un tribunal interrogada por un juez? No.

—No estoy presentando una demanda contra el señor Coetzee —le dije—. Tan solo le pido que, si hay una profesora de inglés como es debido, sea ella quien enseñe a Maria Regina.

Eso no le gustó a la directora. Sacudió la cabeza.

—No es posible tal cosa —replicó—. El señor Coetzee es el único profesor, el único miembro de nuestro personal, que da clases de refuerzo de inglés. No hay ninguna otra clase a la que Maria Regina pueda trasladarse, señora Nascimento. No podemos permitirnos el lujo de ofrecer a nuestras alumnas una gama de profesores entre los que elegir. Y además, con todos mis respetos, ¿puedo pedirle que reflexione en si se encuentra usted en la mejor posición para juzgar la competencia como profesor del señor Coetzee, si es que tan solo estamos hablando del nivel de su enseñanza?

Sé que es usted inglés, señor Vincent, por lo que le pido que no se lo tome personalmente, pero existen ciertos modales ingleses que me enfurecen, que enfurecen a mucha gente, en los que el insulto está revestido de bonitas palabras, como el azúcar en una píldora. «Sudaca»: ¿Cree usted que no conozco esa palabra, señor Vincent? «¡Sudaca de lengua portuguesa! —me estaba diciendo—, ¿cómo te atreves a venir aquí y criticar mi escuela? ¡Vuelve a los barrios pobres de los que has venido!»

—Soy la madre de Maria Regina —le dije—. Solo yo diré lo que es bueno para mi hija y lo que no lo es. No he venido a crearles problemas, ni a usted ni al señor Coetzee ni a nadie, pero le digo que Maria Regina no va a seguir en la clase de ese hombre, esa es mi decisión, y es definitiva. Pago para que mi hija asista a una buena escuela, una escuela para chicas, y no quiero que esté en una clase donde el profesor no es un profesor apropiado, no está cualificado, ni siquiera es inglés, es un bóer.

Tal vez no debería haber empleado esa palabra, pues era como «sudaca», pero ella me había provocado. «Bóer»: en el pequeño despacho de la directora cayó como una bomba. Una palabra bomba, pero no tan mala como «loco». Si hubiera dicho que el profesor de Regina, con sus poemas incomprensibles y su cháchara, aquello de que los alumnos tenían que arder con una luz más intensa, estaba loco, entonces se podría haber producido una verdadera explosión en el despacho.

El rostro de la mujer se puso rígido.

—Decidir quién está cualificado o no para enseñar en esta escuela es algo que nos compete a mí y al comité escolar, señora Nascimento. A mi juicio y al de los miembros del comité, el señor Coetzee, que tiene titulación universitaria en lengua y literatura inglesas, está adecuadamente cualificado para el trabajo que desempeña. Si lo desea, puede retirar a su hija de esa clase, incluso puede retirarla de la escuela, está en su derecho. Pero tenga en cuenta que, al final, su hija será la perjudicada.

—La retiraré de la clase de ese hombre, pero no de la escuela —repliqué—. Quiero que tenga una buena educación. Yo misma le buscaré un profesor de inglés. Gracias por haberme recibido. Cree usted que soy una pobre refugiada que no entiende nada, pero se equivoca. Si le contara mi historia vería lo equivocada que está. Adiós.

Refugiada. Seguían llamándome refugiada en aquel país suyo, cuando lo único que deseaba era huir de allí.

Al día siguiente, cuando Maria Regina volvió de la escuela, estalló sobre mi cabeza una verdadera tormenta.

—¿Cómo has podido hacer eso, *mãe*? —me gritó—. ¿Cómo has podido hacerlo a mis espaldas? ¿Por qué has de inmiscuirte siempre en mi vida?

Durante semanas y meses, desde que el señor Coetzee hiciera su aparición, las relaciones de Maria Regina conmigo habían sido tensas, pero nunca mi hija me había hablado de esa manera. Traté de calmarla. Le dije que nosotras no éramos como las demás familias. Las otras chicas no tenían un padre en el hospital y una madre que debía humillarse para ganar algún dinero a fin de que una hija que jamás levanta un dedo en casa ni da las gracias, pueda recibir clases de refuerzo de esto y clases de refuerzo de aquello.

No era cierto, desde luego. No podría haber deseado unas hijas mejores que Joana y Maria Regina, chicas serias y muy trabajadoras. Pero a veces es necesario ser un poco severa, incluso con las personas a las que amamos.

Maria Regina estaba tan furiosa que no oyó nada de lo que le decía.

—¡Te odio! —me gritó—. ¡Crees que no sé por qué haces esto! ¡Es porque estás celosa, porque no quieres que vea al señor Coetzee, porque lo quieres para ti!

—¿Celosa yo de ti? ¡Qué tontería! ¿Para qué querría yo a ese hombre, que ni siquiera es un hombre verdadero? ¡Sí, digo que no es un hombre verdadero! ¿Qué sabe de los hombres una chiquilla como tú? ¿Por qué crees que ese hombre quiere estar entre jovencitas? ¿Por qué crees que alimenta tus sueños, tus fantasías? A los hombres como él no se les debería permitir aproximarse a una escuela. Y tú… deberías estarme agradecida porque te salvo. ¡Pero en cambio me gritas insultos y me lanzas acusaciones, a mí, a tu madre!

Vi que movía los labios sin emitir sonido alguno, como si no hubiese palabras lo bastante amargas para expresar lo que tenía en el corazón. Entonces dio media vuelta y salió corriendo de la estancia. Al cabo de un momento volvió, agitando las cartas que aquel hombre, aquel profesor suyo, me había enviado y que yo había guardado en un cajón del escritorio por ninguna razón en especial, puesto que en modo alguno las consideraba un tesoro.

—¡Te escribe cartas de amor! —exclamó—. ¡Y tú se las escribes también! ¡Es repugnante! Si no es un hombre normal, ¿por qué le escribes cartas de amor?

Por supuesto, lo que decía no era cierto. No le había escrito ninguna carta de amor, ni una sola. Pero ¿cómo podía hacérselo creer a la pobre chica?

—¿Cómo te atreves? —le grité—. ¿Cómo te atreves a fisgar en mis papeles personales?

¡Cuánto deseé, en aquel momento, haber quemado sus cartas, unas cartas que nunca le pedí!

Ahora Maria Regina estaba llorando.

—Ojalá nunca te hubiera escuchado —dijo entre sollozos—. Ojalá nunca te hubiera permitido que le invitaras a venir aquí. Lo estropeas todo.

—¡Pobre hija mía! —exclamé, y la tomé en mis brazos—. Jamás le he escrito cartas al señor Coetzee, debes creerme. Sí, él me las ha escrito, no sé por qué, pero nunca le he contestado. No me interesa en ese sentido, ni lo más mínimo. No dejes que se interponga entre nosotras, cariño. Tan solo trato de protegerte. No es apropiado para ti. Es un hombre hecho y derecho, y tú eres todavía una niña. Te buscaré otro profesor. Te buscaré un profesor particular que venga a casa y te ayude. Nos las arreglaremos. Un profesor no es caro. Buscaremos a alguien que esté cualificado como es debido y sepa cómo prepararte para los exámenes. Entonces podremos olvidarnos de este desdichado asunto.

De modo que esta es la historia, la historia completa, de sus cartas y de los trastornos que causaron.

¿No hubo más cartas?

Hubo una más, pero no la abrí. Anoté en el sobre «DEVOLVER AL REMITENTE» y la dejé en el vestíbulo de la escalera para que el cartero se la llevara.

—¿Lo ves? —le dije a Maria Regina—. ¿Ves lo que pienso de sus cartas?

¿Y qué pasó con las clases de danza?

Él dejó de venir. El señor Anderson habló con él, y dejó de venir. Tal vez incluso le devolvió su dinero, no lo sé.

¿Le buscó otro profesor a Maria Regina?

Sí, le encontré una profesora jubilada. Me costó dinero, pero ¿qué es el dinero cuando está en juego el futuro de tu hija?

Entonces, ¿ese fue el fin de sus relaciones con John Coetzee?

Sí, definitivamente.

¿Nunca volvió a verle, nunca tuvo noticias suyas?

Nunca volví a verle, y tomé medidas para que Maria no volviera a verle. Puede que estuviera lleno de tonterías románticas, pero era demasiado holandés para ser temerario. Cuando comprendió que yo iba en serio, que no estaba dispuesta a jugueteos amorosos con él, dejó de buscarme. Nos dejó en paz. Su gran pasión resultó no ser tan grande después de todo. O tal vez encontró a alguien más de quien enamorarse.

Puede que sí y puede que no. Tal vez la conservó a usted viva en su corazón. O la idea de usted.

¿Por qué dice eso?

[Silencio.]

Bien, quizá fue así. Es usted quien lo ha estudiado y quien lo sabrá mejor. A ciertas personas no les importa de quién están enamoradas mientras lo estén. Tal vez él era una de esas personas.

[Silencio.]

Mirando hacia atrás, ¿cómo ve usted el episodio en su conjunto? ¿Todavía se siente enojada con él?

¿Enojada? No. Comprendo que un joven solitario y excéntrico, como el señor Coetzee, que se pasaba los días leyendo a filósofos antiguos y componiendo poemas, se enamorase de Maria Regina, que era una auténtica belleza y rompería muchos corazones. No es tan fácil ver lo que Maria Regina veía en él. Claro que era joven e impresionable, y él la halagaba, le hacía creer que era diferente de las demás chicas y que tenía un gran futuro.

Entonces, cuando lo trajo a casa y él se fijó en mí, comprendo que cambiase de idea y decidiera convertirme a mí en su verdadero amor. No digo que fuese una gran belleza y, desde luego, ya no era joven, pero Maria Regina y yo éramos del mismo tipo: la misma osamenta, el mismo cabello, los mismos ojos oscuros. Y resulta más práctico, ¿no es cierto?, amar a una mujer que a una niña. Más práctico, menos peligroso.

¿Qué quería de mí, de una mujer que no le correspondía y no le daba aliento? ¿Confiaba en acostarse conmigo? ¿Qué placer puede experimentar un hombre acostándose con una mujer que no le quiere? Porque, de veras, yo no quería a aquel hombre, no sentía absolutamente nada por él. Y de todos modos, ¿cuál habría sido la situación si me hubiera enredado con el profesor de mi hija? ¿Podría haberlo mantenido en secreto? Desde luego, no podría habérselo ocultado a Maria Regina. Me habría deshonrado ante mis hijas. Incluso cuando hubiera estado a solas con él habría pensado: «No es a mí a quien desea, es a Maria Regina, que es joven y bella pero inalcanzable para él».

Claro que, tal vez, en realidad nos quería a las dos, a Maria Regina y a mí, a la madre y a la hija… tal vez esa fuese su fantasía, no puedo decirlo, no puedo entrar en su mente.

Recuerdo que en mi época de estudiante, el existencialismo estaba de moda, todos teníamos que ser existencialistas. Mas para que te aceptaran como existencialista primero tenías que demostrar que eras un libertino, un extremista. «¡No te pliegues a ninguna limitación! ¡Sé libre!», eso era lo que nos decían. Pero ¿cómo voy a ser libre, me preguntaba a mí misma, si estoy obedeciendo a alguien que me ordena que sea libre?

Creo que Coetzee era así. Había decidido ser un existencialista, un romántico y un libertino. El problema era que no le salía de dentro y, en consecuencia, no sabía cómo serlo. Libertad, sensualidad, amor erótico… todo ello no era más que una idea en su cabeza, no un impulso instintivo en su cuerpo.

No tenía condiciones para eso. No era una persona sensual. Y, en cualquier caso, yo sospechaba que, en el fondo, le gustaba que una mujer se mostrara fría y distante.

Dice usted que decidió no leer su última carta. ¿Ha lamentado alguna vez esa decisión?

¿Por qué? ¿Por qué habría de lamentarla?

Porque Coetzee era escritor, sabía utilizar las palabras. ¿Y si la carta que usted no leyó contenía palabras que le hubieran conmovido o incluso hubiesen cambiado sus sentimientos hacia él?

Mire, señor Vincent, para usted John Coetzee es un gran escritor y un héroe, eso lo acepto, ¿por qué si no estaría aquí, por qué si no escribiría este libro? Para mí, en cambio, y perdóneme que diga esto, pero está muerto, por lo que no puedo herir sus sentimientos, para mí no es nada. No es nada y no fue nada, tan solo una irritación, algo embarazoso. No era nada y sus palabras no eran nada. Comprendo que se enfade porque hago que parezca un necio. Sin embargo, para mí realmente era un necio.

En cuanto a sus cartas, escribirle cartas a una mujer no demuestra que la ames. Ese hombre no estaba enamorado de mí, sino de alguna idea que se había formado de mí, alguna fantasía de una amante latina que había concebido en su mente. Ojalá, en vez de mí, se hubiera enamorado de otra escritora, otra fantaseadora. Entonces los dos habrían sido felices, haciendo el amor todo el día a la idea que cada uno tenía del otro.

Cree usted que soy cruel cuando hablo así, pero no lo soy, tan solo soy una persona práctica. Cuando el profesor de lengua de mi hija, un completo desconocido, me envía cartas llenas de sus ideas sobre esto y sus ideas sobre lo otro, sobre música, química, filosofía, los ángeles, los dioses y no sé cuántas cosas más, una página tras otra, y también poemas, no lo leo todo y lo memorizo para las generaciones futuras, lo único que quiero saber es una cosa sencilla, práctica, a saber, «¿Qué está pasando entre este hombre y mi hija, que es solo una niña?». Porque, perdóneme por decir esto, por debajo de las bonitas palabras, lo que un hombre quiere de una mujer suele ser muy básico y muy simple.

¿Dice usted que también había poemas?

No los comprendía. A Maria Regina era a quien le gustaba la poesía.

¿Recuerda algo de esos poemas?

Eran muy modernistas, muy intelectuales, muy oscuros. Por eso le digo que todo aquello era un gran error. Creía que yo era la clase de mujer con la que yaces en la cama a oscuras, hablando de poesía, pero no era así en absoluto. Era una esposa y una madre, la mujer de un hombre encerrado en un hospital que lo mismo podría haber sido una cárcel o un cementerio y la madre de dos hijas a las que de alguna manera había mantenido a salvo en un mundo en el que cuando alguien quiere robarte el dinero se trae un hacha. No tenía tiempo para apiadarme de aquel joven ignorante que se arrojaba a mis pies y se humillaba ante mí. Y, francamente, si hubiera querido un hombre, no habría sido un hombre como él.

Porque, permítame asegurarle… le estoy retrasando, discúlpeme… yo no carecía de sentimientos, en absoluto. No se marche con una falsa impresión de mí. No era insensible al mundo. Por las mañanas, cuando Joana estaba trabajando y Maria Regina se encontraba en la escuela, cuando el sol iluminaba nuestro pisito, que normalmente estaba tan oscuro y lúgubre, a veces me ponía bajo el sol junto a la ventana abierta, escuchando a los pájaros y sintiendo el calor en la cara y el pecho, y en esas ocasiones ansiaba ser una mujer de nuevo. No era demasiado mayor, solo estaba esperando. En fin. Basta. Gracias por haberme escuchado.

La vez anterior dijo que quería hacerme una pregunta.

Sí, me olvidaba, tengo una pregunta. Es la siguiente. Normalmente no me equivoco al juzgar a la gente, así que dígame: ¿es erróneo mi juicio sobre John Coetzee? Porque para mí, francamente, no era nadie. No era un hombre bien aposentado. Tal vez escribía bien, tal vez tenía cierto talento narrativo, no lo sé, nunca he leído sus libros, nunca he sentido la curiosidad de leerlos. Sé que más tarde se labró una notable reputación, pero ¿era realmente un gran escritor? Porque, a mi modo de ver, tener talento narrativo no basta si uno quiere ser un gran escritor. También tienes que ser un gran hombre, y él no lo era. Era un hombre pequeño, un hombrecillo sin importancia. No puedo darle una lista de las razones, A, B, C, D…, por las que digo esto, pero tal fue mi impresión desde el principio, desde que le vi por primera vez, y nada de lo sucedido después ha cambiado esa impresión. Por eso se lo pregunto a usted, que le ha estudiado a fondo y está escribiendo un libro sobre él. Dígame: ¿qué opinión tiene de él?

¿Qué opinión tengo de él como escritor o como ser humano?

Como ser humano.

No puedo decírselo. Soy reacio a juzgar a nadie sin haberlo conocido personalmente. Pero creo que, cuando la conoció a usted, Coetzee era un solitario, lo era de un modo antinatural. Tal vez eso explique ciertas… ¿cómo diría?, ciertas extravagancias de su conducta.

¿Cómo sabe eso?

Por lo que ha dejado escrito, por sumar dos y dos. Era un tanto solitario y estaba un tanto desesperado.

Sí, pero todos estamos un tanto desesperados, así es la vida. Si uno es lo bastante fuerte, supera la desesperación. Por eso le pregunto: ¿cómo puedes ser un gran escritor si no eres más que un hombrecillo normal y corriente? Sin duda debe de haber cierta llama en tu interior que te distinga de la gente de la calle. Quizá en sus libros, si uno los lee, pueda ver esa llama. Por mi parte, en todas las ocasiones que estuve con él jamás percibí ningún fuego. Por el contrario, me parecía... ¿cómo expresarlo?... tibio.

Hasta cierto punto coincido con usted. Fuego no es la primera palabra que se le ocurre a uno cuando piensa en sus libros. Pero tenía otras virtudes, otros puntos fuertes. Por ejemplo, yo diría que era juicioso, sabía discernir lo que veía. No se dejaba engañar fácilmente por las apariencias.

Para ser un hombre que no se dejaba engañar por las apariencias, se enamoraba con bastante facilidad, ¿no cree?

[Risa.]

Pero tal vez, al enamorarse, no se dejaba engañar. Tal vez veía cosas que a los demás les pasaban desapercibidas.

¿En la mujer?

Sí, en la mujer.

[Silencio.]

Dice usted que estaba enamorado de mí incluso después de que lo despidiera, incluso después de que me olvidara incluso de su existencia. ¿Es eso lo que usted considera ser juicioso? Porque a mí solo me parece una estupidez.

Creo que estaba emperrado, una palabra muy inglesa. No sé si existe un equivalente en portugués del término, como un bulldog que te aferra con los dientes y no te suelta.

Si usted lo dice, debo creerle. Pero ser como un perro… ¿es eso tan admirable, en inglés?

[Risa.]

¿Sabe? En mi profesión, más que limitarnos a escuchar palabras, nos gusta mirar cómo se mueve la gente, el modo de desenvolverse. Esa es nuestra manera de llegar a la verdad, y no es una mala manera. Puede que su señor Coetzee tenga talento para manejar las palabras, pero, como le he dicho, era incapaz de bailar. Era incapaz de bailar… esa es una de las frases de Sudáfrica que recuerdo, Maria Regina me la enseñó: «Era incapaz de bailar para salvar la vida».

[Risa.]

Pero, en serio, señora Nascimento, debe de haber habido muchos grandes hombres que no fueron buenos bailarines. Si hay que ser un buen bailarín antes de poder ser un gran hombre, entonces ni Gandhi ni Tolstói fueron grandes hombres.

No, no escucha usted lo que estoy diciendo. Le hablo en serio. ¿Conoce la palabra «incorpóreo»? Ese hombre era incorpóreo. Estaba divorciado de su cuerpo. Para él, el cuerpo era como una de esas marionetas de madera que mueves mediante cordeles. Tiras de este cordel y se mueve el brazo izquierdo, tiras de ese y se mueve la pierna derecha. Y el auténtico yo está allá arriba, donde no puedes verlo, como el titiritero que tira de los cordeles.

Y ese hombre viene a mi encuentro, al de la experta en danza. «¡Enséñame a bailar!», me implora. Así que le enseño, le muestro cómo debe moverse para bailar. «Mira —le digo—, primero mueves los pies de este modo y luego de este otro.» Y él me escucha y piensa: «¡Ajá, quiere decir que tire del cordel rojo seguido por el cordel azul!…». «Gira el hombro así», le instruyo, y él deduce: «¡Ajá, quiere decir que tire del cordel verde!».

¡Pero no es así como se baila! ¡De ninguna manera! La danza es encarnación. En la danza no es el titiritero que llevas en la cabeza el que dirige y el cuerpo el que le sigue, sino que es el mismo cuerpo el que dirige, el cuerpo con su alma, formando un todo. ¡Porque el cuerpo sabe! ¡Sabe! Cuando el cuerpo siente el ritmo en su interior, no necesita pensar. Así es como somos si somos humanos. Esa es la razón de que la marioneta de madera no pueda bailar. La madera no tiene alma. La madera no puede sentir el ritmo.

Por eso le pregunto: ¿cómo podía ser ese escritor suyo un gran hombre cuando no era humano? Es un interrogante serio, ya no se trata de una broma. ¿Por qué cree que, como mujer, no podía responderle? ¿Por qué cree que hice cuanto pude por alejar a mi hija de él cuando aún era demasiado joven y carecía de experiencia que la orientase? Porque de semejante hombre no podía salir nada bueno. El amor: ¿cómo puedes ser un gran escritor cuando no sabes nada del amor? ¿Cree usted que puedo ser mujer y no saber en lo más hondo de mi ser qué clase de amante es un hombre? Créame, me estremezco al pensar en cómo debían de ser las relaciones íntimas con un hombre así. No sé si llegó a casarse, pero si lo hizo me estremezco por la mujer que se casó con él.

Sí. Se está haciendo tarde, llevamos mucho tiempo hablando y mi colega y yo debemos ponernos en camino. Gracias, señora Nascimento, por el tiempo que tan amablemente nos ha concedido. Ha sido muy gentil con nosotros. La señora Gross transcribirá nuestra conversación y pulirá la traducción, tras lo cual se la enviaré por si hay algo que quisiera cambiar, añadir o eliminar.

Comprendo. Por supuesto, me ofrece la posibilidad de hacer cambios en mis declaraciones, añadir o eliminar. Pero ¿cuánto puedo cambiar? ¿Puedo cambiar el cartel que pende de mi cuello y dice que fui una de las mujeres de Coetzee? ¿Me permitirá librarme de esa etiqueta? ¿Dejará que la rompa? Creo que no. Porque destruiría su libro, y eso no me lo va a permitir.

Pero seré paciente. Esperaré a ver qué es lo que me envía. Tal vez, ¿quién sabe?, se tomará en serio lo que le he contado. Además, permítame confesarle que siento curiosidad por lo que le han contado las demás mujeres que hubo en la vida de ese hombre, si también a ellas les pareció que aquel amante suyo estaba hecho de madera. Porque, ¿sabe?, creo que ese es el título que debería poner a su libro: *El hombre de madera*.

[*Risa.*]

Pero dígame, otra vez en serio, si ese hombre que no sabía nada de las mujeres escribió alguna vez sobre mujeres o si solo lo hizo sobre hombres tenaces como él. Se lo pregunto porque, como le he dicho, no he leído nada suyo.

Escribió sobre hombres y también sobre mujeres. Por ejemplo, y esto podría interesarle, en un libro titulado Foe, *la heroína naufraga y se pasa un año en una isla ante la costa de Brasil. En la versión definitiva es una inglesa, pero en el primer borrador era* brasileira.

¿Y qué clase de mujer es esa *brasileira* suya?

¿Qué voy a decirle? Tiene muchas buenas cualidades. Es atractiva, una mujer de recursos, tiene una voluntad de acero. Recorre el mundo entero buscando a su hija pequeña, que ha desaparecido. Esa es la sustancia de la novela: la búsqueda de su hija, que se impone a todas sus demás preocupaciones. Me parece una heroína admirable. Si yo fuese el original de semejante personaje, me sentiría orgulloso.

Leeré ese libro y ya veré. ¿Cómo ha dicho que se titula?

Foe, F, O, E. *Se tradujo al portugués, pero a estas alturas probablemente la edición esté descatalogada. Si lo desea, puedo enviarle un ejemplar en inglés.*

Sí, envíemelo. Ha pasado mucho tiempo desde que leí por última vez un libro en inglés, pero me interesa ver en qué me ha convertido ese hombre de madera.

[Risa.]

Entrevista realizada en São Paulo, Brasil,
en diciembre de 2007

MARTIN

En uno de sus últimos cuadernos de notas, Coetzee describe su primer encuentro con usted, un día de 1972, cuando a los dos los entrevistaron para un puesto de trabajo en la universidad de Ciudad del Cabo. La descripción ocupa unas pocas páginas... Se la leeré si lo desea. Imagino que se proponía incluirlo en el tercer libro de memorias, el que nunca vio la luz, después de Infancia *y* Juventud, *en los que se refiere a sí mismo en tercera persona en lugar de primera. He aquí lo que escribe:*

«Ha ido a cortarse el pelo para la entrevista. Se ha arreglado la barba. Se ha puesto chaqueta y corbata. Si aún no es el señor Carroza, por lo menos ya no parece el Hombre Salvaje de Borneo.

»En la sala de estar hay otros dos candidatos al puesto de trabajo. Están juntos, en pie ante la ventana que da al jardín, conversando en voz baja. Parecen conocerse, o por lo menos haber entablado una relación al coincidir aquí».

No recuerda usted quién era esa tercera persona, ¿verdad?

Era de la Universidad de Stellenbosch, pero no recuerdo su nombre.

Coetzee prosigue: «Este es el método británico: echar a los aspirantes al pozo y esperar a ver qué sucede. Él tendrá que acostumbrarse de nuevo a la manera británica de hacer las cosas, con toda su brutalidad. Gran Bretaña es una pequeña y estrecha nave, atestada hasta las bordas. Competencia despiadada. Perros que gruñen y se enseñan los dientes unos a otros, cada uno defendiendo su pequeño territorio. En comparación, la manera norteamericana es decorosa, casi amable. Claro que Estados Unidos es más extenso y hay más espacio para la urbanidad.

»*Puede que El Cabo no sea Gran Bretaña, puede que cada día se separe más de Gran Bretaña, pero lo que queda en la ciudad de la forma de ser británica está firmemente arraigado. Sin esa conexión salvadora, ¿qué sería El Cabo? Un apeadero de importancia secundaria en el camino hacia ninguna parte, un lugar de salvaje trivialidad.*

»*Según la lista fijada en la puerta, él es el segundo que se presentará ante el comité. Cuando llaman al número uno, se levanta sin apresurarse, golpea su pipa, la guarda en lo que debe de ser un estuche para pipas y cruza la puerta. Al cabo de veinte minutos reaparece, el rostro inescrutable.*

»*Es su turno. Entra y le indican un asiento en un extremo de una larga mesa. En el otro extremo están los inquisidores, cinco en total, todos ellos hombres. Como las ventanas están abiertas, como la sala está encima de una calle por la que el tráfico es incesante, ha de esforzarse para oírles, y levantar la voz para que le oigan.*

»*Algunas fintas corteses, y entonces la primera estocada: En caso de que sea elegido, ¿sobre qué autores le gustaría enseñar?*

»*Puedo enseñar sobre la mayoría de los autores conocidos —replica—. No soy un especialista. Me considero una persona de cultura general amplia.*

»*Esa es la menos defendible de todas las respuestas. A un pequeño departamento de una pequeña universidad podría encantarle reclutar a un hombre orquesta, pero del silencio que sigue a sus palabras colige que no ha respondido bien. Ha interpretado la pregunta de un modo demasiado literal. Siempre ha tenido ese defecto: tomarse las preguntas demasiado al pie de la letra, así como responderlas con excesiva brevedad. Esa gente no quiere respuestas breves. Quiere algo más pausado, más expansivo, algo que les permita discernir qué clase de individuo tienen delante, qué clase de joven colega sería, si encajaría en una universidad provinciana que está haciendo cuanto puede por mantener el nivel en tiempos difíciles, por mantener encendida la llama de la civilización.*

»*En Norteamérica, donde se toman en serio la búsqueda de trabajo, las personas como él, que no saben ver cuál es el tema detrás de una pregunta, que no saben hablar con párrafos fluidos, que no se presentan a sí mismos con convicción, en una palabra, las personas con déficit en las habilidades necesarias para el trato con el prójimo, asisten a* sesiones de adiestramiento en las que aprenden a mirar al interrogador a los ojos, sonreír, responder plenamente a las preguntas y hacerlo con toda la apariencia de sinceridad. Presentación del yo: así lo llaman en Norteamérica, sin ironía.

»¿Sobre qué autores preferiría él enseñar? ¿A qué investigación se dedica actualmente? ¿Le gustaría sentirse competente para dar clases de inglés medio? Sus respuestas suenan cada vez más falsas. Lo cierto es que en realidad no quiere conseguir este empleo. No lo quiere porque en el fondo de su ser sabe que no está hecho para ser profesor. Carece del temperamento necesario, carece de fervor.

»Sale de la entrevista con el ánimo por los suelos. Quiere alejarse de este lugar enseguida, sin tardanza. Pero no, primero tiene que rellenar unos formularios y cobrar los gastos del viaje.

»—¿Qué tal te ha ido?

»Quien le habla es el candidato a quien han entrevistado primero, el fumador en pipa».

Se refiere a usted, si no me equivoco.

Sí, pero he abandonado la pipa.

«Él se encoge de hombros.

»—¿Quién sabe? —responde—. No muy bien.

»—¿Vamos a tomar una taza de té?

»Él se queda desconcertado. ¿Acaso no son rivales? ¿Se les permite a los rivales que confraternicen?

»Atardece, el campus está desierto. Se encaminan a la cantina estudiantil para tomar el té. Está cerrada.

»MJ [así le llama a usted] se saca la pipa.

»En fin —dice—. ¿Fumas?

»Qué sorprendente: este MJ, con sus modales desenvueltos y directos, ¡está empezando a gustarle! Su desánimo se desvanece con rapidez. MJ le gusta y, a menos que todo esto sea un ejercicio de presentación de sí mismo, él también parece gustarle a MJ. ¡Y este mutuo agrado ha surgido en un abrir y cerrar de ojos!

»Sin embargo ¿debería sorprenderse? ¿Por qué han seleccionado a los dos (o los tres, si se incluye al sombrío tercero) para entrevistarlos con

*respecto a un puesto de profesor universitario de literatura inglesa si
no es porque son personas del mismo tipo, con una formación similar?
Y porque, con toda evidencia, son sudafricanos, sudafricanos blancos.»*

*Aquí finaliza el fragmento. No está fechado, pero estoy bastante
seguro de que lo escribió en 1999 o 2000. Así que... un par de preguntas al respecto. Primera pregunta: Usted fue el candidato triun-
fante, el que se hizo con el cargo de profesor adjunto, mientras que a
Coetzee no lo tomaron en cuenta. ¿Por qué cree que no lo tomaron en
cuenta? ¿Observó usted cierto resentimiento por su parte?*

En absoluto. Yo estaba dentro del sistema, el sistema universitario colonial tal como era en aquella época, mientras que él
procedía del exterior, ya que había cursado sus estudios universitarios en Norteamérica. Dada la naturaleza de todos los
sistemas, a saber, que se reproducen a sí mismos, yo siempre
tendría ventaja sobre él. Y él lo comprendió así, tanto en la teoría como en la práctica. Desde luego, no me culpó a mí.

*Muy bien. La segunda pregunta: da a entender que ha encontrado en
usted un nuevo amigo, y relaciona los rasgos que los dos tienen en común, pero cuando llega a la circunstancia de que ambos son sudafricanos blancos, se detiene y no escribe más. ¿Tiene alguna idea de por
qué se interrumpió precisamente en ese punto?*

¿Por qué planteó el tema de la identidad blanca sudafricana y
entonces lo abandonó? Puedo ofrecerle dos explicaciones.
Una es que podría haberle parecido un tema demasiado complejo para abordarlo en unas memorias o un diario, demasiado
complejo o arriesgado. La otra es más sencilla: que el relato de
sus aventuras en el mundo académico era demasiado aburrido para continuar.

¿Y por cuál de las explicaciones se inclina usted?

Probablemente la primera, con un añadido de la segunda. John
abandonó Sudáfrica en la década de 1960, regresó en los años

setenta y durante décadas osciló entre Sudáfrica y Estados Unidos, hasta que finalmente se instaló en Australia y murió allí. Yo abandoné Sudáfrica en los años setenta y no volví jamás. En términos generales, él y yo compartíamos una actitud hacia Sudáfrica y nuestra permanencia en ella. Esa actitud, por decirlo en pocas palabras, estribaba en considerar que nuestra presencia en aquel territorio era legal pero ilegítima. Teníamos un derecho abstracto a estar allí, un derecho de nacimiento, pero la base de ese derecho era fraudulenta. Nuestra presencia se cimentaba en un delito, el de la conquista colonial, perpetuado por el *apartheid*. Sea cual fuere lo contrario a «nativo» o «arraigado», así nos sentíamos nosotros. Nos considerábamos transeúntes, residentes temporales, y en ese sentido sin hogar, sin patria. No creo que esté tergiversando la opinión de John. Era algo de lo que hablábamos mucho. Desde luego, no me tergiverso a mí mismo.

¿Quiere decir que se compadecían mutuamente?

Compadecer no es la palabra apropiada. Gozábamos de demasiadas ventajas para pensar que nuestro destino era atroz. Éramos jóvenes (en aquel entonces yo aún era veinteañero, él solo era un poco mayor), contábamos con una educación bastante buena, incluso teníamos modestos bienes materiales. Si nos hubieran sacado de allí y depositado en algún otro lugar del mundo, del civilizado, el Primer Mundo, habríamos prosperado, florecido. (En cuanto al Tercer Mundo no estoy tan seguro. Ni él ni yo éramos Robinson Crusoe.)

Así que no, no consideraba trágico nuestro destino, y estoy seguro de que él tampoco. En todo caso, era cómico. Sus antepasados, a su manera, y los míos a la suya, habían trabajado duramente, una generación tras otra, a fin de despejar una extensión del África salvaje para sus descendientes, y ¿cuál era el fruto de sus esfuerzos? La duda en el corazón de aquellos descendientes sobre su derecho a la tierra; una inquietante sensación de que no les pertenecía a ellos sino, de una manera inalienable, a sus dueños originales.

¿Cree usted que si hubiera seguido con ese fragmento de memorias, si no hubiera dejado de escribir, eso es lo que él habría dicho?

Más o menos. Permítame añadir un comentario más a nuestra postura sobre Sudáfrica: cultivábamos cierta provisionalidad en nuestros sentimientos hacia ella, él tal vez más que yo. Éramos reacios a integrarnos demasiado en el país, puesto que más tarde o más temprano sería preciso cortar nuestros vínculos con él, esa integración quedaría anulada.

¿Y?

Eso es todo. Compartíamos cierta manera de pensar, una manera que atribuyo a nuestros orígenes, coloniales y sudafricanos. De ahí el carácter común de nuestras actitudes.

En ese caso, ¿diría usted que ese hábito que menciona, el de tratar a los sentimientos como provisionales, de no comprometerse emocionalmente, se extendía también, más allá de las relaciones con su país natal, a las relaciones personales?

No lo sé. Usted es el biógrafo. Si cree que merece la pena seguir esa línea de pensamiento, sígala.

¿Podríamos volver a su labor docente? Escribe que no estaba hecho para ser profesor. ¿Está de acuerdo?

Yo diría que uno enseña mejor aquello que mejor conoce y le interesa más. John sabía bastante sobre una variedad de temas, pero no mucho sobre cualquier tema en particular. Considero que eso era un punto desfavorable. En segundo lugar, aunque había escritores por los que sentía un profundo interés, los novelistas rusos del siglo XIX, por ejemplo, esa profundidad no se reflejaba en su enseñanza, no resultaba en modo alguno evidente. Siempre retenía algo. ¿Por qué? No lo sé. Tan solo puedo conjeturar que una reserva muy arraigada en él, que era un rasgo de su carácter, se extendía también a su manera de enseñar.

Entonces, ¿cree usted que dedicó su vida a una profesión para la que no tenía talento?

Eso sería generalizar demasiado. Como académico, John era perfectamente adecuado. Sin embargo, no era un profesor notable. Tal vez si hubiera enseñado sánscrito habría sido diferente, sánscrito o cualquier otro tema en el que las convenciones te permiten ser un poco seco y reservado.

Cierta vez me dijo que se había equivocado de profesión, que debería haber sido bibliotecario. Sin duda es una apreciación que tiene sentido.

No he podido ver ninguna descripción de los cursos impartidos en la década de 1970, pues la Universidad de Ciudad del Cabo no parece archivar esa clase de material, pero entre los papeles de Coetzee he encontrado el anuncio de un curso que usted y él ofrecieron conjuntamente en 1976, para estudiantes externos. ¿Recuerda ese curso?

Sí, lo recuerdo. Fue un curso sobre poesía. En aquel entonces yo trabajaba sobre Hugh McDiarmid, así que aproveché la ocasión para realizar una lectura rigurosa de McDiarmid. John hizo que los estudiantes leyeran poemas de Pablo Neruda traducidos. Yo nunca había leído a Neruda, así que asistí a sus clases.

Una extraña elección, la de Neruda, para una persona como él, ¿no cree?

No, en absoluto. A John le gustaba mucho la poesía exuberante, expansiva: Neruda, Whitman, Stevens. Recuerde que, a su manera, era hijo de los años sesenta.

A su manera... ¿qué quiere decir con eso?

Quiero decir que lo era dentro de los límites de cierta rectitud, cierta racionalidad. Sin ser dionisíaco, aprobaba en principio esa actitud ante la vida. Aprobaba en principio que uno diera rienda suelta a sus impulsos, aunque no creo que él lo hiciera jamás... Probablemente no habría sabido cómo hacerlo. Tenía necesidad de creer en los recursos del inconsciente, en la fuerza creativa de los procesos inconscientes. De ahí su inclinación hacia los poetas que parecen oráculos.

Habrá observado usted que muy pocas veces hablaba de las fuentes de su propia creatividad. Eso se debía en parte a la reserva que ya he mencionado. Pero también indica en parte la renuncia a sondear en las fuentes de su inspiración, como si ser demasiado consciente de ellas pudiera paralizarlo.

¿Tuvo éxito el curso, ese curso que usted y él impartieron juntos?

Para mí fue muy instructivo, desde luego. Por ejemplo, me hizo conocer la historia del surrealismo en Latinoamérica. Como le he dicho, John sabía un poco de muchas cosas. No sé qué provecho obtendrían los alumnos. Según mi experiencia, los alumnos pronto descubren si lo que les estás enseñando te importa. En caso afirmativo, están dispuestos a considerar la posibilidad de que también les importe a ellos. Pero si llegan a la conclusión, acertada o no, de que no te importa, no hay nada que hacer, sería mejor que te fueras a casa.

¿Y a él no le importaba Neruda?

No, no estoy diciendo eso. Neruda puede haberle importado muchísimo. Neruda incluso podría haber sido un modelo (un modelo inalcanzable) de cómo un poeta puede reaccionar a la injusticia y la represión. Pero, y es ahí adonde quiero ir a parar, si usted trata su relación con el poeta como un secreto personal celosamente guardado, y si, además, su manera de actuar en clase es un tanto rígida y formal, nunca tendrá seguidores.

¿Está usted diciendo que nunca tuvo seguidores?

No que yo sepa. Tal vez en sus últimos años mejoró su manera de actuar. No lo sé.

En la época en que usted le conoció, en 1972, tenía un puesto docente bastante precario en una escuela de enseñanza secundaria. Pasó algún tiempo antes de que le ofrecieran una plaza en la universidad. Aun así, durante casi toda su vida laboral, digamos desde los veinticinco hasta los sesenta y cinco años, trabajó como profesor de una u otra clase. Vuelvo a mi pregunta inicial: ¿no le parece extraño que un hombre que carecía de talento como docente hiciera de la enseñanza una profesión?

Sí y no. Como usted debe de saber, las filas de la profesión docente están llenas de refugiados e inadaptados.

¿Y qué era él, un refugiado o un inadaptado?

Era un inadaptado. Y también era muy precavido. Le gustaba la seguridad de un sueldo mensual.

Parece usted crítico.

Solo estoy señalando lo evidente. Si no hubiera dedicado tanto tiempo a corregir la gramática de los alumnos y asistir a aburridas reuniones, podría haber escrito más, tal vez incluso haber escrito mejor. Pero no era un niño. Sabía lo que estaba haciendo. Eso es lo que eligió.

Por otro lado, ser profesor le permitía estar en contacto con una generación más joven, cosa que no habría podido hacer si se hubiera retirado del mundo para dedicarse exclusivamente a escribir.

Muy cierto.

¿Sabe usted si tenía amistades especiales entre los alumnos?

Vaya, da usted la impresión de que hurga en busca de algo. ¿Qué quiere decir con eso de las «amistades especiales»? ¿Se refiere a que se pasó de la raya? Aunque lo supiera, y no es el caso, no haría ningún comentario.

No obstante, el tema del hombre mayor y la mujer joven aparece una y otra vez en su obra.

Sería de una gran ingenuidad llegar a la conclusión de que, como ese tema está presente en su obra, también tuvo que estarlo en su vida.

En su vida interior, entonces.

Su vida interior. ¿Quién puede decir lo que ocurre en la vida interior de la gente?

¿Hay algún otro de sus aspectos que le gustaría sacar a colación? ¿Alguna anécdota que valga la pena contar?

¿Anécdotas? No lo creo. John y yo éramos colegas y amigos, nos llevábamos bien. Pero no puedo decir que le conociera íntimamente. ¿Por qué me pregunta si tengo anécdotas?

Porque en la biografía es preciso encontrar un equilibrio entre la narración y la opinión. Opiniones no me faltan, pues la gente está más que dispuesta a decirme lo que piensan o pensaban de Coetzee, pero hace falta más que eso para que una biografía tenga vida.

Lo siento, no puedo ayudarle. Tal vez sus demás fuentes le serán más útiles. ¿Con cuántas personas hablará?

Con cinco. He reducido la lista a cinco.

¿Solo cinco? ¿No cree que es arriesgado? ¿Quiénes son los cinco afortunados? ¿Cómo nos ha escogido?

Desde aquí viajaré de nuevo a Sudáfrica para hablar con Margot, la prima de Coetzee, de la que era íntimo. A continuación iré a Brasil para ver a una mujer llamada Adriana Nascimento, que vivió en Ciudad del Cabo durante unos años, en la década de 1970. Y luego, la fecha aún no está fijada, iré a Canadá para entrevistar a una mujer llamada Julia Frankl, que en los años setenta se llamaba Julia Smith. También me propongo visitar a Sophie Denöel en París. ¿Conoce usted o conoció a alguna de ellas?

Conozco a Sophie, pero no a las demás. ¿Cómo nos ha escogido?

Básicamente, he permitido que el mismo Coetzee realizara la selección. Me he limitado a seguir las pistas que ha dejado en sus cuadernos de notas, pistas acerca de quiénes eran más importantes para él en la época. El otro requisito indispensable era estar vivo. Como debe de saber, la mayoría de las personas a las que él conoció bien han muerto.

Me parece una manera muy peculiar de seleccionar las fuentes biográficas, si no le importa que se lo diga.

Tal vez. Pero no me interesa llegar a un juicio definitivo sobre Coetzee. Eso se lo dejo a la historia. Lo que estoy haciendo es relatar una etapa de su vida, y si no es posible un único relato, entonces varios relatos desde varias perspectivas.

¿Y las personas que ha elegido no tienen intereses personales ni ambiciones propias para pronunciar un juicio definitivo sobre Coetzee?

[Silencio.]

Aparte de Sophie y de su prima, ¿alguna de las mujeres que menciona tuvo una relación sentimental con Coetzee?

Sí. Ambas la tuvieron.

¿Y no debería eso darle que pensar? ¿No va a escribir un texto que inevitablemente se decantará hacia lo personal y lo íntimo a expensas de los logros reales del hombre como escritor? ¿Será algo más, y perdóneme por decir tal cosa, algo más que chismorreos femeninos?

¿Por el hecho de que mis informantes son mujeres?

Porque la naturaleza de las relaciones amorosas es tal que los amantes no pueden verse tal como en realidad son.

[Silencio.]

Le repito que me parece extraño que escriba la biografía de un escritor dejando de lado su obra. Pero tal vez me equivoque. Tal vez esté desfasado. He de irme. Ah, una última cosa: si se propone citarme, ¿tendrá la amabilidad de enviarme primero el texto para que lo examine?

Por supuesto.

Entrevista realizada en Sheffield, Inglaterra,
en septiembre de 2007

SOPHIE

Señora Denoël, cuénteme cómo conoció a John Coetzee.

Durante años fuimos colegas en la Universidad de Ciudad del Cabo. Él estaba en el departamento de inglés y yo en el de francés. Colaboramos para ofrecer un curso de literatura africana. Era en 1976. Él se ocupaba de los escritores anglófonos y yo de los francófonos. Así comenzó nuestra relación.

¿Y cómo llegó usted a Ciudad del Cabo?

Asignaron allí a mi marido, como director de la Alliance Française. Con anterioridad habíamos vivido en Madagascar. Cuando estábamos en Ciudad del Cabo, nuestro matrimonio se deshizo. Mi marido regresó a Francia y yo me quedé en Ciudad del Cabo. Encontré un puesto en la universidad, un puesto subalterno, como profesora de lengua francesa.

Y además impartía usted ese curso conjunto que ha mencionado, de literatura africana.

Sí, puede parecer curioso, dos blancos enseñando literatura negra africana, pero así eran las cosas entonces. Si no lo hubiéramos ofrecido nosotros, nadie lo habría hecho.

¿Porque los negros estaban excluidos de la universidad?

No, no, en aquella época el sistema ya había comenzado a agrietarse. Había estudiantes negros, aunque no muchos, y también algunos profesores negros. Pero había pocos especialistas en

África, en el resto del continente. Esa fue una de las cosas sorprendentes que descubrí de Sudáfrica: lo insular que era. El año pasado la visité de nuevo, y era lo mismo: poco o ningún interés por el resto de África, un continente oscuro que se extendía al norte y que era mejor no explorar.

¿Y en su caso? ¿De dónde procede su interés por África?

De mi educación. De Francia. No olvide que Francia fue una de las grandes potencias coloniales. Incluso después de que la era colonial terminara oficialmente, Francia dispuso de otros medios para mantener su influencia, medios económicos y culturales. *La Francophonie* fue el nuevo nombre que inventamos para designar al viejo imperio. Se promocionaba, agasajaba, estudiaba a los escritores de la Francofonía. Para mi *agrégation* escribí una tesis sobre Aimé Césaire.

Y el curso que impartía en colaboración con Coetzee… ¿diría usted que fue un éxito?

Sí, así lo creo. No pasaba de ser un curso introductorio, mas para los estudiantes fue una revelación.

¿Estudiantes blancos?

Blancos y unos pocos negros. No atrajimos a los estudiantes negros más radicales. Nuestro enfoque debía de ser demasiado académico para ellos, no lo bastante *engagé*. Nosotros considerábamos suficiente darles un atisbo de las riquezas del resto de África.

¿Y usted y Coetzee estaban de acuerdo en ese enfoque?

Sí, creo que sí.

Usted era especialista en literatura africana, él no. Había estudiado la literatura de la metrópolis. ¿Cómo llegó a enseñar literatura africana?

Es cierto que no tenía una preparación formal en ese campo, pero su conocimiento general de África era bueno, un conocimiento libresco, desde luego, no práctico, pues no había viajado por África, pero el conocimiento libresco no carece de valor, ¿verdad? Él dominaba la literatura antropológica mejor que yo, incluidos los materiales francófonos. Tenía conocimientos de la historia y la política. Había leído a los escritores importantes en inglés y francés (por supuesto, en aquel entonces el corpus de la literatura africana no era amplio; hoy las cosas son diferentes). Había lagunas en su conocimiento, el Magreb, Egipto, etcétera. Y no sabía nada de la diáspora, en particular la caribeña, de la que yo estaba bien informada.

¿Qué opinaba de él como profesor?

Era bueno. No espectacular, pero competente. Siempre bien preparado.

¿Se llevaba bien con los alumnos?

Eso no puedo decírselo. Tal vez si encuentra antiguos alumnos suyos puedan ayudarle.

¿Y usted? Comparada con él, ¿tenía una buena relación con los alumnos?

[Se ríe.] ¿Qué quiere que le diga? Sí, supongo que yo era la más popular, la más entusiasta. Recuerde que era joven y me encantaba hablar de libros después de las clases de lengua. Pensaba que hacíamos buena pareja, él más serio, más reservado, y yo más abierta, más exuberante.

Era considerablemente mayor que usted.

Diez años. Tenía diez años más que yo.

[Silencio.]

¿Hay algo que le gustaría añadir sobre Coetzee? ¿Otros aspectos suyos que quisiera comentar?

Tuvimos una relación. Supongo que ya lo sabe. No duró.

¿Por qué no?

Era insostenible.

¿Le gustaría decir algo más?

¿Si me gustaría decir algo más para su libro? No antes de que me diga qué clase de libro es. ¿Se trata de un libro de chismorreo o es una obra seria? ¿Tiene autorización? ¿Con quién más habla aparte de mí?

¿Hace falta autorización para escribir un libro? ¿A quién se la pide uno? Desde luego, no lo sé. Pero puedo asegurarle que se trata de un libro serio, una biografía escrita con un propósito de seriedad. Me concentro en los años transcurridos desde el regreso de Coetzee a Sudáfrica, en 1971-1972, hasta su primer reconocimiento público en 1977. Me parece que es un período importante de su vida, importante pero que se ha pasado por alto, un período en el que aún se estaba habituando a su condición de escritor.

En cuanto a las personas que he seleccionado para entrevistarlas, la respuesta no es sencilla. Hice dos viajes a Sudáfrica, el año pasado y el anterior, para hablar con personas que habían conocido a Coetzee. En conjunto, esos viajes no tuvieron éxito. Mis informantes tenían menos que ofrecer de lo que yo había esperado. En uno o dos casos afirmaron haberle conocido, pero tras rascar un poco resultó que se referían a otro Coetzee (el apellido Coetzee es frecuente allí). De las personas con las que había tenido una relación más estrecha, muchas habían abandonado el país o habían fallecido o ambas cosas. De hecho, toda su generación estaba a punto de extinguirse. El resultado es que el núcleo de la biografía procederá de un puñado de amigos y colegas que están dispuestos a contarme sus recuerdos, entre ellos espero que usted. ¿Es suficiente para tranquilizarla?

No. ¿Qué me dice de sus diarios? ¿Y de su correspondencia? ¿Y de sus cuadernos de notas? ¿Por qué hace tanto hincapié en las entrevistas?

He examinado los diarios y las cartas, señora Denoël. No es posible confiar en lo que Coetzee escribe en ellos, no como un registro exacto de los hechos, y no porque fuese un embustero, sino porque era un creador de ficciones. En las cartas crea una ficción de sí mismo para sus corresponsales; en los diarios hace algo muy similar para sí mismo, o tal vez para la posteridad. Como documentos son valiosos, desde luego, pero si quiere usted saber la verdad tendrá que buscarla detrás de las ficciones que elaboran y oírla de quienes le conocieron personalmente.

Pero ¿y si todos somos creadores de ficciones, como llama usted a Coetzee? ¿Y si todos nos inventamos continuamente la historia de nuestra vida? ¿Por qué lo que yo le cuente de Coetzee ha de ser más digno de crédito que lo que él mismo le cuente?

Claro que todos somos creadores de ficciones, no voy a negarlo. Pero ¿qué preferiría usted tener: una serie de informes independientes procedentes de una gama de perspectivas independientes, con las que luego podría tratar de sintetizar un todo, o la enorme y unitaria proyección del yo que comprende su obra? Yo no sé qué preferiría.

Sí, lo comprendo, pero hay que tener en cuenta la discreción. No creo, como otros, que cuando una persona muere cesen todas las limitaciones. No estoy necesariamente dispuesta a compartir con el mundo lo que existió entre él y yo.

Eso lo acepto. Es su privilegio y está en su derecho. Pero le pido que reflexione. Un gran escritor se convierte en propiedad de todos nosotros. Usted conocía estrechamente a Coetzee. Uno de estos días tampoco usted estará entre nosotros. ¿Le parece bien que sus recuerdos desaparezcan con usted?

¿Un gran escritor? ¡Cómo se reiría John si le oyera! Los tiempos del gran escritor se han terminado para siempre, le diría.

Los tiempos del escritor como oráculo... sí, estoy de acuerdo, esa época ha pasado. Pero ¿no aceptaría usted que un escritor famoso, llamémosle así en vez de grande, un escritor famoso en nuestra vida cultural común, no es hasta cierto punto de propiedad pública?

Mi opinión sobre el particular no tiene ninguna importancia. Lo importante es lo que él mismo creía. Y a ese respecto la respuesta es clara. Creía que la historia de nuestra vida es nuestra para edificarla como deseemos, dentro de las restricciones impuestas por el mundo real e incluso contra ellas, como usted mismo ha reconocido hace un momento. Tal es el motivo de que le preguntara por la autorización, un detalle que usted ha dejado de lado. No me refería a la autorización de sus familiares o de sus albaceas, sino su propia autorización. Si él no le autorizó a exponer la faceta privada de su vida, ciertamente yo no le ayudaré a hacerlo.

No pudo autorizarme por la simple razón de que nunca entramos en contacto. Dejemos este tipo de cuestiones y volvamos al curso que usted mencionó, el curso que impartieron juntos. Me intriga una observación que ha hecho. Ha dicho que ustedes no atraían a los estudiantes radicales más africanos. ¿A qué lo atribuye?

A que, según sus criterios, nosotros no éramos radicales. Naturalmente, a los dos nos había afectado lo ocurrido en mayo de 1968. En aquel entonces yo estudiaba en París-VII y participé en las manifestaciones. John estaba en Estados Unidos, donde se puso a malas con las autoridades, no recuerdo los detalles, pero sé que fue un momento crucial en su vida. Sin embargo, insisto en que ninguno de los dos éramos marxistas y, desde luego, no éramos maoístas. Es probable que yo fuese más izquierdista que él, pero podía permitírmelo porque me protegía mi situación en el enclave diplomático francés. Si yo hubiera tenido problemas con la policía sudafricana, me habrían embarcado discretamente en un avión con destino a París, y ese habría sido el fin del asunto. No habría acabado en la cárcel.

Mientras que Coetzee...

Coetzee tampoco habría acabado en la cárcel. No era un militante. Su actitud política era demasiado idealista, demasiado utópica para ello. En realidad, carecía de actitud política, la despreciaba. No le gustaban los escritores políticos, los que abrazaban un programa político.

Sin embargo, en los años setenta publicó algún comentario de tendencia totalmente izquierdista. Pienso en sus ensayos sobre Alex La Guma, por ejemplo. Simpatizaba con él, y La Guma era comunista.

La Guma fue un caso especial. Simpatizaba con La Guma, porque este era natural de Ciudad del Cabo, no porque fuese comunista.

Dice usted que no estaba politizado. ¿Quiere decir que era apolítico? Porque algunas personas le dirían que el apolítico es solo una variedad del politizado.

No, apolítico no, más bien diría antipolítico. Creía que la política hacía aflorar lo peor de la gente y también sacaba a la superficie a los peores tipos de la sociedad. Prefería no tener nada que ver con ella.

¿Predicaba en sus clases esta política antipolítica?

Por supuesto que no. Ponía mucho cuidado en no predicar. Solo descubrías sus creencias políticas cuando llegabas a conocerlo mejor.

Dice usted que su política era utópica. ¿Está dando a entender que no era realista?

Le ilusionaba pensar que un día la política y el Estado se desvanecerían. Yo llamaría a esa actitud utópica. Por otro lado, no movía un solo dedo con la esperanza de que esos anhelos utópicos llegaran a realizarse. Era demasiado calvinista para eso.

Explíquese, por favor.

¿Quiere que le diga qué había detrás de la actitud política de Coetzee? La mejor manera de determinarlo es la exploración de sus libros. Pero déjeme intentarlo de todos modos.

En opinión de Coetzee, los seres humanos jamás abandonarán la política porque esta es demasiado conveniente y atractiva como un teatro en el que representar nuestras emociones más innobles. Las emociones más innobles abarcan el odio, el rencor, el despecho, los celos, el deseo de matar y así sucesivamente. En otras palabras, la política es un síntoma de nuestro estado de degradación y expresa ese estado.

¿Incluso la política de liberación?

Si se refiere a la política de la lucha de liberación sudafricana, la respuesta es que sí. Mientras liberación significara liberación nacional, la liberación de la nación negra de Sudáfrica, John no tenía ningún interés por ella.

¿Era entonces hostil a la lucha por la liberación?

¿Era hostil? No, no lo era. Hostil, simpatizante… como biógrafo, lo primero que debería hacer ante todo es precaverse para no meter a la gente en pulcras cajitas etiquetadas.

Espero no estar encasillando a Coetzee.

Bueno, me suena a eso. No, no era hostil a la lucha de liberación. Si uno es fatalista, como él tendía a serlo, no tiene sentido ser hostil al curso de la historia, por mucho que pueda lamentarlo. Para el fatalista, la historia es el destino.

Muy bien, ¿lamentaba entonces la lucha por la liberación? ¿Lamentaba la forma que tomaba la lucha por la liberación?

Aceptaba que la lucha por la liberación era justa. La lucha era justa, pero la nueva Sudáfrica hacia la que se dirigían no era lo bastante utópica para él.

¿Qué habría sido lo bastante utópico para él?

El cierre de las minas. El arrasamiento de los viñedos. La disolución de las fuerzas armadas. La abolición del automóvil. El vegetarianismo universal. La poesía en las calles. Esa clase de cosas.

En otras palabras, ¿vale la pena luchar por la poesía y el carro tirado por caballos, pero no por la liberación del apartheid?

Nada merece que se luche por ello. Me obliga usted a adoptar el papel de defensora de su posición, una posición que no comparto. Nada merece que se luche por ello porque la lucha solo prolonga el ciclo de agresión y represalia. Me limito a repetir lo que Coetzee expresa bien claramente en sus escritos, que usted dice haber leído.

¿Se sentía cómodo con sus alumnos negros… con los negros en general?

¿Se sentía cómodo con nadie? No era una persona que se sintiera espontáneamente cómoda. Jamás se relajaba. Lo vi con mis propios ojos. De modo que la respuesta a la pregunta de si se sentía cómodo con los negros es que no. No se sentía cómodo entre la gente que se sentía cómoda. La comodidad de los demás le hacía sentirse incómodo. Lo cual, a mi modo de ver, le obligaba a ir por la dirección errónea.

¿Qué quiere decir?

Veía África a través de una neblina romántica. Consideraba a los africanos como seres integrales, de un modo que se había perdido mucho tiempo atrás en Europa. ¿Qué quiero decir? Trataré de explicárselo. Decía que, en África, el cuerpo y el alma eran indistinguibles, el cuerpo era el alma. Tenía toda una filosofía sobre el cuerpo, de música y danza, que no puedo reproducir, pero que incluso entonces me parecía, ¿cómo le diría?, inútil. Políticamente inútil.

Continúe, por favor.

Su filosofía atribuía a los negros el papel de guardianes del ser más auténtico, más profundo y más primitivo de la humanidad. Teníamos vivas discusiones sobre esto. Yo le decía que su postura se reducía al anticuado primitivismo romántico. En el contexto de los años setenta, de la lucha por la liberación y el estado de *apartheid*, no servía de nada considerar de ese modo a los africanos. Y en cualquier caso, era un papel que ya no estaban dispuestos a representar.

¿Era este el motivo por el que los estudiantes negros evitaban su curso, el que impartían ustedes dos, de literatura africana?

Él no difundía abiertamente ese punto de vista. Siempre era muy cuidadoso a ese respecto, muy correcto. Pero si uno le escuchaba con atención, no podía dejar de percibirlo.

Había una circunstancia más, otro sesgo de su pensamiento, que debo mencionar. Al igual que muchos blancos, consideraba El Cabo, así como El Cabo occidental y tal vez El Cabo septentrional, como una región separada del resto de Sudáfrica. El Cabo era un país por sí mismo, con su propia geografía, su propia historia, sus lenguajes y su cultura particulares. En aquel Cabo mítico los mestizos estaban arraigados y, en menor medida, también los afrikáners, pero los africanos eran forasteros, llegados tardíamente, al igual que los ingleses.

¿Por qué le menciono esto? Porque es una indicación de cómo podía justificar Coetzee la actitud más bien abstracta y antropológica que tomaba ante Sudáfrica. Carecía de sensibilidad hacia los sudafricanos negros. Esa era mi conclusión personal. Puede que fuesen sus conciudadanos, pero no eran sus compatriotas. Tal vez la historia, o el destino, que para él eran lo mismo, les había asignado el papel de herederos de la tierra, pero en el fondo de su mente seguían siendo *ellos* en contraposición a *nosotros*.

Si los africanos eran ellos, *¿quiénes eran* nosotros? *¿Los afrikáners?*

No. «Nosotros» eran principalmente los mestizos. Es un término que uso a regañadientes, como un signo taquigráfico. Coetzee lo evitaba siempre que podía. Le he mencionado su pensamiento utópico. Esa evitación era otro aspecto de su utopía. Ansiaba el día en que los habitantes de Sudáfrica no estarían etiquetados, no se distinguirían llamándose africanos ni europeos ni blancos ni negros ni ninguna otra cosa, cuando las historias familiares estarían tan embrolladas y mezcladas que la gente sería étnicamente indistinguible, es decir, y pronuncio de nuevo el término contaminado, mestizos. A eso lo llamaba el futuro brasileño. Aprobaba Brasil y a los brasileños. Naturalmente, jamás había estado en ese país.

Pero tenía amigos brasileños.

Había conocido a algunos refugiados brasileños en Sudáfrica.

[Silencio.]

Menciona usted un futuro en el que toda la gente estará mezclada. ¿Se refiere a una mezcla biológica? ¿Estamos hablando del matrimonio interracial?

No sabría decírselo. Solo le estoy informando de lo que él pensaba.

¿Por qué, entonces, en vez de contribuir al futuro engendrando hijos mestizos, se relacionaba con una joven colega blanca de Francia?

[Se ríe.]

No sé qué decirle.

¿De qué hablaban ustedes?

De nuestras clases, de colegas y alumnos. En otras palabras, hablábamos del oficio. También hablábamos de nosotros mismos.

Prosiga.

¿Quiere que le diga si hablábamos de su obra? La respuesta es no. Jamás me hablaba de lo que estaba escribiendo, ni yo le apremiaba para que lo hiciera.

Esto sucedía por la época en que estaba escribiendo En medio de ninguna parte.

Estaba terminando ese libro.

¿Sabía usted que En medio de ninguna parte *trataría de locura, parricidio y cosas así?*

No tenía la menor idea.

¿Lo leyó antes de que se publicara?

Sí.

¿Qué le pareció?

[Se ríe.] He de andar con pies de plomo. Supongo que no se refiere a mi juicio crítico, sino a mi reacción. Francamente, al principio estaba nerviosa. Me inquietaba la posibilidad de encontrarme en el libro bajo algún disfraz embarazoso.

¿Por qué pensaba en esa posibilidad?

Porque… así me lo parecía entonces, ahora comprendo lo ingenua que era… creía que no puedes tener una relación íntima con otra persona y, sin embargo, excluirla de tu universo imaginativo.

¿Y se encontró usted en el libro?

No.

¿Eso la molestó?

¿Qué quiere decir con eso? ¿Si me molestó no encontrarme en su libro?

¿La molestó verse excluida de su universo imaginativo?

No. Eso formó parte de mi educación. ¿Lo dejamos aquí? Creo que ya le he aportado lo suficiente.

Y le estoy muy agradecido, señora Denoël, pero permítame pedirle una cosa más. Coetzee nunca fue un escritor popular. No me refiero simple-

mente a que sus libros no se vendían bien, sino también a que jamás llegó al corazón colectivo del público. La imagen que se tenía de él era la de un intelectual frío y arrogante, una imagen que él no hizo nada por disipar. Incluso podría decirse que la alentaba.

Sin embargo, no creo que esa imagen le haga justicia. Las conversaciones que he tenido con gente que lo conocía bien revelan a una persona muy diferente, no necesariamente una persona más cálida, pero sí un hombre más inseguro de sí mismo, más confuso, más humano, si puedo usar la palabra.

Me pregunto si estaría usted dispuesta a comentar su lado humano. Valoro lo que ha dicho acerca de su actitud política, pero ¿hay algunas otras anécdotas personales de la época que pasaron juntos que estuviera dispuesta a contarme?

¿Quiere decir anécdotas que lo revelen bajo una luz más cálida? ¿Anécdotas de lo considerado que era con los animales… los animales y las mujeres? No, esas anécdotas me las guardo para mis propias memorias.

[Risa.]

De acuerdo, le contaré una anécdota. Tal vez no parezca personal, tal vez parezca, una vez más, política, pero recuerde que en aquella época la política intervenía en todo.

Un periodista de *Libération*, el periódico francés, al que habían enviado a Sudáfrica, me preguntó si le podría conseguir una entrevista con John. Hablé con este y le persuadí de que aceptara: le dije que *Libération* era un buen periódico, le dije que los periodistas franceses no eran como los sudafricanos, que nunca se presentaban para una entrevista sin haberse preparado previamente. Y esto, por supuesto, sucedía antes de que existiera Internet, por lo que los periodistas no podían simplemente copiarse unos a otros.

Realizamos la entrevista en mi despacho de la universidad. Pensé que echaría una mano en caso de que surgieran problemas de lenguaje, porque John no hablaba un buen francés.

Pues bien, pronto quedó claro que el periodista no estaba interesado en el mismo John, sino en lo que este podía decirle acerca de Breyten Breytenbach, que en aquel entonces tenía problemas con las autoridades sudafricanas. Porque en Francia había un vivo interés por Breytenbach, era una figura romántica, había vivido en Francia durante muchos años, tenía relaciones con el mundo intelectual francés.

La respuesta de John fue que no podía ayudarle: había leído a Breytenbach, pero eso era todo, no le conocía personalmente, jamás se había encontrado con él. Todo lo cual era cierto.

Pero el periodista, que estaba acostumbrado a la vida literaria de Francia, donde todo es mucho más incestuoso, no le creía. ¿Por qué un escritor se negaría a hacer comentarios sobre otro escritor de la misma pequeña tribu, la tribu afrikáner, a menos que hubiera alguna rencilla personal entre ellos o alguna animosidad política?

Por ello siguió presionando a John y este siguió tratando de explicarle lo difícil que era, para una persona de fuera, apreciar la categoría de Breytenbach como poeta afrikaans, puesto que su poesía estaba profundamente arraigada en el *volskmond*, el lenguaje del pueblo.

«¿Se refiere a sus poemas escritos en dialecto?», le preguntó el periodista. Y entonces, como John no le comprendía, observó con notable desdén: «Sin duda no es posible escribir una gran poesía en dialecto».

Esa observación enojó de veras a John. Pero, puesto que su manera de enfadarse era, más que alzar la voz, volverse frío y sumirse en el silencio, el periodista de *Libération* se quedó confuso. No tenía ni idea de lo que estaba pasando.

Más tarde, cuando John ya se había marchado, traté de explicarle que los afrikáners se sentían muy heridos cuando se insultaba a su lengua, y que probablemente Breytenbach habría reaccionado igual. Pero el periodista se limitó a encogerse de hombros. Dijo que carecía de sentido escribir en un dialecto cuando uno tenía a su disposición una lengua de ámbito mundial (de hecho, no dijo un dialecto, sino un oscuro dialecto, y no dijo una lengua de ámbito mundial, sino una lengua como es debido, *une vraie langue*). Entonces empecé a comprender que estaba clasificando a Breytenbach y John en la misma categoría, la de escritores vernáculos o dialectales.

Bien, John, por supuesto, no escribía en afrikaans, sino en inglés, en un inglés muy bueno, y había escrito en inglés durante toda su vida. Aun así reaccionaba con mucha irritación ante lo que consideraba un insulto a la dignidad del afrikaans.

Traducía del afrikaans, ¿no es cierto? Quiero decir que traducía a escritores afrikaans.

Sí. Yo diría que conocía bien el afrikaans, aunque de manera muy similar a su conocimiento del francés, es decir, mucho mejor leído que hablado. Desde luego, yo no era competente para juzgar el nivel de su afrikaans, pero esa es la impresión que tenía.

Tenemos, pues, el caso de un hombre que hablaba la lengua de una manera imperfecta, que estaba al margen de la religión del Estado, cuya perspectiva era cosmopolita, cuya actitud política era, ¿cómo diremos?, disidente, pero que de todos modos estaba dispuesto a abrazar la identidad afrikáner. ¿Por qué cree usted que era así?

Mi opinión es que, bajo la mirada de la historia, creía que no podía separarse de los afrikáners y conservar su amor propio, aun cuando ello supusiera que le asociasen con todo aquello de lo que los afrikáners eran políticamente responsables.

¿No hubo nada que le atrajera de una manera más positiva para abrazar la identidad afrikáner, nada a nivel personal, por ejemplo?

Tal vez lo hubiera, no lo sé. Nunca llegué a conocer a su familia. Tal vez ellos aportarían una pista. Pero era muy cauto por naturaleza, era como una tortuga. Cuando percibía un peligro, se retiraba en el interior de su caparazón. Los afrikáners le habían desairado con demasiada frecuencia, desairado y humillado... solo tiene que leer su libro de memorias de la infancia para verlo. No iba a correr el riesgo de que lo rechazaran de nuevo.

De modo que prefirió mantener su independencia.

Creo que se sentía mejor en el papel de independiente. No le gustaba afiliarse a nada.

Dice usted que no le presentó a su familia. ¿No le parece eso extraño?

No, en absoluto. Cuando nos conocimos, su madre había fallecido, su padre no se encontraba bien, su hermano estaba en el extranjero, sus relaciones con el resto de la familia eran tensas. En cuando a mí, era una mujer casada, de modo que nuestra relación, hasta donde llegó, tuvo que ser clandestina.

Pero, por supuesto, hablábamos de nuestras respectivas familias, de nuestros orígenes. Yo diría que lo que distinguía a su familia era su condición de afrikáners en el sentido cultural pero no en el político. ¿Qué quiero decir? Piense en la Europa del siglo xix. Vemos en todo el continente identidades étnicas o culturales que se transforman en identidades políticas. El proceso comienza en Grecia y se extiende por los Balcanes y Europa central. Pronto esa misma ola rompió en la colonia de El Cabo. Los criollos de habla holandesa empezaron a reinventarse como la nación afrikáner y agitarse para conseguir la independencia nacional.

Pues bien, de una u otra manera, esa ola de entusiasmo nacionalista pasó de largo ante la familia de John. O bien decidieron no dejarse arrastrar por ella.

¿Mantuvieron su distancia debido a la política asociada con el entusiasmo nacionalista, es decir, la política antiimperialista, antiinglesa?

Sí. Primero les turbó la manifiesta hostilidad a todo lo inglés, la mística del *Blut und Boden*. Más adelante les disgustó la política que los nacionalistas copiaron de la derecha radical europea: racismo científico, el control de la cultura, la militarización de la juventud, una religión del Estado y todo lo demás.

Así pues, usted considera a Coetzee, en general, como un conservador, un antirradical.

Un conservador cultural, sí, como muchos modernistas fueron conservadores culturales, me refiero a los escritores modernistas europeos que fueron sus modelos. Tenía un profundo apego a la Sudáfrica de su juventud, una Sudáfrica que en 1976 empezaba a parecer un país de nunca jamás. Como prueba, no tiene más que leer el libro que le he mencionado, *Infancia*, donde verá una palpable nostalgia de las antiguas relaciones feudales entre los blancos y los mestizos. Estaba a favor de las texturas sociales antiguas, complejas, que tanto ofendían a los metódicos *dirigistes* del *apartheid*.

¿Se enfrentó alguna vez con él por cuestiones políticas?

Es difícil responder a esa pregunta. Al fin y al cabo, ¿dónde acaba el carácter y comienza la política? A nivel personal, me parecía demasiado fatalista y, por lo tanto, demasiado pasivo. ¿Su desconfianza del activismo político se expresaba en una conducta pasiva en su vida, o un fatalismo innato se expresaba en desconfianza de la acción política? No puedo determinarlo. Pero sí, a un nivel personal existía cierta tensión entre nosotros. Yo quería que nuestra relación creciera y se desarrollara, y él quería que siguiera igual, sin cambios. Eso es lo que acabó por causar la ruptura. Porque, a mi modo de ver, entre un hombre y una mujer no puede darse la inmovilidad. O vas hacia arriba o hacia abajo.

¿Cuándo se produjo la ruptura?

En 1980. Abandoné Ciudad del Cabo y regresé a Francia.

¿No tuvieron más contacto?

Durante cierto tiempo me escribió. Me enviaba sus libros. Entonces dejó de escribirme. Supuse que había encontrado otra mujer.

Y cuando rememora su relación, ¿cómo la ve?

¿Cómo veo nuestra relación? John era uno de esos hombres convencidos de que alcanzaría la felicidad suprema si lograba tener una amante francesa que le recitara a Ronsard y tocara a Couperin al clavecín mientras simultáneamente le conducía a los misterios del amor al estilo francés. Exagero, por supuesto. Sin embargo, era un notable francófilo.

¿Era yo la amante francesa de su fantasía? Lo dudo mucho. Ahora, al mirar hacia atrás, veo que la esencia de nuestra relación era cómica. Cómica y sentimental a la vez. Se basaba en una premisa cómica. Pero tenía otro elemento que no debo minimizar, a saber, que me ayudó a huir de un mal matrimonio, por lo que sigo estándole agradecida.

Cómica y sentimental… Hace usted que parezca una relación bastante ligera. ¿No le dejó Coetzee una huella más profunda, y usted en él?

No estoy en condiciones de juzgar la huella que he podido dejar en él. Pero yo diría que, en general, a menos que tengas una fuerte personalidad, no dejas una huella profunda, y John no tenía una fuerte personalidad. No quisiera parecer displicente. Sé que tenía muchos admiradores, no le concedieron el premio Nobel porque sí y, naturalmente, si usted no le considerase un escritor importante, hoy no estaría aquí, haciendo estas averiguaciones. Pero, seamos serios por un momento, en todo el tiempo que estuvimos juntos nunca tuve la sensación de que me encontraba con una persona excepcional, un ser humano excepcional de veras. Sé que es duro decirlo, pero lamentablemente es cierto. Jamás vi que emitiera un destello de luz que iluminara de súbito al mundo. O bien, si había tales destellos, yo estaba ciega.

John me parecía inteligente y culto. Le admiraba en muchos aspectos. Como escritor sabía lo que estaba haciendo, tenía cierto estilo, y el estilo es el inicio de la distinción. Pero carecía de una sensibilidad especial que yo pudiera detectar, de cualquier percepción original de la condición humana. No era más que un hombre, un hombre de su tiempo, con talento, tal vez incluso dotado, pero, francamente, ningún gigante. Si le decepciono, lo lamento. Estoy segura de que, gracias a lo que le digan otras personas que le conocieron, se formará una imagen diferente de él.

Volvamos a su obra. Desde un punto de vista objetivo, como crítica, ¿qué valoración hace usted de sus libros?

No los he leído todos. Después de *Desgracia* perdí el interés. En general, yo diría que su obra carece de ambición. El control de los elementos es demasiado férreo. En ningún momento se tiene la sensación de un escritor que deforma su medio para decir lo que nunca se ha dicho antes, que, a mi modo de ver, es lo que distingue a la gran literatura. Demasiado frío, demasiado pulcro, diría yo. Demasiado fácil. Demasiado falto de pasión. Eso es todo.

Entrevista realizada en París
en enero de 2008.

CUADERNOS DE NOTAS:
FRAGMENTOS SIN FECHA

Fragmento sin fecha

Es una tarde de sábado en invierno, tiempo ritual para el partido de rugby. Él y su padre toman un tren hacia Newlands y llegan a tiempo para presenciar el partido previo a las 2.15. Al partido previo seguirá el partido principal a las cuatro. Cuando finalice, tomarán el tren de regreso a casa.

Va con su padre a Newlands porque los deportes, el rugby en invierno y el críquet en verano, es el vínculo más fuerte que sobrevive entre ellos y porque, el primer sábado tras su regreso al país, cuando vio que su padre se ponía el abrigo y, sin decir palabra, se marchaba a Newlands como un niño solitario, sintió una puñalada en el corazón.

Su padre no tiene amigos. Tampoco los tiene él, aunque por una razón distinta. Cuando era más joven los tenía, pero esos viejos amigos se han dispersado por todo el mundo, y él parece haber perdido la habilidad, o tal vez la voluntad, de trabar nuevas amistades. Así pues, vuelve a tener a su padre por toda compañía y su padre le tiene a él.

A su regreso, le sorprendió descubrir que su padre no conocía a nadie. Siempre había considerado a su padre un hombre sociable, pero o bien se equivocaba o bien su padre ha cambiado. O tal vez se trate simplemente de una de esas cosas que les suceden a los hombres cuando envejecen: se retiran dentro de sí mismos. Los sábados las graderías de Newlands están llenas de ellos, hombres solitarios con impermeables de gabardina grises en el crepúsculo de su vida, reservados, como si su soledad fuese una enfermedad vergonzosa.

Él y su padre se sientan uno al lado del otro en la gradería norte y ven el partido previo. Los acontecimientos de esta jornada están teñidos de melancolía. Esta es la última temporada en que el estadio se utilizará como club de rugby. Con la tardía llegada de la televisión al país, el interés por el rugby ha disminuido. Los hombres que se pasaban las tardes de los sábados en Newlands ahora prefieren quedarse en casa y mirar el partido de la semana. De los millares de asientos en la gradería norte no están ocupados más de una docena. La gradería móvil está totalmente vacía. En la gradería sur hay todavía un grupo de empecinados espectadores mestizos que vienen a animar a los equipos UCT y Villagers y abuchear a Stellenbosch y Van der Stel. Solo en la gradería principal hay un número respetable, tal vez un millar.

Hace un cuarto de siglo, en su infancia, las cosas eran distintas. Un gran día de partido entre clubes, el día en que los Hamiltons jugaban contra los Villagers, por ejemplo, o el UCT jugaba contra el Stellenbosch, uno tenía que forcejear para encontrar un sitio desde donde ver el partido de pie. Una hora después de que hubiera sonado el pitido final, las furgonetas del *Argus* corrían por las calles y de ellas iban cayendo paquetes del *Sports Edition* para los vendedores apostados en las esquinas, con relatos efectuados por testigos oculares de todos los partidos de primera división, incluso de los partidos jugados en las lejanas Stellenbosch y Somerset Oeste, junto con los marcadores de las divisiones menores, 2A, 2B, 3A y 3B.

Aquellos días han quedado atrás. El rugby está dando sus últimas boqueadas. Uno lo percibe hoy no solo en las graderías sino en el mismo terreno de juego. Deprimidos por el espacio resonante del estadio vacío, los jugadores tan solo parecen cumplir con el expediente. Un ritual se está extinguiendo ante sus ojos, un auténtico ritual pequeño burgués sudafricano. Hoy sus últimos fieles se reúnen aquí: ancianos tristes como su padre, hijos sosos y obedientes, como él.

Empieza a caer una ligera lluvia. Él abre el paraguas y cubre a los dos. En el campo, treinta jóvenes poco entusiastas dan tumbos, buscando a tientas el balón mojado.

El partido previo lo juegan Union, de azul celeste, y Gardens, de granate y negro. Union y Gardens ocupan los últimos puestos entre los equipos de primera división y corren peligro de descenso. Antes no era así. Hubo una época en que Gardens era una potencia del rugby en la Provincia Occidental. En casa hay una fotografía enmarcada del tercer equipo del Gardens en 1938, en la que su padre está sentado en primera fila, el jersey de rugby recién lavado, con el emblema del Gardens y el cuello alzado, como estaba de moda, alrededor de las orejas. De no haber sido por ciertos acontecimientos imprevistos, la Segunda Guerra Mundial en particular, ¿quién sabe?, su padre podría haber ascendido incluso al segundo equipo.

Si las viejas lealtades contaran, su padre animaría al Gardens contra el Union. Pero lo cierto es que al señor Coetzee no le importa quién gane, el Gardens, el Union o el hombre en la luna. De hecho, a él le resulta difícil detectar qué es lo que le importa a su padre, en rugby o en cualquier otra cosa. Si pudiera resolver el misterio de qué es lo que le interesa a su padre, tal vez podría ser un mejor hijo. Toda la familia de su padre es así, sin ninguna pasión que él pueda percibir. Ni siquiera parece interesarles el dinero. Lo único que quieren es llevarse bien con todo el mundo y aprovechar la circunstancia para divertirse un poco.

Por lo que respecta a la diversión, él es el último compañero que su padre necesita. En capacidad de hacer reír, es el último de la clase, un tipo lúgubre, un aguafiestas, un hombre rutinario e inflexible.

Y luego está la cuestión musical de su padre. Tras la capitulación de Mussolini, en 1944, y la retirada de los alemanes hacia el norte, a las tropas aliadas que ocupaban Italia, entre las que se encontraban las sudafricanas, se les permitió relajarse brevemente y pasarlo bien. Entre las formas de esparcimiento que se les organizó, figuraban representaciones gratuitas en los grandes teatros de ópera. Jóvenes procedentes de Estados Unidos, Gran Bretaña y los lejanos dominios británicos en ultramar, totalmente desconocedores de la ópera italiana, se vieron inmersos en el drama de *Tosca* o *El barbero de Sevilla* o *Lucia di Lammermoor.* Solo unos pocos se aficionaron, pero su padre figuraba entre esos pocos. En su infancia le habían arrullado las baladas sentimentales irlandesas e inglesas, y se sintió fascinado por la suntuosa música nueva y sobrecogido por el espectáculo. Un día tras otro volvía al teatro en busca de más.

Así pues, cuando, al final de las hostilidades, el cabo Coetzee regresó a Sudáfrica, lo hizo con una nueva pasión por la ópera. «La donna è mobile», cantaba en el baño. «Fígaro aquí, Fígaro allá –cantaba–. ¡Fígaro, Fígaro, Fígaro!» Compró un gramófono, el primero de su familia. Una y otra vez ponía un disco de 78 rpm, Caruso cantando «Che gelida manina». Cuando se inventaron los discos de larga duración, adquirió un nuevo y mejor gramófono, junto con un álbum de arias famosas de Renata Tebaldi.

De este modo, durante su adolescencia hubo dos escuelas de música vocal enfrentadas en la casa: una escuela italiana, la de su padre, representada por la Tebaldi y Tito Gobbi que cantaban a pleno pulmón, y una escuela alemana, la suya propia, fundada en Bach. Durante toda la tarde del domingo llenaban la casa los coros de la *Misa en si menor,* mientras que, por la noche, cuando Bach por fin guardaba silencio, su padre se servía una copa de coñac, ponía a Renata Tebaldi, y se sentaba a escuchar verdaderas melodías, auténtico canto.

Debido a su sensualidad y decadencia (así era como lo veía entonces) resolvió que siempre detestaría y despreciaría la ópera italiana. Que pudiera despreciarla simplemente porque su padre la amaba, que hubiera resuelto detestar y despreciar cualquier cosa que su padre amara, era una posibilidad que no admitiría.

Una día, cuando nadie estaba presente, sacó de la funda el disco de la Tebaldi y con una cuchilla de afeitar le hizo una profunda marca en la superficie.

El domingo por la noche su padre puso el disco. La aguja saltaba a cada revolución. «¿Quién ha hecho esto?», preguntó. Pero, al parecer, nadie lo había hecho. Había ocurrido, sin más.

Ese fue el final de la Tebaldi; a partir de ese momento Bach reinaría sin rivales.

Durante los últimos veinticinco años ha sentido el remordimiento más profundo por esa mezquina acción, un remordimiento que no ha disminuido con el paso del tiempo, sino que, por el contrario, se ha hecho más intenso. Uno de sus primeros actos cuando regresó al país fue recorrer las tiendas de música en busca del disco de la Tebaldi. Aunque no pudo dar con él, encontró una recopilación en la que la diva cantaba algunas de esas arias. Se lo llevó a casa y lo puso en el tocadiscos del principio al fin, confiando hacer salir a su padre de su habitación como un cazador podría atraer a un pájaro con sus señuelos. Pero su padre no mostró ningún interés.

—¿No reconoces la voz? —le preguntó.

Su padre sacudió la cabeza.

—Es Renata Tebaldi. ¿No recuerdas lo mucho que te gustaba antes?

Se negó a aceptar la derrota. Siguió confiando en que un día, cuando él estuviese fuera de casa, su padre pusiera el nuevo e impoluto disco en el tocadiscos, se sirviera una copa de coñac, se sentara en su sillón y se dejara transportar a Roma, Milán o dondequiera que, en su juventud, escuchara por primera vez las sensuales bellezas de la voz humana. Quería que aquella alegría de antaño llenara el pecho de su padre. Aunque solo fuese por una hora, quería que reviviera aquella juventud perdida, que olvidara su existencia actual, oprimida y humillada. Por encima de todo, quería que su padre le perdonara. «¡Perdóname!», quería decirle a su padre. «¿Perdonarte? Por Dios, ¿qué tengo que perdonarte?», quería oír replicar a su padre. Tras lo cual, si lograba hacer acopio de valor, haría por fin la confesión completa: «Perdonarme porque a propósito y con premeditación rayé tu disco de la Tebaldi. Y por otras cosas, tantas que el recitado de la lista requeriría el día entero. Por innumerables bajezas. Por la maldad de corazón en que esas bajezas se originaron. En resumen, por cuanto he hecho desde el día que nací, y con tal éxito, para amargarte la vida».

Pero no, no había la menor indicación de que durante su ausencia de la casa su padre hubiera dejado a la Tebaldi cantar en libertad. Parecía como si la diva hubiera perdido sus encantos, o de lo contrario su padre estaba jugando con él a un juego terrible. «¿Amargarme la vida? ¿Qué te hace pensar que he vivido amargado? ¿Qué te hace pensar que alguna vez has sido capaz de amargarme la vida?»

De vez en cuando pone el disco de la Tebaldi y, mientras lo escucha, empieza a producirse en su interior una especie de transformación. Como debió de ocurrirle a su padre en 1944, su corazón empieza a latir al ritmo del de Mimi. De la misma manera que el gran arco creciente de su voz debió de conmover a su padre en el pasado, así le conmueve a él ahora, instándole a unirse al de ella en un vuelo apasionado y cada vez más alto.

¿Qué le ha pasado durante todos estos años? ¿Por qué no ha escuchado a Verdi, a Puccini? ¿Ha estado sordo? ¿O acaso la verdad es todavía peor: oía y reconocía perfectamente bien, incluso en su juventud, la llamada de la Tebaldi, y luego, con hermética afectación («¡No lo haré!»), se negó a seguirla? «¡Abajo la Tebaldi, abajo Italia, abajo la carne!» ¡Y si su padre también debía hundirse en el naufragio general, que así fuese!

No tiene ni idea de lo que ocurre en el interior de su padre. Este no habla de sí mismo, no lleva un diario ni escribe cartas. Una sola vez, por accidente, ha habido una rendija en la puerta. En el suplemento «Estilo de vida» del *Argus* dominical ha encontrado un cuestionario de preguntas a responder con «Sí» o «No», sobre «Su índice de satisfacción personal». Al lado de la tercera pregunta, «¿Ha conocido a muchos miembros del sexo opuesto?», su padre ha marcado la casilla negativa. «¿Han sido las relaciones con el sexo opuesto una fuente de satisfacción para usted?», plantea la cuarta. La respuesta vuelve a ser negativa.

De las veinte respuestas afirmativas posibles, su padre ha marcado seis. Una puntuación de quince o más, según el creador del índice, un tal Ray Schwarz, doctor en medicina y en filosofía, autor de *Cómo triunfar en la vida y en el amor*, una guía para alcanzar el desarrollo personal que ha sido un bestseller, significa que la persona ha tenido una vida plena. Por otro lado, una puntuación de diez o menos, significa que debe cultivar un punto de vista más optimista, a cuyo fin afiliarse a un club social o tomar lecciones de danza podría ser un primer paso.

Tema a desarrollar: su padre y por qué vive con él. La reacción de las mujeres de su vida (desconcierto).

Fragmento sin fecha

La radio ha difundido denuncias de los terroristas comunistas, junto con sus incautos compinches del Consejo Mundial de las Iglesias. Los términos de las denuncias pueden cambiar de un día a otro, pero no su tono intimidante. Es un tono con el que está familiarizado desde que era un colegial en Worcester, donde una vez a la semana llevaban a todos los niños, desde los más pequeños a los mayores, a la sala de actos de la escuela para que les lavaran el cerebro. Tan familiar le resulta, que, nada más oír las primeras palabras, experimenta un odio visceral y apaga el receptor.

Él es producto de una infancia dañada, eso lo comprendió hace largo tiempo. Lo que le sorprende es que el peor daño no lo sufrió entre las paredes de su casa, sino fuera, en la escuela.

Ha leído textos dispersos sobre teoría educativa, y en los escritos de la escuela calvinista holandesa empieza a reconocer lo que yace bajo la clase de escolarización a que estuvo sometido. Abraham Kuyper y sus discípulos dicen que el objetivo de la educación es formar al niño como feligrés, ciudadano y futuro padre. Es el término *formar* el que le da que pensar. Durante sus años escolares, los profesores, ellos mismos formados por seguidores de Kuyper, dedicaron constantemente sus esfuerzos a formarle, a él y a sus demás pupilos, formarles como un artesano forma un recipiente de arcilla; y él, utilizando los medios patéticos y torpemente expresivos que tenía a su disposición, les había opuesto resistencia, se había resistido entonces como lo hacía ahora.

Pero ¿por qué se había resistido de una manera tan tenaz? ¿De dónde había salido esa resistencia, esa negativa a aceptar que la meta final de la educación sería formarle según una imagen predeterminada, que por lo demás carecería de forma y se revolcaría en un estado de naturaleza, irredento, salvaje? Solo puede haber una respuesta: el meollo de su resistencia, su teoría opuesta al kuyperismo de los profesores, debía de proceder de su madre. De una u otra manera, ya fuese por su educación como hija de la hija de un misionero evangélico, o más probablemente por el único curso que había seguido en la universidad, un curso del que salió sin nada más que un diploma que le autorizaba a enseñar en escuelas primarias, debía de haber adquirido un ideal alterno del educador y su tarea, y luego, de algún modo, había inculcado ese ideal a sus hijos. Según su madre, la tarea del educador debería ser la de identificar y estimular las aptitudes naturales del niño, las aptitudes innatas y que lo convierten en un ser único. Si imaginamos al niño como una planta, el educador debería alimentar las raíces de la planta y observar su crecimiento, en lugar de podar sus ramas y darle forma, como predican los kuyperistas.

Pero ¿en qué se basa para pensar que al educarle (a él y a su hermano) su madre siguió alguna teoría? Por qué razón la verdad no estribará en que su madre les dejó crecer revolcándose en el salvajismo simplemente porque ella misma había crecido salvaje, ella y sus hermanos y hermanas en la granja del Cabo Oriental donde nacieron? La respuesta viene dada por los nombres que extrae de los recovecos de la memoria: Montessori, Rudolf Steiner. Los nombres no significaban nada cuando los oía en su infancia. Pero ahora, al leer sobre educación, los encuentra de nuevo. Montessori, el método Montessori: así que por eso le daban bloques para jugar, unos bloques de madera que él, al principio, arrojaba a uno y otro lado de la habitación, creyendo que esa era su finalidad, y que más tarde colocaba uno encima del otro hasta que la torre (¡siempre una torre!) se derrumbaba y él lanzaba gritos de frustración.

Bloques con los que hacer castillos, plastilina con la que hacer animales (una plastilina que, al principio, él trataba de masticar); y entonces, antes de que estuviera preparado para ello, un juego de Meccano con placas, varillas, tornillos, poleas y manivelas.

«Mi pequeño ingeniero, mi pequeño arquitecto.» Su madre partió de este mundo antes de que estuviera claro de una manera incontrovertible que él no iba a ser ni una cosa ni otra y que, en consecuencia, los bloques y el Meccano no habían tenido su efecto mágico, como quizá tampoco la plastilina («mi pequeño escultor»). ¿Se preguntó su madre si el método Montessori había sido un gran error? ¿Pensó acaso, en momentos más sombríos: «Debería haber dejado que lo formaron esos calvinistas, nunca debería haber apoyado su resistencia»?

Si aquellos maestros de escuela de Worcester hubieran logrado formarle, más que probablemente él se habría convertido en uno de ellos, se habría desplazado a lo largo de las hileras de niños silenciosos con una regla en la mano, golpeando sus pupitres al pasar para recordarles quién mandaba. Y cuando finalizara la jornada, habría tenido su propia familia kuyperiana a la que volver, una esposa bien formada, una esposa obediente y bien formada, unos hijos obedientes, una familia y un hogar dentro de una comunidad dentro de una patria, en vez de lo que tiene… ¿qué? Un padre del que cuidar, un padre que no sabe cuidar muy bien de sí mismo, que fuma un poco en secreto, que bebe un poco en secreto, con una visión de su situación económica conjunta que sin duda varía de la suya: por ejemplo, que le ha tocado a él, el infortunado padre, cuidar de él, el hijo adulto, puesto que él, el hijo, no sabe cuidar muy bien de sí mismo, como lo demuestra con toda evidencia su reciente historial.

A desarrollar: la teoría de la educación de su propia cosecha, sus raíces en (a) Platón y (b) Freud, sus elementos (a) la condición de discípulo (el estudiante que aspira a ser como el profesor) y (b) el idealismo ético (el profesor que se esfuerza por ser digno del estudiante), sus peligros (a) la vanidad (la complacencia del profesor por el culto que le rinde el estudiante) y (b) el sexo (el sexo como atajo hacia el conocimiento).

Su comprobada incompetencia en los asuntos del corazón; transferencia en la clase y sus repetidos fracasos para dominarla.

Fragmento sin fecha
Su padre trabaja como contable de una empresa que importa y vende piezas de automóviles japoneses. Como la mayor parte de estos componentes no están hechos en Japón sino en Taiwan, Corea del Sur e incluso Tailandia, no se les puede considerar piezas auténticas. Por otro lado, puesto que no llegan en paquetes con los logotipos de los fabricantes falsificados sino que indican (en letra pequeña, eso sí) su país de origen, tampoco son piezas pirateadas.

Los dueños de la empresa son dos hermanos, ahora de edad mediana, que hablan inglés con inflexiones de la Europa oriental y pretenden desconocer el afrikaans a pesar de que nacieron en Port Elizabeth y entienden el afrikaans de la calle perfectamente bien. Hay cinco empleados: tres dependientes, un contable y un ayudante del contable. El contable y su ayudante tienen un pequeño cubículo de madera y vidrio que les aísla de las actividades a su alrededor. En cuanto a los dependientes, se pasan el tiempo desplazándose apresuradamente entre el mostrador y las estanterías con piezas de automóviles que se extienden hasta el oscuro fondo de la tienda. El dependiente principal, Cedric, trabaja para ellos desde el principio. Por muy rara que pueda ser una pieza (por ejemplo, la caja protectora del ventilador de un coche de tres ruedas Suzuki de 1968; el pivote de dirección de un camión de cinco toneladas Impact), Cedric sabe dónde se encuentra.

Una vez al año la empresa realiza el inventario durante el que se cuentan todas las piezas, hasta la última tuerca y el último tornillo. Es un trabajo enorme y la mayor parte de los comerciantes cierran sus puertas durante la operación. Pero los hermanos dicen que Repuestos de Automóvil Acme ha llegado donde ha llegado gracias a que está siempre abierta de ocho de la mañana a cinco de la tarde cinco días a la semana y el sábado de ocho a una, pase lo que pase, las cincuenta y dos semanas del año, excepto Navidad y Año Nuevo. En consecuencia, hay que realizar el inventario fuera del horario comercial.

Su padre, como contable, está en el centro de las operaciones. Durante el inventario, sacrifica la hora del almuerzo y trabaja hasta altas horas por la noche. Lo lleva a cabo solo, sin ayuda, pues hacer horas extras y por lo tanto tomar un tren nocturno para volver a casa no es algo que la señora Noerdien, la ayudante de su padre, ni siquiera los dependientes estén dispuestos a aceptar. Dicen que viajar en tren después de que haya oscurecido se ha vuelto demasiado peligroso: son muchos los pasajeros a los que atacan y roban. Por ello tras la hora del cierre solo se quedan los hermanos, en su despacho, y su padre, en su cubículo, examinando documentos y libros de contabilidad.

—Si dispusiera de la señora Noerdien durante una hora extra al día, terminaríamos enseguida —comenta su padre—. Haciéndolo yo solo es interminable.

Su padre carece de formación contable, pero durante los años en que dirigió su bufete de abogados aprendió por lo menos los rudimentos. Lleva doce años como contable de los hermanos, desde que abandonó la práctica de la abogacía. Es de suponer, ya que Ciudad del Cabo no es una ciudad grande, que conocen su pasado con altibajos en la profesión legal. Lo conocen y, por lo tanto, es de presumir que no le quitan el ojo de encima, por si, incluso tan cercano a la jubilación, pensara en tratar de estafarles.

—Si trajeras a casa los libros de contabilidad, te echaría una mano en la comprobación —le ofrece él.

Su padre sacude la cabeza, y él puede conjeturar por qué. Cuando su padre se refiere a los libros de contabilidad, lo hace en voz baja, como si fuesen libros sagrados, como si ocuparse de ellos fuese una función sacerdotal. Su actitud parece indicar que para llevar los libros se necesita algo más que aplicar la aritmética elemental a las columnas de cifras.

—No creo que pueda traer los libros a casa —dice finalmente su padre—. No en el tren. Los hermanos nunca me lo permitirían.

Él lo comprende. ¿Qué sería de Acme si atracaran a su padre y le robaran los libros sagrados?

—Entonces déjame que vaya a la ciudad a la hora del cierre y sustituya a la señora Noerdien. Los dos podríamos trabajar juntos desde las cinco hasta las ocho, por ejemplo.

Su padre guarda silencio.

—Tan solo te ayudaré a la comprobación —añade él—. Si aparece algo confidencial, te prometo que no lo miraré.

Cuando llega para colaborar por primera vez, la señora Noerdien y los dependientes se han ido a casa. Su padre lo presenta a los hermanos.

—Mi hijo John, que se ha ofrecido para ayudarme en la comprobación.

Él les estrecha la mano: el señor Rodney Silverman, el señor Barrett Silverman.

—No estoy seguro de que pueda pagarte, John —le dice el señor Rodney. Se vuelve hacia su hermano—: ¿Qué crees que sale más caro, Barrett, un doctor en filosofía o un interventor de cuentas? Tal vez tengamos que pedir un préstamo.

Todos se ríen de la broma. Entonces le ofrecen una tarifa. Es precisamente la misma tarifa que cobraba cuando era estudiante, dieciséis años atrás, por copiar datos de las familias en tarjetas con destino al censo municipal.

Se instala con su padre en el cubículo de vidrio del contable. La tarea que ha de realizar es sencilla. Tienen que examinar un archivo tras otro de facturas, confirmando que las cifras han sido transcritas correctamente en los libros de contabilidad, marcándolas a lápiz rojo y comprobando la suma al pie de la página.

Se ponen manos a la obra y avanzan a buen ritmo. Una vez cada mil asientos tropiezan con un error, cinco miserables céntimos de más o de menos. Por lo demás, los libros presentan una exactitud ejemplar. De la misma manera que los clérigos que han colgado los hábitos constituyen los mejores lectores de galeradas, así los abogados inhabilitados parecen ser buenos contables, los abogados inhabilitados, ayudados si es necesario por sus hijos con exceso de estudios y déficit de empleo.

Al día siguiente, camino de Acme, le sorprende un aguacero. Llega empapado. El vidrio del cubículo está empañado, y entra sin llamar. Su padre está encorvado sobre su mesa. Hay una segunda persona en el cubículo, una mujer, joven, con ojos de gacela, de curvas suaves, que está poniéndose un impermeable.

Él se detiene en seco, paralizado. Su padre se pone en pie.

—Señora Noerdien, esté es mi hijo John.

La señor Noerdien desvía los ojos y no le tiende la mano.

—Bueno, me voy —dice en voz baja, dirigiéndose no a él sino a su padre.

Al cabo de una hora los hermanos también se marchan. Su padre pone el cazo de agua a hervir y prepara café. Página tras página, una columna tras otra, siguen trabajando, hasta las diez, hasta que su padre parpadea de fatiga.

Ha cesado la lluvia. Por la desierta calle Riebeeck se dirigen a la estación: dos hombres, más o menos en buena forma física, más seguros de noche que un hombre solo, muchísimo más seguros que una mujer sola.

—¿Cuánto tiempo hace que la señora Noerdien trabaja para ti? —le pregunta.

—Empezó el febrero pasado.

Espera que le diga más, pero eso parece ser todo. Es mucho más lo que él podría preguntarle. Por ejemplo: ¿cómo es que la señora Noerdien, que lleva un pañuelo en la cabeza y presumiblemente es musulmana, trabaja en una empresa judía, en la que no tiene ningún pariente masculino que esté ojo avizor, protegiéndola?

—¿Hace bien su trabajo? ¿Es eficiente?

—Es muy buena, muy meticulosa.

De nuevo, él espera que le diga más. De nuevo, ese es el fin de la conversación.

La pregunta que no puede formularle es: ¿Cómo afecta sentimentalmente a un hombre solitario como tú estar sentado un día tras otro, en un cubículo no más grande que muchas celdas carcelarias, al lado de una mujer que no solo es tan buena en su trabajo y tan meticulosa como la señora Noerdien, sino también tan femenina?

Pues esa es la principal impresión que se ha llevado de su fugaz encuentro con ella. La llama femenina a falta de una palabra mejor: lo femenino, una rarefacción superior de la mujer, hasta el punto de convertirse en espíritu. Con la señora Noerdien, ¿cómo atravesaría un hombre, incluso el señor Noerdien, el espacio desde las exaltadas alturas de lo femenino hasta el cuerpo terreno de la mujer? Dormir con semejante ser, abrazar semejante cuerpo, olerlo y saborearlo… ¿qué efecto tendría eso en un hombre? Y estar junto a ella todo el día, consciente de sus más pequeños movimientos: ¿acaso la triste respuesta de su padre al cuestionario del doctor Schwarz sobre el estilo de vida («¿Han sido las relaciones con el sexo opuesto una fuente de satisfacción para usted?» «No»)tiene que ver con el hecho de que, en el invierno de su vida, ha de encontrarse frente a una belleza como no ha conocido antes y jamás puede esperar que sea suya?

Averiguar: ¿por qué dice que su padre está enamorado de la señora Noerdien cuando es tan evidente que él mismo se ha prendado de ella?

Fragmento sin fecha
Idea para un relato
Un hombre, un escritor, lleva un diario en el que anota pensamientos, ideas, hechos de importancia.

El rumbo de su vida se tuerce. «Un mal día», escribe en su diario, sin explicar los motivos. Y un día tras otra anota lo mismo.

Cansado de calificar cada jornada de mal día, decide limitarse a señalar los días malos con un asterisco, como algunas personas (mujeres) señalan con una cruz roja los días de la regla, o como otras personas (hombres, mujeriegos) señalan con una equis los días en que han tenido éxito.

Los días malos se amontonan, los asteriscos se multiplican como una plaga de moscas.

La poesía, si fuese capaz de escribirla, podría llevarle a la raíz de su desazón, esa desazón que florece en forma de asteriscos. Pero el manantial poético en su interior parece haberse secado.

Tiene el recurso de volver a la prosa. En teoría, la prosa puede realizar la misma función purificadora que la poesía. Pero él duda de que así sea. Según su experiencia, la prosa pide muchas más palabras que la poesía. No tiene sentido embarcarse en la prosa si uno no confía en que al día siguiente estará vivo para proseguir con la tarea.

Juega con esta clase de pensamientos, acerca de la poesía y de la prosa, como una manera de no escribir.

En las últimas páginas de su diario hace listas. El encabezamiento de una de ellas dice «Formas de liquidarte». En la columna de la izquierda relaciona los «Métodos», en la de la derecha los «Inconvenientes». De las maneras de liquidarse que ha relacionado, la que prefiere, tras reflexionarlo a fondo, es el ahogamiento, es decir, conducir hasta Fish Hoek de noche, aparcar cerca del extremo desierto de la playa, desvestirse dentro del coche, ponerse el bañador (¿por qué?), cruzar la arena y entrar en el agua (tendrá que ser una noche de luna), avanzar contra el oleaje, mover vigorosamente los miembros, nadar hasta el límite de la resistencia física y entonces abandonarse al destino.

Todas sus relaciones con el mundo parecen tener lugar a través de una membrana. Puesto que la membrana está presente, la fertilización no tendrá lugar. Es una metáfora interesante, llena de potencial, pero no le lleva a ninguna parte que él pueda ver.

Fragmento sin fecha

Su padre creció en una granja del Karoo, donde bebía agua de pozo artesiano con un elevado contenido de fluoruro. El fluoruro dio al esmalte de sus dientes un color marrón y los volvió duros como la piedra. Solía jactarse de que nunca tenía necesidad de ir al dentista. Entonces, mediada la vida, sus dientes empezaron a deteriorarse, uno tras otro, y fue necesario extraérselos.

Ahora, a los sesenta y cinco años, las encías empiezan a causarle problemas. Se le forman abscesos que no curan. Se le infecta la garganta. Le resulta doloroso tragar y hablar.

Primero va al dentista, luego al médico, un otorrinolaringólogo, que encarga radiografías. Estas revelan un tumor canceroso en la laringe. Le aconsejan que se someta urgentemente a una operación.

Él visita a su padre en el ala masculina del hospital Groote Schuur. El hombre lleva el pijama reglamentario y sus ojos reflejan temor. Dentro de la chaqueta demasiado grande es como un pájaro, solo piel y huesos.

—Es una operación habitual —le asegura a su padre—. Te darán el alta dentro de pocos días.

—¿Se lo explicarás a los hermanos? —susurra su padre con penosa lentitud.

—Les llamaré por teléfono.

—La señora Noerdien está muy capacitada.

—Estoy seguro de que lo está. Sin duda sabrá arreglárselas hasta que regreses.

No hay nada más que decir. Él podría extender el brazo, tomar la mano de su padre y sostenerla, consolarle, transmitirle que no está solo. Pero no hace tal cosa. Salvo en el caso de los niños pequeños, niños que aún no tienen suficiente edad para estar formados, en su familia nadie tiene la costumbre de alargar la mano para tocar a otra persona. Y eso no es todo. Si en esta ocasión extrema, él hiciera caso omiso de la práctica de su familia y asiera la mano de su padre, ¿sería cierto lo que ese gesto daría a entender? ¿Ama y respeta de veras a su padre? ¿Realmente su padre no está solo?

Da un largo paseo, desde el hospital a la carretera principal y, a lo largo de esta, hasta Newlands. El viento del sudeste aúlla, alzando desperdicios de los arroyos. Él apresura el paso, consciente del vigor de sus miembros, la firmeza de sus latidos cardíacos. Todavía tiene en los pulmones el aire del hospital; ha de expulsarlo, debe librarse de él.

Se ha preparado para el espectáculo. El cirujano le dice que han tenido que extirpar la laringe, que era cancerosa, ha sido inevitable. Su padre ya no podrá hablar de nuevo a la manera normal. Sin embargo, a su debido tiempo, una vez haya cicatrizado la herida, le colocarán una prótesis que le permitirá cierta comunicación verbal. Una tarea más urgente es la de asegurarse de que el cáncer no se ha extendido, lo cual significa más pruebas y radioterapia.

—¿Lo sabe mi padre? —le pregunta al cirujano—. ¿Sabe lo que le espera?

—He tratado de informarle —dice el cirujano—, pero no estoy seguro de cuánto ha asimilado. Se encuentra en un estado de shock, cosa que, desde luego, es de esperar.

Él se acerca al paciente tendido en la cama.

—He telefoneado a Acme —le dice—. He hablado con los hermanos y les he explicado la situación.

Su padre abre los ojos. En general, él es escéptico sobre la capacidad de los globos oculares para expresar sentimientos complejos, pero ahora está conmocionado. La mirada que le dirige su padre revela una absoluta indiferencia: hacia él, hacia Acme Auto, hacia todo excepto el destino de su alma en la perspectiva de la eternidad.

—Los hermanos me han pedido que te trasmita sus mejores deseos de una pronta recuperación —sigue diciéndole—. Dicen que no te preocupes, que la señora Noerdien se hará cargo de todo hasta que estés en condiciones de volver.

Es cierto. Los hermanos, o uno de los dos con el que ha hablado, no podían mostrarse más solícitos. Puede que su contable no comparta su credo, pero los hermanos no son fríos. «¡Una joya! –Así es como el hermano en cuestión ha denominado a su padre–. Tu padre es una joya, siempre tendrá asegurado su puesto de trabajo.»

Por supuesto, todo eso es una ficción. Su padre nunca volverá a trabajar. Dentro de una o dos semanas lo enviarán a casa, curado del todo o en parte, para dar comienzo a la siguiente y última fase de su vida, durante la que dependerá para su sustento diario de la caridad del Fondo Benéfico de la Industria Automovilística, del Estado sudafricano a través del Departamento de Pensiones y de sus familiares supervivientes.

–¿Quieres que te traiga algo? –le pregunta él.

Con unos leves gestos de la mano izquierda, cuyas uñas, observa él, no están limpias, su padre le indica lo que desea.

–¿Quieres escribir? –le pregunta.

Se saca la agenda de bolsillo, la abre por la página de los números de teléfono y se la ofrece junto con un bolígrafo.

Los dedos dejan de moverse, los ojos pierden concentración.

–No sé lo que quieres decirme. Intenta decírmelo de nuevo.

Su padre sacude lentamente la cabeza, de izquierda a derecha.

Sobre las mesillas de noche de las demás camas de la sala hay floreros, revistas, en algunos casos fotografías enmarcadas. Sobre la mesilla junto a la cama de su padre no hay más que un vaso de agua.

–He de irme –le dice–. Tengo que dar una clase.

En un quiosco cerca de la salida compra un paquete de caramelos y vuelve a la habitación de su padre.

–Te he traído esto. Para que los chupes si se te seca la boca.

Al cabo de dos semanas, una ambulancia trae a su padre de regreso a casa. Puede caminar, arrastrando los pies, con la ayuda de un bastón. Recorre la distancia desde la puerta hasta su dormitorio y se encierra.

Uno de los sanitarios que le han acompañado en la ambulancia, le da una hoja de instrucciones ciclostilada con el encabezamiento «Laringotomía: cuidados de los pacientes» y una tarjeta con el horario de la clínica. Él echa un vistazo a la hoja. Hay el esbozo de una cabeza humana con un círculo oscuro en la parte inferior de la garganta. «Cuidado de la herida», dice.

Él retrocede.

–No puedo hacer esto –dice.

Los sanitarios intercambian miradas y se encogen de hombros. Cuidar de la herida, cuidar del paciente, no es asunto suyo. Ellos solo tienen que transportar al paciente a su domicilio. Después, los cuidados dependen del paciente, de la familia del paciente o de nadie.

Antes John tenía poco que hacer. Ahora eso está a punto de cambiar. Ahora va a tener todo el trabajo que sea capaz de realizar, todo ese trabajo y más. Va a tener que abandonar algunos de sus proyectos personales y convertirse en enfermero. O bien, si no quiere ser enfermero, debe renunciar a su padre: «No puedo enfrentarme a la perspectiva de cuidar de ti día y noche. Voy a abandonarte. Adiós». Una cosa o la otra: no hay una tercera vía.

NOTA DEL AUTOR

Mi agradecimiento a Marilia Bandeira por su colaboración en las expresiones de portugués brasileño, y a los herederos de Samuel Beckett por el permiso para citar (de hecho, para citar de forma inadecuada) fragmentos de *Esperando a Godot*.

ÍNDICE